COLLECTION FOLIO

La Bible

# Lettres de Paul

Romains
*Lettre aux Romains*

Corinthiens
*Lettres aux Corinthiens*

Galates
*Lettre aux Galates*

Éphésiens
*Lettre aux Éphésiens*

Philippiens
*Lettre aux Philippiens*

Colossiens
*Lettre aux Colossiens*

Thessaloniciens
*Lettres aux Thessaloniciens*

Timothée
*Lettres à Timothée*

Tite
*Lettre à Tite*

Philémon
*Lettre à Philémon*

Gallimard

Ce texte est conforme à celui paru dans *La Bible Nouvelle traduction* aux Éditions Bayard en 2001.

LA BIBLE

# Lettres de Paul

Romains

*Lettre aux Romains*

*Traduction de Marie Depussé*
*Introduction et notes d'Alain Gignac*

Corinthiens

*Lettres aux Corinthiens*

*Traduction de Frédéric Boyer*
*Introduction et notes de Hugues Cousin*

Galates

*Lettre aux Galates*

*Traduction de Marie Depussé*
*Introduction et notes d'Alain Gignac*

Éphésiens

*Lettre aux Éphésiens*

*Traduction de Frédéric Boyer*
*Introduction et notes de Michel Garat*

Philippiens

*Lettre aux Philippiens*

*Traduction de Frédéric Boyer*
*Introduction et notes de Maurice Roger*

Colossiens

*Lettre aux Colossiens*

*Traduction de Frédéric Boyer*
*Introduction et notes de Michel Garat*

Thessaloniciens

*Lettres aux Thessaloniciens*

*Traduction de Jean-Luc Benoziglio*
*Introduction et notes d'André Myre*

Timothée

*Lettres à Timothée*

*Traduction de Frédéric Boyer*
*Introduction et notes d'André Myre*

Tite

*Lettre à Tite*

*Traduction de Frédéric Boyer*
*Introduction et notes d'André Myre*

Philémon

*Lettre à Philémon*

*Traduction de Jean Echenoz*
*Introduction et notes de Daniel Marguerat*

# AVERTISSEMENT

## ALLIANCE ET NOUVELLE ALLIANCE

Les titres d'« Alliance » et de « Nouvelle Alliance » traduisent ceux, traditionnels, d'« Ancien Testament » et de « Nouveau Testament ». Nous avons voulu rappeler l'autonomie des deux Alliances et souligner la continuité de l'une à l'autre et leur complémentarité.

## TRADUCTION

Les livres de l'Alliance sont traduits d'après le texte massorétique (abrégé en TM). Les « massorètes » sont ces experts juifs qui, du VI^e au X^e siècle ap. J.-C., ont cherché à fixer le texte consonantique de la version hébraïque en usage dans les communautés juives des premiers siècles.

Le texte massorétique est à l'origine des grandes traductions critiques de l'ère moderne. Nous le suivons, en dépit des obscurités et des difficultés qu'il présente, réservant aux notes la mention de certaines variantes significatives des versions anciennes (grecque, latines, syriaque, éthiopienne). Les traductions ont été réalisées sur la base des plus récentes éditions critiques de l'Ancien Testament hébreu, araméen ou grec, selon les livres, et du Nouveau Testament grec adoptées par la communauté scientifique : la *Biblia Hebraica Stuttgartensia*, la *Septuaginta* de Rahlfs et le *Nouveau Testament* de Nestlé-Aland.

## TITRE DES LIVRES

Chaque livre de la Bible est présenté sous un double titre. Le premier reprend le titre traditionnel des éditions en langue française. Le second a été choisi d'un commun accord par les traducteurs de chacun des livres.

## ORDRE DES LIVRES

L'ordre des livres est celui de la Bible hébraïque pour les livres de l'Alliance. La Bible hébraïque comporte trois parties : la Loi (*Tora*), les Prophètes (*Neviim*) et les autres écrits (*Ketouvim*). À leur suite viennent les livres que les catholiques appellent « deutérocanoniques » et les protestants « apocryphes ».

## RÉFÉRENCES

Le système de références est celui qu'ont adopté la plupart des Bibles françaises. Il permet de retrouver rapidement un livre, un passage ou même un verset de la Bible. Dans les références, le livre biblique est indiqué sous forme abrégée (exemple : « Gn » pour « Genèse »). On trouvera la liste des abréviations ci-dessous.

Les chiffres placés avant la virgule indiquent le chapitre (abrégé en « chap. ») du livre, ceux qui suivent la virgule, les versets (abrégé en « v. »).

Un point entre deux versets signifie « et ».

Un tiret court est utilisé entre les versets et signifie « du verset... au verset... ».

Un tiret moyen est utilisé entre deux chapitres et signifie « du chapitre... au chapitre... ».

Exemples :

Mc 7,9 : Marc, chapitre 7, verset 9.
Gn 3,1.5 : Genèse, chapitre 3, verset 1 et verset 5.
1 R 11,2-8 : Premier livre des Rois, chapitre 11, du verset 2 au verset 8.
Nb 2 – 5 : Nombres, du chapitre 2 au chapitre 5.
Jn 1,19 – 12,50 : Jean, du chapitre 1, verset 19, au chapitre 12, verset 50.

## CHAPITRES, VERSETS, NOTES

Les marges extérieures sont réservées à la numérotation des chapitres et des versets, accompagnée du mot qui marque le début du verset. On a fait exception pour certains livres poétiques comme les Psaumes, où le verset commence toujours en début de ligne.

Les appels de notes figurent dans le corps du texte. On trouvera les notes en fin de volume.

## TRANSCRIPTION DES NOMS PROPRES HÉBREUX

Pour les plus familiers d'entre eux, l'usage courant en français a été maintenu. Pour les moins connus, nous avons adopté un système de transcription destiné à faciliter la lecture et la prononciation aux personnes qui ne connaissent pas l'hébreu.

Les gutturales *'aleph* et *'ayin* ne sont pas notées

Le *hè* n'est pas distingué du *hêth* : *h*

Le *hè* en *mater lectionis* n'est pas noté sauf lorsqu'il est une composante du tétragramme raccourci (Adoniyyah)

Le *bêth* plosif et le *bêth* labial sont rendus respectivement par *b* et *v*

Le *g* transcrivant le *guimel* est suivi d'un *u* devant *e* et *i*

Le *waw* est rendu par un *w*

Le *taw* et le *têth* sont transcrits par *t*

Le *yôd* par un *y*, et par *ï* quand il est suivi d'un *hiriq*

Le *kaf* par un *k* et le *qof* par un *q*

Le *samek* et le *sîn* par un *s*

Le *shîn* par *sh*

Le *tsadé* par *ts*

Le *pè* plosif et le *pè* labial sont rendus respectivement par *p* et *f*

*Daleth, zayin, lamed, mem, nûn, resh* sont respectivement rendus par *d, z, l, m, n* et *r*

La longueur des voyelles n'est pas indiquée. Notons simplement que le *u* hébreu est rendu par le son *ou*.

Les lettres contenant le *daguesh* sont redoublées, y compris le *yôd* et le *waw*.

Pour que le lecteur prononce la consonne finale, dans certaines syllabes, nous avons ajouté un accent circonflexe ou grave à la voyelle précédant cette consonne : în, ên, ôn, ôt, èt.

## TRANSCRIPTION DES NOMS COMMUNS HÉBREUX

Dans la mesure où ces mots ne figurent que dans les notes et rendent souvent compte de choix de traduction ou d'interprétation textuelle, nous avons choisi de les rendre par un système de transcription plus savant.

Les gutturales *'aleph* et *'ayin* sont indiquées par ' et '

*hè* et *hêth* sont tous deux transcrits par *h*, mais le *hè* figurant comme *mater lectionis* après un *gamats* est transcrit par *â*.

Les voyelles longues sont indiquées par des accents circonflexes : *ê* pour *tsèrè* avec *mater lectionis* (mais *è* pour *tsèrè* seul et *é* pour *ségol*), *ô* pour *holam*, *u* pour *qibbuts* et *û* pour *shûrûq*.

Le *hiriq* suivi par *yôd* est transcrit par *î*, *i* étant réservé au *hiriq* seul.

## TRANSCRIPTION DES MOTS GRECS

Pour les plus familiers d'entre eux, l'usage courant en français a été maintenu. Pour les autres, nous avons adopté le système le plus fréquemment admis :

*Alpha, bèta, gamma, delta, zèta, thèta, kappa, lambda, mu, nu, xi, pi, rhô, sigma, tau, phi, psi* sont transcrits respectivement par *a, b, g, d, z, th, k, l, m, n, x, p, r, s, t, ph, ps*

*hèta : è ; epsilon : e*

*omikrôn : o ; oméga : ô*

*upsilon : u* ou *y*

*khi* se prononce *k*, même s'il est parfois transcrit par *ch* (Chios) ou par *kh* (Khorazîn)

## LISTE DES ABRÉVIATIONS BIBLIQUES

| | | | |
|---|---|---|---|
| Ab | ABDIAS | 2 Ch | 2e LIVRE DES CHRONIQUES |
| Ac | ACTES DES APÔTRES | 1 Co | 1re LETTRE AUX CORINTHIENS |
| Ag | AGGÉE | 2 Co | 2e LETTRE AUX CORINTHIENS |
| Am | AMOS | Col | LETTRE AUX COLOSSIENS |
| Ap | APOCALYPSE | | |
| Ba | BARUCH | | |
| 1 Ch | 1er LIVRE DES CHRONIQUES | | |

| | |
|---|---|
| Ct | CANTIQUE DES CANTIQUES |
| Dn | DANIEL |
| Dt | DEUTÉRONOME |
| Ep | LETTRE AUX ÉPHÉSIENS |
| Esd | ESDRAS |
| Est | ESTHER |
| Est gr | ESTHER (GREC) |
| Ex | EXODE |
| Ez | ÉZÉCHIEL |
| Ga | LETTRE AUX GALATES |
| Gn | GENÈSE |
| Ha | HABAQOUQ |
| He | LETTRE AUX HÉBREUX |
| Is | ISAÏE |
| Jb | JOB |
| Jc | LETTRE DE JACQUES |
| Jd | LETTRE DE JUDE |
| Jdt | JUDITH |
| Jg | JUGES |
| Jl | JOËL |
| Jn | ÉVANGILE DE JEAN |
| 1 Jn | 1re LETTRE DE JEAN |
| 2 Jn | 2e LETTRE DE JEAN |
| 3 Jn | 3e LETTRE DE JEAN |
| Jon | JONAS |
| Jos | JOSUÉ |
| Jr | JÉRÉMIE |
| Lc | ÉVANGILE DE LUC |
| Lm | LAMENTATIONS |
| Lv | LÉVITIQUE |
| 1 M | 1er LIVRE DES MACCABÉES |
| 2 M | 2e LIVRE DES MACCABÉES |
| Mc | ÉVANGILE DE MARC |
| Mi | MICHÉE |
| Ml | MALACHIE |
| Mt | ÉVANGILE DE MATTHIEU |
| Na | NAHOUM |
| Nb | NOMBRES |
| Ne | NÉHÉMIE |
| Os | OSÉE |
| 1 P | 1re LETTRE DE PIERRE |
| 2 P | 2e LETTRE DE PIERRE |
| Ph | LETTRE AUX PHILIPPIENS |
| Phm | LETTRE À PHILÉMON |
| Pr | PROVERBES |
| Ps | PSAUMES |
| Qo | QOHÉLET |
| 1 R | 1er LIVRE DES ROIS |
| 2 R | 2e LIVRE DES ROIS |
| Rm | LETTRE AUX ROMAINS |
| Rt | RUTH |
| 1 S | 1er LIVRE DE SAMUEL |
| 2 S | 2e LIVRE DE SAMUEL |
| Sg | SAGESSE |
| Si | SIRACIDE |
| So | SOPHONIE |
| 1 Th | 1re LETTRE AUX THESSALONICIENS |
| 2 Th | 2e LETTRE AUX THESSALONICIENS |
| 1 Tm | 1re LETTRE À TIMOTHÉE |
| 2 Tm | 2e LETTRE À TIMOTHÉE |
| To | TOBIT |
| Tt | LETTRE À TITE |
| Za | ZACHARIE |

# ROMAINS

## *LETTRE AUX ROMAINS*

# INTRODUCTION

Étrange destin que celui de cet écrit de circonstance envoyé par Paul à des chrétiens de la capitale impériale, vers le milieu des années 50 du Iᵉʳ siècle de notre ère. Placée en tête du corpus paulinien, la Lettre aux Romains en oriente la lecture. Autrement dit, l'interprétation de cet écrit marque de manière décisive toute théologie du Nouveau Testament des chrétiens.

Bien plus, la Lettre aux Romains est devenue un texte phare de la culture occidentale. Au cours d'une longue histoire de l'interprétation, elle a su inspirer des tournants théologiques ou philosophiques d'envergure, qui ont marqué nos représentations culturelles. Par exemple, Augustin d'Hippone (354-430) fait de la lecture de la Lettre aux Romains un élément clé de sa conversion dans ses *Confessions* (Rm 13,13.14), puis en tire sa théologie du péché originel (Rm 5) ; Anselme de Canterbury (1033-1109) réutilise dans le sens d'une satisfaction vicaire l'imagerie sacrificielle de la Lettre (Rm 3,21-26) ; Martin Luther (1483-1546) y lit la justification par la foi, qui ébranle la chrétienté (Rm 1,17) ; le concile Vatican I (1869-1870) y trouve les assises pour étayer l'idée d'une connaissance naturelle de Dieu (Rm 1,18-27) ; Karl Barth (1886-1968) ne cesse de la relire pour produire l'une des théologies les plus marquantes du xxe siècle ; le concile Vatican II (1962-1965) se tourne vers elle pour fonder, après la Shoah, le premier discours chrétien positif envers Israël (Rm 9 – 11) ; l'équipe de la Traduction œcuménique de la Bible en fait le test de la possibilité de son entreprise (1968) ; en Afrique du Sud, tenants et opposants du régime de l'apartheid s'y réfèrent pour définir leur rapport à l'autorité (Rm 13) ; aujourd'hui, alors que la modernité s'interroge sur son identité, des philosophes non chrétiens n'hésitent pas à la commenter (ainsi Alain Badiou, Jacob Taubes et Giorgio Agamben).

Paul se trouve à un tournant de sa vie. Il a terminé sa tournée du monde grec et s'apprête à apporter à Jérusalem les fruits d'une collecte qu'il a faite dans les communautés qu'il a fondées. Son regard se tourne vers de nouveaux horizons : l'occident de la Méditerranée. La lettre qu'il écrit est l'occasion d'un certain bilan et le prépare à affronter ses adversaires de Jérusalem. De leur côté, les chrétiens de Rome sont encore proches des synagogues juives, dont ils calquent l'organisation. Il y a probablement plusieurs assemblées chrétiennes, à Rome, rattachées de diverses façons à la judaïté. La lettre que ces chrétiens reçoivent fait écho à leur double attachement — à Jésus-Christ et à l'Écriture —, mais aussi aux tensions qu'ils expérimentent entre eux, avec le pouvoir impérial et avec la communauté juive.

Paul, qui a derrière lui une vingtaine d'années de

prédication, déploie dans la Lettre aux Romains toutes les ressources de la rhétorique hellénistique, toutes les subtilités de l'exégèse pharisienne, toute la fougue de ses convictions pour convaincre les chrétiens de Rome de l'accueillir. C'est que, paradoxalement, il n'est jamais allé à Rome. En se faisant présent — en se présentant ! — par l'intermédiaire de sa lettre, Paul vise deux objectifs qui se renforcent mutuellement. D'abord, il propose aux Romains un condensé de son annonce — et non une synthèse complète ou méthodique — sous l'angle de la manifestation de la justice de Dieu. D'une certaine manière, l'apôtre veut convaincre ses destinataires d'adhérer à sa compréhension du message évangélique. Ensuite, il insiste sur l'égalité entre les chrétiens d'origine juive et les chrétiens d'origine païenne. L'apôtre, qu'il pressente un problème réel ou veuille le prévenir, se fait donc le promoteur de l'unité communautaire. S'il veut être accueilli et poursuivre son entreprise missionnaire vers l'Espagne, Paul doit atterrir dans une communauté qui partage ses convictions et qui soit unie.

La Lettre aux Romains est une œuvre difficile, sous divers aspects. Par son style, d'abord. La syntaxe est souvent lourde, touffue. Plusieurs phrases sont inachevées. Les images s'enchaînent sans souci de cohérence, parfois comme des associations libres — il est essentiel de ne jamais pousser les métaphores dans leurs « derniers retranchements ». Le texte joue sur la récurrence de certaines racines verbales, généralement impossible à reproduire. Les échos intratextuels, souvent à plusieurs chapitres de distance, foisonnent. Les références bibliques sont nombreuses et renvoient à des passages clés de l'Écriture juive qui ne nous sont pas aussi familiers qu'aux lecteurs du Ier siècle.

Mais la grande difficulté de ce texte demeure la logique de sa composition. D'une part, curieusement, il s'agit d'une longue instruction apostolique (1,16 – 15,13) insérée au beau milieu d'une lettre véritable (1,1-15 et 15,14 – 16,22), avec une sorte de post-scriptum récapitulatif (16,25-27). D'autre part, l'instruction proprement dite est une argumentation trépidante, composée de plusieurs blocs rédactionnels relativement autonomes mais sans rupture de continuité évidente. Pourtant, l'articulation de ces blocs entre eux n'est pas toujours claire. On imagine Paul et son secrétaire Tertius composant, parfois à quelques jours d'intervalle, des unités argumentatives destinées à s'insérer dans une trame plus vaste. Ces unités utilisent peut-être du matériel pour la prédication peaufiné au cours des années. Elles ont comme pivot une citation scripturaire, un personnage, un thème, une métaphore, voire un mot clé. Elles cherchent chacune à démontrer la pertinence de certaines propositions, dont l'addition appuie la thèse principale, énoncée en Rm 1,16.17. On peut donc distinguer cinq blocs :

— la révélation du côté obscur de la justice de Dieu (1,18 – 3,20), inséparable de la manifestation de son côté lumineux (3,21 – 4,25). En finale de cette construction dialectique, Rm 4 est une unité en soi, centrée sur le personnage d'Abraham ; son interprétation est la clé de voûte de Rm 1 – 4 ;

— le chapitre 5 est une transition qui récapitule et

relance l'argumentation, avec deux textes bien ciselés: la réconciliation opérée en Christ (5,1-11), la comparaison entre le premier et le second Adam (5,12-21);

— les chapitres 6 – 8 répondent à une série de quatre objections (6,1; 6,15; 7,7; 7,13), suivie d'un crescendo décrivant la vie insufflée par le Christ et culminant par un hymne de victoire (chap. 8);

— les chapitres 9 – 11 constituent une entité autonome, en contraste avec le chapitre 8 et annoncée dès 3,1-8. Elle élabore une théologie de l'élection qui explore sous plusieurs angles le problème des rapports entre les juifs et les nations à la lumière du Christ;

— les chapitres 12 – 15 constituent une série d'exhortations qui découlent de tout ce qui précède — cette section apparaît particulièrement comme l'antithèse de 1,18 – 3,21.

On le devine, la trame de la Lettre aux Romains est complexe. Plusieurs fils conducteurs permettent de la parcourir. Ainsi les thèmes de la Loi, de la justification, de la justice de Dieu, de l'honneur, de l'obéissance à la foi ou du rapport entre juifs et gentils. Mais aucun ne peut prétendre épuiser la lettre.

Je suis Paul, esclave de Christ Jésus[1], convoqué, 1, 1 Je suis
envoyé[2], isolé pour être le messager de l'Annonce[3] de
Dieu, celle déjà promise par ses prophètes dans les 2 celle
écrits sacrés[4]; elle concerne son fils, né, par sa condi- 3 elle
tion charnelle, de la descendance de David, établi 4 établi
comme fils de Dieu, dans toute sa puissance, de par le
Souffle saint[5], à la suite du relèvement des morts:
Jésus Christ notre Seigneur, par qui nous avons reçu 5 par qui
la grâce et la mission d'apôtre[6], afin que toutes les
nations[7] parviennent à l'écoute de la foi[8] et que chez
elles son nom grandisse — et vous aussi qui êtes parmi 6 et vous
ces peuples, vous êtes convoqués par Jésus Christ; à 7 à vous
vous et à tous ceux de Rome que Dieu a aimés, convo-
qués, sanctifiés, à vous grâce et paix de la part de Dieu
notre Père et du Seigneur Jésus Christ.

* Les marges extérieures sont réservées à la numérotation des chapitres et des versets, accompagnée du mot qui marque le début du verset. On a fait exception pour certains livres poétiques comme les Psaumes, où le verset commence toujours en début de ligne.

Les appels de notes figurent dans le corps du texte. On trouvera les notes en fin de volume.

8 D'abord D'abord, je remercie mon Dieu, par la grâce de
Jésus Christ, de votre existence, vous dont la foi est
9 Car publiée dans le monde entier. Car Dieu m'est témoin,
lui que je sers de tout mon souffle, en me faisant por-
teur de l'Annonce de son fils, il m'est témoin que je
rappelle sans répit votre existence dans mes prières,
10 implorant implorant sans cesse que s'ouvre devant moi un jour
peut-être, enfin, le chemin qui mène jusqu'à vous. Si
11 Oui telle est la volonté de Dieu. Oui, je brûle du désir de
vous voir pour partager avec vous la grâce et le
12 ou, plutôt Souffle, afin que grandisse la force en vous — ou, plu-
tôt, lorsque je serai chez vous, qu'ensemble nous trou-
vions force et réconfort dans la foi qui est vôtre, qui
13 Je ne est mienne, et nous unit les uns aux autres. Je ne veux
pas que vous ignoriez, mes frères, que bien souvent
j'ai projeté de venir jusqu'à vous (j'en ai été empêché
jusqu'à ce jour), poussé par le désir de recueillir quelque
14 Aux Grecs fruit chez vous, comme dans les autres nations. Aux
Grecs et aux Barbares, aux sages et aux ignorants je
15 et tel me dois, et tel est mon désir, d'apporter l'Annonce jus-
qu'à vous, ceux de Rome.

16 Car Car je n'ai pas honte de l'Annonce,
puissance de Dieu qui vise le salut de tous ceux qui lui donnent leur foi,
le Juif d'abord, mais le Grec aussi bien.
17 La justice La justice de Dieu s'y dévoile,
dont le mouvement va de la fidélité vers la foi,
comme il est écrit: «Le juste[9] par la fidélité vivra.»

Car la colère de Dieu se dévoile, s'abat du ciel sur 18 Car
toute forme d'impiété et d'injustice des hommes qui
tiennent la vérité prisonnière de l'injustice.

Car ce qu'ils peuvent connaître de Dieu leur est 19 Car
donné à voir clairement[10], puisque Dieu le leur a
rendu manifeste.

Car ce qui, de lui, est invisible, l'éternité de sa puis- 20 Car
sance et de sa divinité, ses œuvres, depuis la création
du monde, l'ont rendu intelligible et par là pleinement
visible, afin de rendre les hommes inexcusables.

Connaissant Dieu, ils n'ont pas célébré son éclat, ni 21 Connaissant
ne l'ont remercié, mais ils se sont perdus dans la vanité
de leurs calculs et leur cœur fermé est entré dans les
ténèbres.

Voulant paraître sages, ils sont devenus fous et ils 22 Voulant
ont échangé l'éclat du Dieu incorruptible contre un 23 et
semblant d'image d'homme voué à la corruption, ou
aussi bien d'oiseaux, de quadrupèdes, de reptiles.

C'est[11] pourquoi Dieu les a abandonnés à l'impureté, 24 C'est
les livrant aux désirs de leurs cœurs, pour déshonorer
leurs corps de leur propre fait.

Ceux-là ont échangé la vérité de Dieu contre 25 Ceux-là
le mensonge, vénéré et servi la créature en lieu et
place du Créateur — qu'il soit béni à travers les âges,
amen.

Pour cela, Dieu les a abandonnés à leur passion du 26 Pour
déshonneur. Leurs femmes ont substitué à l'usage
naturel de leur corps un usage contre nature, de même 27 de même
les hommes, négligeant l'usage naturel de la femme,
ont brûlé de désir les uns pour les autres, se livrant

aux pratiques infamantes des mâles entre eux, rece-
vant en leurs personnes le salaire de leur égarement.
28 Et comme Et comme ils n'ont pas trouvé bon d'avoir de Dieu
une vraie connaissance, Dieu les a livrés à une intelli-
gence détraquée, autorisant les actes de pire indécence.
29 Remplis Remplis[12] d'injustice, de malignité, d'avarice, de
vice, pleins d'envie, de folie meurtrière, de jalousie, de
30 malfaisants vilenie, de dépravation, médisants, malfaisants, défiant
Dieu, insolents, suffisants, impudents, paresseux, révol-
31 insensés tés, insensés, inconsistants, ingrats, impitoyables, ces
hommes-là, connaissant le juste précepte de Dieu, qui
dit que ceux qui se livrent à de telles pratiques méri-
32 ces tent la mort, ces hommes-là non seulement s'y livrent
mais y encouragent leurs adeptes.

2, 1 C'est C'est pourquoi tu es sans excuse, ô homme, chaque
fois que tu t'ériges en juge ; quand tu juges l'autre, tu
formules un verdict contre toi-même, toi qui te livres
2 Or aux mêmes pratiques que l'homme que tu juges. Or
nous savons que le jugement de Dieu sur les adeptes
de telles pratiques se fait en obéissant à la seule vérité.
3 Ton Ton calcul est peut-être, ô homme qui te fais juge
de ceux qui font de telles choses, et qui en fais aussi,
que tu échapperas au jugement de Dieu ?
4 Ou bien Ou bien tu méprises les ressources de sa bonté et de
sa patience infinie ? Ignores-tu que la bonté de Dieu te
5 Dans conduit au changement[13] ? Dans le dessèchement de
ton cœur inchangé, tu thésaurises contre toi une réserve
de colère pour le jour de la colère et du dévoilement
6 qui ultime[14] du jugement de Dieu qui donnera à chacun
selon ses actes.

À ceux qui par leur pratique inflexible du bien cher- 7 À ceux
chent l'éclat, l'honneur et l'incorruptibilité : une éter-
nité de vie.
À ceux qui, par révolte, refusent d'obéir à la vérité 8 À ceux
mais obéissent à l'injustice : colère et fureur.
Détresse, angoisse, pour toute personne humaine qui 9 Détresse
œuvre au mal, le Juif d'abord, mais le Grec aussi bien.
Éclat, honneur et paix pour quiconque travaille au 10 Éclat
bien, le Juif d'abord, mais le Grec aussi bien.

Car il n'y a pas de partialité dans le jugement de 11 Car
Dieu.
Tous ceux qui auront péché sans la Loi périront 12 Tous
aussi sans la Loi, et ceux qui auront péché dans la
Loi par la Loi seront jugés. Ce ne sont pas ceux qui 13 Ce ne
entendent la Loi qui sont justes pour Dieu, mais tous
ceux qui la mettent en actes qui trouveront justice.
En effet, quand les nations qui n'ont pas reçu la Loi 14 En effet
en partage la mettent en pratique, ces nations qui ne
disposent pas de la Loi sont elles-mêmes la Loi. Car 15 Car
elles donnent à lire le travail de la Loi écrit dans leur
cœur, leur conscience en témoigne, et elles ont le pou-
voir de juger entre elles ce qui les accuse ou les excuse,
quand viendra le jour où Dieu jugera les choses secrètes 16 quand
des hommes, selon l'Annonce dont je suis porteur
grâce au Christ Jésus.

Mais toi[15], qui te donnes le nom de Juif, qui te 17 Mais
reposes sur la Loi et mets ton orgueil en Dieu, toi qui 18 toi
connais sa volonté et discernes le bien du mal, instruit

19 si toi par la Loi, si toi qui es convaincu d'être le guide des
aveugles, la lumière de ceux qui sont dans les ténèbres,
20 toi toi qui te crois le formateur de ceux qui ne savent pen-
ser, le maître d'école, parce que tu disposes, grâce à la
21 oui Loi, du modèle de la science et de la vérité, oui, toi qui
donnes des leçons à l'autre, à toi-même tu n'en
donnes pas ? Tu prêches de ne pas voler et tu voles ?
22 Toi Toi qui dis : « Ne commets pas l'adultère », tu commets
l'adultère ? Toi qui abomines les idoles, tu voles les
23 Toi statues dans les temples ? Toi qui tires ton orgueil de
la Loi, tu déshonores Dieu par la transgression de la
Loi ?

24 Car « Car le nom de Dieu[16], à cause de vous, est outragé
parmi toutes les nations », comme il est écrit.

25 La circoncision La circoncision vaut si tu pratiques la Loi, mais si
tu es un transgresseur de la Loi, toi, le circoncis, tu
deviens comme celui qui ne l'est pas.

26 En revanche En revanche, si celui qui n'a pas été circoncis
observe les justes préceptes de la Loi, son défaut de
circoncision ne vaudrait-il pas comme circoncision ?
27 Et celui Et celui qui n'a pas eu la circoncision en partage et
accomplit la Loi te jugera, toi le transgresseur de la
Loi, qui avais accès à la lettre et à la circoncision.

28 Ce n'est Ce n'est pas dans le visible qu'on est juif, ni dans le
29 Être visible de la chair que vaut la circoncision. Être juif
appartient au secret comme la circoncision vaut dans
le cœur, selon le Souffle et non selon la lettre ; est juif
celui dont la louange en vient pas des hommes mais
de Dieu.

— Quelle[17] est donc la supériorité du Juif, quel est 3, 1 Quelle
le bénéfice de la circoncision ?
— Ils sont grands à tous points de vue. D'abord, 2 D'abord
c'est aux Juifs qu'on été confiées les paroles[18] de Dieu.
— Alors quoi ? Si certains ont renié leur foi, leur 3 Alors
infidélité va-t-elle réduire à rien la fidélité de Dieu ?
— Non ! Que Dieu se révèle dans sa vérité[19], et 4 Non
l'homme dans son mensonge. Comme il est écrit : « Afin
que tu sois justifié dans tes paroles, et triomphes si
l'on te juge. »
— Mais si notre injustice renforce la justice de 5 Mais
Dieu, que dire ? N'est-il pas injuste, le dieu qui inflige
sa colère ? Je parle comme parlent les hommes.
— Non ! Car alors, comment Dieu peut-il juger le 6 Non
monde ?
— Mais si sa vérité est sortie plus grande, pour son 7 Mais
éclat, de mon mensonge, pourquoi donc suis-je, quant
à moi, jugé comme pécheur ?
— Alors, devons-nous nous soumettre aux outrages 8 Alors
de ceux qui nous accusent de dire qu'il faut faire le
mal pour qu'en sorte le bien ? Non. Il est juste que ces
gens soient condamnés.
— Alors, faut-il présenter une défense[20] ? 9 Alors
— Non. Car nous avons établi la cause de tout cela :
Juifs et Grecs, tous sont soumis au péché. Comme il 10 Comme
est écrit :

Il n'est pas de juste[21], pas même un seul
Il n'est pas d'être sensé 11 Il n'est
Pas un seul qui recherche Dieu.
Tous se sont écartés du chemin 12 Tous

Ensemble dépravés
Pas un seul d'honnête
Aucun

13 Leur Leur gorge est un tombeau béant
Avec leurs langues ils trament la ruse
Un venin de vipère est mis sous leurs lèvres
14 Leur Leur bouche est remplie par la malédiction et
l'amertume

15 Rapides Rapides sont leurs pieds quand ils courent verser le
sang
16 Désastre Désastre et misère sont sur leurs chemins
17 Le chemin Le chemin de la paix ils ne l'ont pas connu
18 Et leurs Et leurs yeux sont vides de la crainte de Dieu.

19 Mais Mais nous savons que tout ce que dit la Loi à ceux
qui vivent en elle, tout cela, ce sont des paroles — pour
interdire à toute bouche de s'ouvrir, et rendre le monde
20 C'est entier justifiable devant Dieu. C'est pourquoi aucune
chair ne sera justifiée face à lui d'après les actes dictés
par la loi, puisque la loi ouvre à la connaissance du
péché.

21 Désormais Désormais, sans user de la Loi, la justice de Dieu
s'est manifestée selon le témoignage de la Loi, et celui
des Prophètes.
22 Entendons Entendons-nous : il s'agit de la justice de Dieu, qui
s'adresse, à travers la fidélité de Jésus Christ[22], à tous
ceux qui lui donnent leur foi.
Car il n'y a pas de différence.
23 Tous 24 Et Tous ont péché et sont privés de l'éclat de Dieu. Et

s'ils sont justifiés, c'est par la gratuité de sa grâce qui
nous donne le rachat, celui qui s'accomplit en Jésus
Christ, lui que Dieu a exposé, instrument de pardon[23] 25 lui que
grâce à la fidélité exprimée par son sang; pour mon-
trer sa justice par la rémission des fautes anciennes,
commises au temps de la patience de Dieu — mais 26 au temps
aussi montrer celle qu'autorise le moment présent, où
il peut, lui, exercer sa justice en justifiant celui qui se
réclame de la fidélité de Jésus.

Où donc[24] est l'orgueil? 27 Où donc
— Il a été banni.
— Au nom de quelle Loi? Celle qui dicte les actes?
— Non. La Loi qu'est la foi. Parce que nous esti- 28 Parce
mons que la foi justifie l'homme sans les actes dictés
par la loi.
— Dieu est-il le Dieu des Juifs seulement et pas 29 Dieu est-il
celui de toutes les nations?
— Il est celui des nations, puisqu'il n'y a qu'un seul 30 puisqu'il
Dieu qui justifiera ceux qui ont été circoncis, au nom
de la fidélité, et ceux qui ne l'ont pas été, par cette
même fidélité.
— Alors, abolissons-nous la Loi pour la foi? 31 Alors
— Non! Nous établissons la Loi.
— Que[25] dirons-nous donc de la découverte d'Abra- 4, 1 Que
ham, notre ancêtre par la chair? Si Abraham a été jus- 2 Si Abraham
tifié par ses actes, il a de quoi s'enorgueillir, mais pas
face à Dieu. Que dit en effet l'Écriture? «Abraham 3 Que
donna[26] car foi à Dieu et cela fut pris en compte pour
le justifier.»
Pour celui qui fait son travail, le salaire n'est pas 4 Pour

5 Mais l'effet de la gratuité, c'est un dû. Mais à celui qui, au
lieu d'investir dans ses actes, met sa foi en celui qui
justifie l'homme sans religion, sa foi est comptée et
6 Ainsi pourra le justifier. Ainsi David dit-il le bonheur de
l'homme que Dieu justifie sans tenir compte de ses
actes :

7 Heureux «Heureux ceux[27] dont les injustices ont été pardonnées et les péchés recouverts d'ombre.

8 Heureux Heureux est l'homme dont le Seigneur n'a pas à calculer le péché.»

9 Ce bonheur Ce bonheur concerne-t-il les circoncis comme les incirconcis ?

— Oui, car nous disons : c'est la foi d'Abraham qui a été prise en compte pour le justifier.

10 Comment — Comment fut-elle prise en compte ? Une fois Abraham circoncis ou avant qu'il ne le fût ?

11 Et il — Avant qu'il ne le fût. Et il reçut le signe de la cir-
concision comme la marque de la justice que lui avait
valu sa fidélité dans le temps où il n'était pas circon-
cis. Aussi devient-il à la fois le père de tous ceux qui
donnent leur foi sans être circoncis, afin que cela soit
12 et le retenu pour leur justification, et le père de tous ceux
qui ne se contentent pas de la circoncision mais mar-
chent sur les traces de la fidélité qu'eut, avant d'être
circoncis, Abraham notre père.

13 De fait De fait, ce n'est pas par l'intermédiaire de la Loi que
s'accomplit la promesse faite à Abraham et à ceux de
sa descendance que le monde sera leur héritage, mais
14 Car par la justice qu'engendre la foi. Car si l'héritage se
fait selon la Loi, la fidélité devient vide et la promesse

s'abolit. Car la Loi déclenche la colère. Là où il n'y a 15 Car
pas de Loi, il n'y a pas de transgression.
Aussi l'héritage vient-il de la fidélité, il doit être don 16 Aussi
de la grâce, pour que se confirme la promesse, qui
s'étend à toute la descendance d'Abraham ; et pas seu-
lement celle qui se réclame de la Loi, mais aussi celle
qui se réclame de la fidélité d'Abraham, notre père à
tous.
Comme il est écrit : « Je t'ai[28] fermement établi père 17 Comme
de nombreuses nations. » Et cela en présence de Dieu
auquel il s'est confié, celui qui donne la vie aux morts
et appelle à être ce qui n'est pas.
Abraham, dans le défaut de l'espérance trouvant 18 Abraham
l'espérance, a eu la foi et devint ainsi père de nom-
breuses nations, selon ce qui fut dit : « Telle sera ta
descendance. »
Et avec une foi sans défaillance, il observa son 19 Et avec
propre corps que l'âge avait rendu comme mort — il
avait autour de cent ans — et le ventre de Sara, atteint
par cette même mort. Tourné vers la promesse de Dieu, 20 Tourné
il ne fut pas affaibli par le manque de foi, mais rendu
plus fort par la foi : et il célébra l'éclat de Dieu, plein 21 plein
de la certitude que ce qu'il avait annoncé par la pro-
messe, il pouvait l'accomplir.
Et tout cela fut pris en compte pour le justifier. 22 Et tout
Or l'Écriture ne dit pas que cela fut pris en compte 23 Or
pour lui seulement, mais cela nous concerne aussi, 24 mais
nous pour lesquels viendra le temps où cela nous sera
compté, nous qui croyons en celui qui réveilla d'entre
les morts Jésus notre Seigneur, livré pour nos erreurs 25 livré
et relevé pour notre justification.

5, 1 Ayant Ayant reçu notre justification de la foi, nous
sommes en paix avec Dieu grâce à notre Seigneur Jésus
2 lui Christ, lui qui nous a donné d'avoir accès à cette grâce
même où nous nous tenons et d'où nous tirons notre
3 Mais orgueil, dans l'espoir de l'éclat de Dieu. Mais pas seu-
lement. Nous tirons aussi orgueil de toutes formes
d'oppression, sachant que l'oppression forge la résis-
4 la résistance tance, la résistance la force dans l'épreuve, et la force
5 Et l'espoir dans l'épreuve, l'espoir. Et l'espoir ne nous déçoit pas,
car le pur amour[29] de Dieu a été déposé dans nos cœurs
par le Souffle saint qui nous a été donné.
6 En effet En effet, alors que nous étions sans force, c'est alors,
au moment voulu, que le Christ mourut pour des
hommes sans religion.

7 Or Or c'est avec difficulté qu'on mourra pour un juste.
Même pour un homme de bien, il n'est pas sûr qu'on
8 Et c'est ose mourir. Et c'est bien une preuve de son amour pour
nous que nous donne Dieu, que le Christ, alors que
nous étions encore pécheurs, soit mort pour nous.
9 Alors Alors, avec combien plus de facilité, maintenant
que nous sommes justifiés par son sang, serons-nous
10 Car sauvés par lui de la colère. Car si, alors que nous étions
les ennemis de Dieu, nous avons été réconciliés avec
lui par la mort de son fils, quel plus grand salut trou-
verons-nous, maintenant qu'il nous a réconciliés, dans
11 Et pas sa vie ! Et pas seulement ça. Mais nous trouvons notre
orgueil en Dieu, grâce à notre Seigneur Jésus Christ,
qui nous a obtenu, désormais, la réconciliation.

Aussi, de même que, par un seul homme, le péché 12 Aussi
est entré dans le monde et, par le péché, la mort, et
que la mort s'est propagée à tous les hommes, ainsi
tous ont péché[30] — car avant la Loi le péché était dans 13 car
le monde, mais en l'absence de la Loi le péché n'est
pas pris en compte. Ainsi donc a régné la mort depuis 14 Ainsi
Adam jusqu'à Moïse, même sur ceux qui n'avaient pas
péché, pris dans la ressemblance avec la transgression
d'Adam qui est figure de celui qui vient.

Mais il n'en va pas de la grâce 15 Mais
comme de la faute.

En effet, si par la faute d'un seul beaucoup sont morts,

avec combien plus de force la grâce de Dieu et le don qui repose dans la grâce de ce seul homme, Jésus Christ, se sont-ils répandus sur une multitude ?

Et la logique du don 16 Et la
n'est pas celle de la faute d'un seul.

Car le jugement porté sur la faute d'un seul a comme seule issue sa condamnation

le don gratuit portant sur de multiples fautes aboutit à leur acquittement.

Si, en effet, par la faute d'un seul, la mort a régné, 17 Si
avec combien plus de force ceux qui ont reçu la
grâce, dans sa profusion, et la justice, dans la

gratuité du don, régneront-ils, par le seul Jésus
Christ, dans la vie ?

18 Ainsi Ainsi, comme la faute d'un seul a entraîné tous les
hommes vers leur condamnation,
de même l'acte juste d'un seul a mené tous les
hommes vers leur acquittement qui est la vie.
19 Comme Comme, par la surdité[31] d'un seul homme, une
foule est entrée dans le péché,
de même par l'écoute d'un seul une foule
deviendra juste.

20 La Loi La Loi, elle, est intervenue, pour que se multiplie la
faute. Et là où le péché s'est multiplié,
a prospéré la grâce.

21 Aussi Aussi, de même que le péché a régné dans la mort,
de même la grâce règne par la justice en vue d'une
éternité de vie, par Jésus Christ notre Seigneur.

6, 1 Que Que dire ?
Qu'il faut nous installer dans le péché, afin que la
grâce prospère ?
2 Non Non. Nous qui sommes morts au péché, comment
pourrions-nous encore vivre en lui ?
3 Ou vous Ou vous ne voulez pas savoir que, plongés par le
baptême[32] en Jésus Christ, c'est dans sa mort que nous
avons été plongés ?
4 Nous Nous fûmes donc mis au tombeau avec lui par la
plongée dans la mort. Afin que, comme le Christ fut

réveillé d'entre les morts par la force éclatante[33] du
Père, nous marchions aussi dans une vie nouvelle.

Ou, si nous avons été unis au Christ dans la simili- 5 Ou
tude de sa mort, nous le serons aussi dans la simili-
tude de son relèvement.

Comprenons cela : ce qui était en nous l'homme 6 Comprenons
d'avant a été crucifié avec lui, afin que soit anéanti
notre corps acquis au péché[34], et que nous cessions
d'être ses esclaves. Car celui qui est mort a été justifié 7 Car
une fois pour toutes du péché. Et si nous sommes 8 Et si
morts avec le Christ, nous croyons que nous vivrons
aussi avec lui ; car nous savons que le Christ, une fois 9 car
qu'il s'est réveillé d'entre les morts, ne meurt plus, la
mort n'exerce plus[35] sur lui son pouvoir souverain.
Quand il est mort il est mort au péché, une fois pour 10 Quand
toutes. Mais sa vie, il la vit pour Dieu.

Il en est de même pour vous. Considérez que vous 11 Il en
êtes morts au péché mais vivants pour Dieu en Christ
Jésus.

Que le péché ne règne donc plus dans votre corps 12 Que
mortel[36], pour que vous écoutiez ses convoitises.
N'offrez plus vos membres comme armes d'injustice 13 N'offrez
au service du péché. Offrez-vous vous-mêmes à Dieu,
comme des vivants revenus de la mort[37], offrez vos
membres comme armes de la justice de Dieu. Le péché 14 Le péché
n'exercera plus son pouvoir souverain sur vous. Vous
n'êtes pas sous l'emprise de la Loi mais de la grâce.

Alors quoi ? 15 Alors

Allons-nous pécher parce que nous ne sommes plus
sous l'emprise de la Loi, mais de la grâce ?

16 Ne savez Non ! Ne savez-vous pas que lorsque vous vous offrez
en esclaves pour écouter et obéir, esclaves vous êtes
de qui vous écoutez, soit du péché qui travaille à la
mort, soit de l'obéissance qui travaille à la justice ?
17 Mais Mais grâces soient rendues à Dieu ! Vous étiez
esclaves du péché, et vous avez obéi de bon cœur à la
règle de la doctrine à laquelle vous vous étiez remis.
18 Mais Mais une fois affranchis du péché vous vous êtes sou-
mis en esclaves à la justice.

19 J'emprunte J'emprunte mes images à la langue des hommes
pour vous être accessible, dans la faiblesse de votre
chair.

Si vous avez jadis offert vos membres en esclaves à
l'impureté, et à l'injustice pour servir l'injustice,
offrez-les aujourd'hui en esclaves à la justice pour
vous sanctifier.
20 Quand Quand vous étiez esclaves du péché, vous étiez libres
21 Quel en matière de justice. Quel fruit recueilliez-vous alors
de choses dont vous rougissez aujourd'hui ? Car leur
fin est la mort.
22 Aujourd'hui Aujourd'hui, affranchis du péché et esclaves de Dieu,
vous cueillez un fruit qui vous mène à la sainteté, et la
23 Car fin en est une éternité de vie. Car les bénéfices du
péché, c'est la mort, mais le don de Dieu[38], dans la
gratuité de sa grâce, c'est une éternité de vie — dans
le Christ Jésus notre Seigneur.

7, 1 Ignorez Ignorez-vous, frères — je parle aux connaisseurs de
la Loi — que la Loi exerce son pouvoir souverain sur
la personne humaine aussi longtemps qu'elle vit[39] ?

Ainsi la femme soumise par le mariage à un homme, 2 Ainsi
aussi longtemps qu'il vit, est assujettie à sa loi. Mais
si l'homme meurt elle se trouve affranchie de sa loi.
C'est donc du vivant de cet homme qu'elle portera le 3 C'est
nom d'adultère si elle se donne à un autre. Si l'homme
meurt, elle est si totalement dégagée de la loi que, si
elle va avec un autre homme, elle ne sera pas adultère.
Vous aussi, mes frères, êtes morts à la Loi à travers 4 Vous
le corps du Christ[40] : c'était pour être à un autre, celui
qui fut réveillé d'entre les morts, afin que nous por-
tions nos fruits à Dieu.

Mais quand nous étions enfermés dans la chair, les 5 Mais
passions qui nous entraînent à pécher et que la loi
nous fait connaître œuvraient en nos membres pour
nous faire porter nos fruits de mort.
À présent, nous avons été affranchis de la Loi, en 6 À présent
mourant à ce qui nous tenait prisonniers, afin de servir
dans la nouveauté du Souffle et non plus dans la vétusté
de la lettre.

Qu'est-ce[41] à dire ? Que la Loi est péché ? 7 Qu'est-ce
Non ! Mais je ne connais pas le péché sans l'entre-
mise de la Loi.
Et j'aurais ignoré la convoitise si la Loi n'avait
déclaré : « Tu ne convoiteras pas[42]. » Saisissant l'occa- 8 Saisissant
sion, par le biais de l'interdit, le péché fomente en moi
toute sorte de convoitises. Car sans la Loi, le péché ne
vit pas.

Or moi, je vivais autrefois sans la Loi, mais quand 9 Or
est apparu l'interdit, le péché s'est remis à vivre.

10 Et moi Et moi, je suis mort. Et en moi, l'interdit, fait pour la
vie, devient instrument de mort.
11 Car Car le péché, saisissant l'occasion, m'abusa par le
biais de l'interdit et, en l'utilisant, fit de moi un mort[43].
12 Pourtant Pourtant la Loi est sainte, et l'interdit est saint,
juste et bon.

13 Aussi Aussi, ce qui était bon est, pour moi, devenu mort ?
Non ! Mais le péché, pour être repérable comme
péché, utilise le vecteur d'une chose bonne, me pous-
sant vers la mort. Si bien que, par le biais de l'interdit,
le péché put développer en moi son immense pouvoir
de mal.
14 Nous Nous savons bien que la Loi est faite du Souffle.
Mais moi, je suis un être de chair, vendu au pouvoir
du péché.
15 Ce que Ce que je fais, je ne le comprends pas.
Et je ne fais pas ce que je veux, je fais tout ce que
16 Mais je hais. Mais si je fais ce que je ne veux pas, cela ne
m'empêche pas d'être d'accord avec la Loi et de trou-
17 C'est ver qu'elle est belle. C'est que désormais ce n'est plus
moi qui agis, mais le péché qui loge en moi.

18 Pour Pour ce qui est du beau, je sais qu'il n'habite pas en
moi, je veux dire dans ma chair. Ainsi le vouloir est à ma
19 puisque portée, mais non pas l'accomplir, puisque je ne fais pas
20 Or le bien que je veux, mais le mal que je ne veux pas. Or,
si je fais précisément ce que je ne veux pas, ce n'est plus
moi qui accomplis l'acte, mais le péché qui loge en moi.
21 Je trouve Je trouve donc une loi qui s'impose à moi quand je

veux faire le bien, et c'est le mal qui est à portée de
mes mains.
Car l'homme intérieur, en moi, se complaît dans la 22 Car
Loi de Dieu, mais c'est une autre loi que je vois dans 23 mais
mes membres, qui lutte contre celle de mon intelligence
et m'enchaîne à la loi du péché qui règne dans mes
membres.

Malheureux humain que je suis! 24 Malheureux
Qui me délivrera de ce corps qui me mène à la mort?

Grâces soient rendues à Dieu par Jésus Christ notre 25 Grâces
Seigneur.

C'est donc moi, oui, moi, qui suis le serviteur[44], par la pensée, de la Loi de Dieu, tandis que ma chair est l'esclave de la loi du péché.

Ils ne sont donc plus condamnés, désormais[45], ceux 8, 1 Ils ne
qui vivent en Jésus Christ: la logique du Souffle[46], qui 2 la logique
est la vie, en Jésus Christ t'a libéré de la loi de péché
et de mort. Là où la Loi était impuissante, parce qu'af- 3 Là où
faiblie par la chair, Dieu agit. En envoyant son fils, fait
d'une chair soumise au péché semblable à la nôtre,
pour nous éclairer sur le péché, il condamna le péché
dans la chair. Afin que le juste précepte de la Loi fût 4 Afin
accompli en nous, nous à qui il devint possible de mar-
cher en obéissant non à la chair mais au Souffle.

Car ceux qui vivent dans la chair ne peuvent penser 5 Car
que les choses de la chair, ceux qui vivent dans le
Souffle les choses du Souffle.

6 Or Or la pensée de la chair est la mort, celle du Souffle
est la vie et la paix.

7 Aussi Aussi la pensée de la chair est-elle l'ennemi de
Dieu, car à la loi de Dieu elle ne se soumet pas : elle ne
8 Donc le peut pas. Donc ceux qui vivent dans la chair ne peu-
vent plaire à Dieu.
9 Mais Mais vous, vous n'êtes pas dans la chair mais
dans le Souffle, s'il est vrai que le Souffle de Dieu
vous habite.

Qui n'a pas le Souffle du Christ ne lui appartient
pas.
10 Mais Mais si le Christ est en vous, bien que le corps soit
mort à cause du péché, le Souffle est vivant grâce à la
justice.

11 Et si Et si le Souffle de celui qui a fait se réveiller Jésus[47]
d'entre les morts habite en vous, celui qui a fait se
lever Christ rendra aussi à la vie vos corps mortels,
12 Aussi par ce même Souffle qui habite en vous. Aussi, frères,
ce n'est pas à la chair, pour qu'il faille vivre selon sa
logique, que nous devons d'être en vie.
13 Car Car si vous vivez selon la chair, vous allez mourir.
Mais si, grâce au Souffle, vous mettez à mort les
œuvres du corps, vous vivrez.
14 Tous Tous ceux qui se laissent conduire par le Souffle de
15 Car Dieu sont fils de Dieu. Car vous n'avez pas reçu un
souffle d'esclaves pour retrouver le chemin de la peur,
mais un souffle de fils, celui qui nous fait crier : «*Abba*»,
Père.

Le Souffle lui-même se joint à notre souffle pour 16 Le Souffle
témoigner que nous sommes enfants de Dieu —
enfants, donc héritiers, héritiers de Dieu, cohéritiers 17 enfants, donc
du Christ — si du moins nous souffrons avec lui, afin
de participer de son éclat.

Et je pense que les souffrances du moment présent 18 Et je
ne pèsent pas du même poids que l'éclat qui va se
révéler en nous. Car la création en attente aspire vive- 19 Car
ment à la révélation des fils de Dieu[48].

Car si à la vanité la création fut soumise, non par sa 20 Car
volonté mais par la faute de celui qui l'y a soumise[49],
c'est avec l'espérance d'être délivrée de l'esclavage, 21 d'être
de la perdition, pour trouver l'éclatante liberté des
enfants de Dieu.

Nous le savons : la création tout entière, jusqu'à ce 22 Nous
jour, gémit dans les douleurs de l'enfantement. Et non 23 Et non
seulement la création, mais nous, qui avons en nous
les prémices, les premières traces du Souffle. Nous
gémissons aussi en nous-mêmes dans l'attente de la
filiation, la délivrance de notre corps.

Notre salut est dans l'espoir. 24 Notre

Mais l'espoir qui appréhende clairement son objet
n'est plus de l'espoir. Car qui espère ce qu'il peut voir ?
Si, au contraire, nous espérons ce que nous ne voyons 25 Si
pas, nous l'attendons avec la tension de la patience.

Ce qui autorise le Souffle à venir au secours de notre 26 Ce qui
faiblesse. Car prier comme il faut, nous ne savons pas
le faire. Mais le Souffle lui-même intercède pour nous
dans des gémissements indicibles. Et celui qui scrute 27 Et celui

les cœurs connaît l'agir du Souffle et sait qu'il intercède en faveur des saints, conformément au projet divin.

28 Et nous Et nous savons que, pour ceux qui l'aiment, Dieu
met tout en œuvre pour leur bien — pour tous ceux
29 Car qui, selon son dessein, ont été convoqués. Car ceux
que d'avance il a reconnus, il les a prédestinés à être
conformes à l'image de son fils, afin que celui-ci
30 Et ceux devienne l'aîné de nombreux frères. Et ceux qu'il a
prédestinés, il les a convoqués, ceux qu'il a convoqués,
il les a justifiés, ceux qu'il a justifiés, il leur a fait partager son éclat.

31 Que Que dire, face à tout cela?
Si Dieu est avec nous, qui sera contre nous?
32 Lui Lui qui n'a pas épargné son propre fils mais l'a livré
pour nous, comment pourrait-il, prenant appui sur ce fils, ne pas nous faire grâce de toutes choses?
33 Qui Qui lancera une accusation contre ceux que Dieu a
choisis?
34 qui Quand c'est Dieu qui justifie, qui donc condamnera?
Le Christ, celui qui est mort, et plus encore, a été réveillé d'entre les morts, celui qui est à la droite de Dieu, et qui intercède pour nous?
35 Qui Qui nous séparera de l'amour du Christ? L'oppression, l'angoisse, la persécution, la faim, la nudité, le danger, le glaive?
36 Comme Comme il est écrit: «À cause[50] de toi, l'on nous met
à mort tout le long du jour; on nous a pris pour des moutons d'abattoir.»

Mais de tout cela nous sortons vainqueurs grâce à 37 Mais
celui qui nous a aimés.

Car j'ai la certitude 38 Car
que ni la mort ni la vie,
ni les anges ni les commandants,
ni le présent ni l'avenir,
ni les forces cosmiques d'en haut ni les forces d'en 39 d'en haut
bas,
ni aucune créature au monde
ne pourra nous séparer de l'amour de Dieu,
celui qui est en Jésus Christ notre Seigneur.

C'est la vérité que je dis dans le Christ, je ne mens 9, 1 C'est
pas — ma conscience témoigne pour moi dans le
Souffle saint, que ma tristesse est grande et la souf- 2 que
france ininterrompue dans mon cœur.
Au point de souhaiter être moi-même anathème, 3 Au point
éloigné du Christ, pour mes frères, ceux de ma race
par la chair. Ceux-là sont israélites, à eux la filiation et 4 Ceux-là
l'éclat, les alliances et la loi en partage, le culte et les
promesses. À eux les pères, d'eux est issu le Christ, par 5 À eux
la chair.
Que celui[51] qui est au-dessus de tous, Dieu, soit béni
a travers les âges, amen.
Non que la parole de Dieu soit tombée. Non. Mais 6 Non
tous ceux d'Israël ne font pas Israël. De même tous les 7 De même
enfants d'Abraham ne constituent pas sa descendance ;
mais « c'est en Isaac[52] que sera convoquée[53], pour por-
ter ton nom, une descendance ».

8 Cela Cela veut dire : ce ne sont pas les enfants de la chair
qui sont enfants de Dieu. Seuls les enfants de la pro-
9 En témoigne messe se comptent en termes de descendance. En
témoigne cette parole de la promesse : « Au moment[54]
voulu je viendrai et il y aura un fils pour Sara. »
10 Et pas Et pas seulement. Mais aussi l'histoire de Rébecca,
qui avait conçu, dans l'union avec un seul homme,
11 Ses Isaac notre père. Ses enfants n'étant pas encore nés,
n'avaient pu faire ni bien ni mal que déjà il fut dit à
Rébecca — pour que s'affirme le projet de Dieu, celui
12 non du choix, non selon les actes, mais selon la convoca-
tion —, il lui fut dit que le plus grand[55] serait un
esclave pour le plus petit.
13 Comme Comme il est écrit : « J'ai aimé Jacob et j'ai haï
Ésaü[56]. »

14 Qu'est-ce Qu'est-ce à dire ? Y aurait-il de l'injustice du côté de
Dieu ? Évidemment, non.
15 Car Car à Moïse il dit : « Je prends[57] en miséricorde qui je
prends en miséricorde, je prends en pitié qui je prends
16 Il ne en pitié. » Il ne s'agit[58] donc ni de vouloir, ni de faire la
course, mais d'être pris dans la miséricorde de Dieu.
17 Car Car l'Écriture dit à Pharaon : « Voilà[59] pourquoi je
t'ai suscité : pour montrer par toi ma puissance et
pour que soit annoncé mon nom sur toute la terre. »
18 C'est C'est ainsi : qui il veut, il le prend en miséricorde et
qui il veut, il le rend insensible.

19 Tu vas Tu vas me dire : « Que trouve-t-il encore à blâmer ?
À son vouloir, qui résiste ? »
20 Homme Homme ! Il faut inverser la question : qui es-tu pour

donner la réplique à Dieu ? L'ouvrage façonné dira-t-il
à celui qui façonne : « Pourquoi m'as-tu fait ainsi ? »
N'a-t-il pas autorité, le potier qui travaille l'argile, de 21 N'a-t-il
faire sortir de la même pâte tantôt un vase rare, tantôt
un vase ordinaire ?

Puisque[60] Dieu, voulant montrer sa colère et faire 22 Puisque
connaître sa puissance, a porté, dans sa grande
patience, des vases de colère façonnés pour la perdi-
tion ; et cela afin de faire mieux connaître la richesse 23 et cela
de son éclat sur des vases de miséricorde qu'il a façon-
nés d'avance pour servir cet éclat...

C'est ainsi qu'il nous a convoqués, nous qui venions 24 C'est
d'entre les Juifs mais aussi des nations. Comme il est 25 Comme
dit en Osée : « J'appellerai[61] le peuple qui n'est pas le
mien "mon peuple" et celle qui n'est pas aimée : "mon
aimée". Et ce sera dans le lieu où il leur fut dit : "Vous 26 Et ce
n'êtes pas mon peuple", c'est là qu'ils seront appelés
fils du Dieu qui vit. »

Isaïe, lui, s'écrie au sujet d'Israël : « Quand[62] le 27 Isaïe
nombre des fils d'Israël serait égal au sable de la mer,
il y aura un reste et il sera sauvé. Car le Seigneur, la 28 Car
menant à son terme en un geste de conclusion, réali-
sera sa parole sur cette terre. » C'est encore ce qu'avait 29 C'est
prédit Isaïe : « Si le Seigneur[63] Sabaôt[64] n'avait laissé
subsister pour nous une semence[65], nous serions deve-
nus Sodome, nous serions semblables à Gomorrhe. »

Que dire, alors ? Que des nations qui ne cherchaient 30 Que dire
pas de justice ont atteint une justice, la justice qui naît
de la fidélité, alors qu'Israël, poursuivant une loi de 31 alors
justice, n'a pas su rejoindre la Loi.

32 Pourquoi Pourquoi ? Parce qu'au lieu de compter sur la fidé-
lité ils comptaient sur les actes. Ils ont heurté la pierre
33 comme d'achoppement, comme il est écrit : « Voici[66] que je
pose en Sion une pierre d'achoppement et un rocher
qui fait trébucher, mais qui s'en remet à lui échappera
à l'indignité. »

10, 1 Frères Frères, le souhait de mon cœur, et ma prière pour
2 Car eux[67], est qu'ils parviennent au salut. Car j'en témoigne,
ils ont un zèle jaloux[68] de Dieu, mais leur zèle est privé
3 Ignorant de la vraie connaissance. Ignorant la justice de Dieu,
cherchant à établir leur propre justice, ils ne se sou-
4 Car mettent pas à celle qui vient de Dieu. Car la fin de la
Loi[69], c'est le Christ, qui mène à la justice tous ceux
qui mettent leur foi en lui.
5 Ce que Ce que Moïse écrit de la justice née de la Loi, c'est
que l'homme[70], en l'accomplissant, vivra par elle.
6 Mais Mais la justice née de la foi parle ainsi : « Ne dis
pas[71] dans ton cœur : "Qui montera au ciel ?" quand il
7 Ni s'agit d'en faire descendre le Christ. Ni : "Qui descen-
dra dans l'abîme ?" quand il s'agit de faire remonter le
Christ d'entre les morts. »

8 Que Que dit cette justice-là ? « Tout près de toi est cette
histoire-là[72], dans ta bouche et dans ton cœur. » Il
9 Si tu s'agit du récit de fidélité que nous proclamons. Si tu te
sers de ta bouche pour confesser que Jésus est le Sei-
gneur, et de ton cœur pour croire que Dieu l'a réveillé
10 Dans d'entre les morts, tu seras sauvé. Dans ton cœur la foi
devient justice, sur tes lèvres la confession mène au
11 Car salut. Car l'Écriture dit : « Quiconque[73] s'en remet à lui

échappera à l'indignité.» Tant il n'y a pas de distinc- 12 Tant
tion entre Juif et Grec. Tous ont le même Seigneur,
dont la richesse se déverse sur tous ceux qui savent
l'invoquer. Quiconque invoquera le nom du Seigneur 13 Quiconque
sera sauvé.

Mais comment l'invoqueraient-ils, lui en qui ils 14 Mais
n'ont pas cru?

Et comment croire en lui sans l'avoir écouté[74]?

Mais comment l'écouter si personne ne le proclame?

Comment le proclamer sans être par lui envoyé? 15 Comment
Comme[75] il est écrit: «Comme ils sont bienvenus, les
pieds des porteurs de l'Annonce.»

Mais tous n'ont pas écouté l'Annonce[76]. Et Isaïe 16 Mais
dit: «Seigneur, qui a cru en nous quand nous disions:
"Écoute"?»

Or la foi naît de l'Annonce, et l'Annonce, de l'his- 17 Or
toire du Christ.

Et je demande: est-il vrai qu'ils n'aient pas entendu? 18 Et je

Mais si, ils ont entendu. «Sur toute[77] la terre a
retenti la voix des messagers; leurs récits ont atteint le
bout du monde.»

Je demande encore: Israël n'aurait-il pas compris? 19 Je demande
Moïse est le premier à le dire: «Je vous mènerai[78] au
point où vous serez jaloux de ceux qui ne sont pas une
nation et aussi au point où naîtra votre colère contre
une vraie nation sans intelligence.»

Et Isaïe ose dire: «J'ai été[79] trouvé par ceux qui ne 20 Et Isaïe
me cherchent pas, je me suis montré à ceux qui ne me
demandent rien.» Et à l'adresse d'Israël il dit: «Tout 21 Et

le jour j'ai tendu les mains à un peuple désobéissant et
rebelle. »

11, 1 Je demande Je demande donc : Dieu aurait-il rejeté son peuple ?
Non, bien sûr. Puisque moi, je suis israélite, né de
la descendance d'Abraham, de la tribu de Benjamin.
2 Dieu Dieu n'a pas rejeté son peuple, qu'il a d'avance
reconnu.
Ou bien ignorez-vous ce que dit l'Écriture, à propos
3 Seigneur d'Élie ? Quand il se plaint d'Israël à Dieu : « Seigneur[80],
tes prophètes, ils les ont tués, tes autels, ils les ont
rasés, moi seul suis resté et ils me cherchent pour me
tuer. »
4 Alors Alors que lui répond l'oracle divin ? « Je me suis[81]
gardé sept mille hommes, ceux qui n'ont pas plié le
genou devant Baal. »
5 De même De même, en ce moment présent, il y a un reste
6 Et s'il préservé par le choix de la grâce. Et s'il est fait gratui-
tement, ce n'est plus en raison des actes, sinon la gra-
tuité n'est plus gratuite.
7 Alors Alors quoi ? Ce que recherche Israël, il ne l'a pas
atteint, mais ceux qui ont fait l'objet du choix l'ont
8 Comme atteint, et les autres ont été rendus insensibles. Comme
dit l'Écriture : « Dieu leur[82] a donné un esprit de tor-
peur, des yeux pour ne pas voir, des oreilles pour ne
9 Et David pas entendre jusqu'au jour d'aujourd'hui. » Et David
dit : « Que leur table[83] devienne pour eux un piège, une
trappe, un scandale, en somme qu'elle soit leur salaire.
10 Que Que leurs yeux s'enténèbrent pour perdre la vue. Fais-
leur courber le dos par tous les moyens. »

Je dis donc : quand ils ont trébuché, sont-ils tombés 11 Je dis
pour de bon ? Certainement pas. Mais leur faux pas[84]
a fait le salut des nations. Et ce dans le but de les rap-
procher, eux, de la jalousie. Et si leur faux pas fait la 12 Et si
richesse du monde et leur abaissement la richesse des
peuples, que ne fera leur épanouissement ? Et à vous, 13 Et à
les nations, je dis : je suis bien envoyé vers vous,
nations, et je glorifie mon service. Car ainsi j'espère 14 Car
pousser à la jalousie ceux de ma race et en sauver
quelques-uns. Car si leur mise à l'écart a été la récon- 15 Car
ciliation du monde, que sera leur retour, sinon la vie
rendue d'entre les morts ?

Or si les premières offrandes de la moisson sont 16 Or
saintes, la pâte l'est aussi. De même si la racine est
sainte, les branches le sont aussi.

Mais quelques-uns des rameaux ont été coupés. Et 17 Mais
voici que toi, olivier sauvage, tu as été greffé, parmi
les branches, partageant, avec elles, de la sève de l'oli-
vier à partir de sa racine. Ne fais pas le fier aux dépens 18 Ne fais
des rameaux. Et si tu t'enorgueillis, écoute : tu ne
portes pas, toi, la racine, c'est la racine qui te porte.

Tu diras sans doute : « Des rameaux ont été coupés 19 Tu diras
afin que moi je sois greffé. » Soit. Ils ont été coupés par 20 Soit
leur infidélité, et toi, c'est par la fidélité que tu tiens.
Ne pense pas en termes d'orgueil mais de crainte. Car 21 Car
si Dieu n'a pas épargné les rameaux naturels, il ne
t'épargnera pas non plus.

Vois donc la bonté et la sévérité de Dieu : sévérité 22 Vois
envers ceux qui sont tombés, bonté envers toi — si tu
sais demeurer dans sa bonté, autrement comme les

23 Quant autres tu seras coupé. Quant à eux, s'ils ne demeurent
pas dans l'infidélité, ils seront greffés. Car il a le pou-
24 Si toi voir, Dieu, de les greffer à nouveau. Si toi, en effet, tu
as été arraché à l'olivier sauvage auquel tu apparte-
nais par nature, et greffé, en contournant la nature, sur
l'olivier cultivé, combien plus aisément seront-ils gref-
fés sur l'olivier qui est le leur, celui auquel ils appar-
tiennent par nature ?

25 Car Car je ne veux pas vous laisser ignorer, frères, ce
mystère, afin de vous éviter de vous prendre pour des
sages : l'endurcissement d'une partie d'Israël est advenu
et durera jusqu'à ce que soit entrée dans la fidélité[85] la
totalité des nations.

26 Alors Alors tout Israël sera sauvé, comme il est écrit :
« Viendra[86] de Sion le libérateur, il écartera les impiétés
27 Et telle de Jacob. Et telle sera mon alliance avec eux, quand
j'enlèverai leurs péchés. »

28 Ils Ils sont, face à l'Annonce, ennemis, à cause de vous.
Mais ils sont, selon le libre choix de Dieu, aimés à
cause de leurs pères.

29 Irreprenables Irreprenables sont, en effet, les dons et la convoca-
tion de Dieu.

30 Car Car voici. Vous avez, jadis, désobéi à Dieu ; mainte-
nant, au contraire, vous avez obtenu miséricorde, parce
31 Mais que eux ont désobéi. Mais leur sort est comparable au
vôtre.

Ils ont désobéi, maintenant, c'est un fait, par suite
de la miséricorde à vous accordée. Mais c'est afin d'ob-
tenir, eux aussi, à leur tour, maintenant, miséricorde.

Car Dieu les a tous enfermés dans la désobéissance 32 Car
afin d'offrir à tous sa miséricorde.

Ô profondeur de la richesse, 33 Ô profondeur
de la sagesse,
de la connaissance de Dieu.
Comme ses jugements sont insondables et impénétrables ses voies.
Qui a jamais connu l'intelligence du Seigneur? 34 Qui
Qui a jamais pu être son conseiller?
Ou qui l'a devancé par ses dons de sorte qu'il doive 35 Ou qui
être payé par lui de retour?
Tout est de lui, 36 Tout
et par lui,
et pour lui.
À lui soit l'éclat à travers les âges. Amen.

Je vous[87] exhorte donc, frères, au nom de la com- 12, 1 Je vous
passion que Dieu nous a montrée, à offrir vos per-
sonnes[88] en sacrifice vivant, saint, agréable à Dieu.
Car c'est là le culte logique que vous lui devez. Ne vous 2 Ne vous
conformez pas à l'air du temps. Laissez-vous transfor-
mer par l'intelligence nouvelle, elle vous aidera à dis-
cerner quelle est la volonté de Dieu, bonne, agréable,
parfaite.
Et je dis, au nom de la grâce qui m'a été donnée, à 3 Et je
chacun d'entre vous: ne visez pas trop haut dans la
pensée, au-delà de ce qu'il vous faut penser; pensez
juste assez pour penser sagement[89], chacun à la mesure
de la foi que Dieu lui a donnée en partage.
En effet. 4 En effet

De même que nous avons plusieurs membres et un
seul corps et que ces membres n'ont pas tous la même
5 ainsi fonction, ainsi sommes-nous, à plusieurs, un seul
corps en Christ, chacun étant, pour sa part, un
6 Mais membre pour les autres. Mais nous avons des dons
différents selon la grâce qui nous est échue.

La prophétie, à proportion de notre foi.
7 Le service Le service, par le service.
Le don d'enseigner, par l'enseignement.
8 Le don Le don d'exhorter, par l'exhortation.
Que celui qui partage le fasse sans limite.
Que celui qui préside soit prompt en décision.
Celui qui pratique la miséricorde, qu'il le fasse dans la joie.

9 L'amour L'amour ne joue pas la comédie.
Abhorrez le mal, attachez-vous au bien.
10 Que Que l'amour fraternel vous lie les uns aux autres tendrement.

Rivalisez d'estime les uns avec les autres.
11 D'un D'un zèle sans nonchalance,
d'un souffle ardent,
soyez esclaves du Seigneur.

12 Soyez Soyez joyeux dans l'espérance,
endurants dans la détresse,
tenaces dans la prière.

13 Pourvoyez Pourvoyez, pour votre part, aux besoins des saints,
allez au-devant de l'étranger par l'hospitalité.
14 Bénissez Bénissez ceux qui vous persécutent,
bénissez et ne maudissez pas.

Réjouissez-vous avec ceux qui sont dans la joie, 15 Réjouissez
pleurez avec ceux qui pleurent.

Ayez entre vous un comportement égal, une même 16 Ayez
pensée[90].
Ne soyez pas hautains en pensée, faites-vous solidaires des humbles.
Ne vous prenez pas vous-mêmes pour de grands penseurs.

Ne rendez à personne le mal pour le mal. 17 Ne rendez
Ayez comme projet le bien face à tous.
Si possible, et pour votre part, vivez en paix avec 18 Si possible
tous.
Ne vous vengez pas vous-mêmes, bien-aimés, 19 Ne vous
laissez place à sa colère, car il est écrit :
«À moi[91] appartient la vengeance, moi seul
donnerai à chacun selon son dû, dit le Seigneur.»

Si ton ennemi a faim, nourris-le, 20 Si
s'il a soif, donne-lui à boire.
Tu accumuleras sur sa tête les braises brûlantes.
Ne sois pas vaincu par le mal, 21 Ne sois
vaincs le mal par le bien.

Que toute vie se soumette[92] aux autorités qui la 13, 1 Que
dépassent. Car il n'est pas d'autorité qui ne vienne de
Dieu, et celles qui existent, c'est Dieu qui les a établies.
Aussi, qui se dresse contre l'autorité se dresse contre 2 Aussi
l'ordre instauré par Dieu. Les rebelles attireront sur
eux-mêmes le jugement. Car les magistrats ne sont 3 Car

pas une menace pour ceux qui œuvrent au bien, mais
pour ceux qui font le mal.

Veux-tu ne pas craindre l'autorité ? Fais le bien et
4 Car tu recevras d'elle des louanges. Car elle est le serviteur
de Dieu pour t'encourager au bien.

Mais si tu fais le mal, crains-la. Car ce n'est pas en
vain qu'elle porte le glaive. De Dieu elle est le servi-
teur : vengeresse, elle porte sa colère contre celui qui
5 C'est commet le mal. C'est pourquoi se soumettre est une
nécessité. Non seulement par crainte de la colère,
mais par souci de la conscience.

6 C'est C'est encore la raison pour laquelle vous acquittez
des impôts. Vous les acquittez auprès des officiers de
7 Rendez Dieu, commis par lui à cet office. Rendez à chacun ce
que vous lui devez ; à qui l'impôt, l'impôt, à qui la taxe,
la taxe, à qui la crainte, la crainte, à qui l'honneur,
l'honneur.

8 Ne devez Ne devez rien à personne sinon l'amour, celui des
uns pour les autres. Car celui qui aime l'autre a rem-
pli toutes les exigences de la Loi.

9 Aussi Aussi les commandements « Tu ne commettras[93]
pas l'adultère », « Tu ne tueras pas », « Tu ne voleras
pas », « Tu ne convoiteras pas », ceux-là et d'autres se
résument à cette parole :

« Tu aimeras[94] ton prochain comme toi-même. »
10 L'amour L'amour ne blesse en rien le prochain. La plénitude de
la Loi est l'amour.

Savez-vous en quel moment nous sommes ? Et qu'il 11 Savez
est l'heure de vous faire réveiller[95], de sortir du som-
meil ? Car à présent le salut est plus proche de nous
qu'au moment où nous sommes entrés dans la fidé-
lité[96]. La nuit est avancée, le jour approche. Débarras- 12 La nuit
sons-nous donc des œuvres des ténèbres, revêtons les
armes de la lumière. Comme il sied au jour, marchons 13 Comme
honnêtement : pas de ripailles ni de saouleries, pas de
coucheries ni de débauches, pas de querelles ni de
jalousies. Mais revêtez le Seigneur Jésus Christ. Ne 14 Mais
faites pas vôtre la préoccupation de la chair qui vous
lance vers des désirs fous.

Accueillez celui qui est faible dans sa foi, sans 14, 1 Accueillez 2 La foi
mettre en doute ses opinions. La foi de l'un l'autorise
à manger de tout. L'autre, dans sa faiblesse, ne mange
que des légumes. Que celui qui mange ne méprise pas 3 Que
celui qui ne mange pas, que celui qui ne mange pas ne
juge pas celui qui mange, car Dieu l'a accueilli. Qui 4 Qui
donc es-tu pour juger le serviteur d'un autre ? C'est
pour son propre seigneur qu'il tient bon ou qu'il tombe.
Et il tiendra car le Seigneur a le pouvoir de le faire
tenir.

L'un choisit un jour de préférence à un autre. Pour 5 L'un
l'autre, tous les jours se valent. Que chacun demeure
attaché à son intime conviction. Celui qui règle son 6 Celui
comportement sur les jours le fait pour le Seigneur. Et
celui qui mange mange pour le Seigneur — en effet il
rend grâces à Dieu. Celui qui ne mange pas, c'est pour
le Seigneur qu'il s'abstient et lui aussi rend grâces à

7 Aucun Dieu. Aucun de nous ne vit pour lui-même et aucun
8 Car pour lui-même ne meurt. Car s'il est vrai que nous,
nous vivons pour le Seigneur ; et si nous mourons, c'est
pour lui que nous mourons. Ainsi, que nous vivions ou
que nous mourions, nous appartenons au Seigneur.
9 Puisque Puisque c'est pour cela que Christ est mort et revenu à
la vie, c'est pour régner sur les vivants et les morts.

10 Alors Alors toi, pourquoi juges-tu ton frère ? Et toi, pour-
quoi le méprises-tu ? Tous, nous comparaîtrons[97]
11 Car devant le tribunal de Dieu. Car il est écrit :

«Je vis[98], dit le Seigneur.
Devant moi, tout genou fléchira,
toute langue célébrera Dieu.»

12 Aussi Aussi chacun de nous, singulièrement, rendra compte
13 Cessons à Dieu. Cessons de nous juger les uns les autres. Jugez
préférable de ne pas mettre sur le chemin de votre
14 Je sais frère une cause de trébuchement ou un scandale. Je
sais, et je tiens ma certitude du Seigneur Jésus, que rien
n'est impur en soi, sinon pour celui qui l'estime tel :
15 Mais pour celui-là il y a de l'impur. Mais si, pour une his-
toire de nourriture, tu attristes ton frère, tu ne marches
plus selon l'amour. Pour une simple question de nour-
riture, ne va pas faire périr celui pour lequel Christ est
16 Que mort. Que ce qui est bien pour vous ne devienne pas
17 Car objet d'outrages. Car le règne de Dieu n'est pas fait de
nourriture ni de boisson, mais de justice, de paix et de
18 Et celui joie dans le Souffle saint. Et celui qui est esclave de
Christ en ces choses est agréable à Dieu et estimé des
19 Recherchons hommes. Recherchons donc les choses de la paix et

celles qui servent à notre mutuelle édification. Ne va 20 Ne va
pas, pour une question de nourriture, détruire l'œuvre
de Dieu. Toutes choses sont pures, certes, mais il est
mal, pour un homme, de manger ce qui va provoquer la
chute d'un autre. Il est beau de ne pas manger de 21 Il est
viande, de ne pas boire de vin, de renoncer à tout ce qui
fait chuter ton frère. Toi, ce que ta foi t'autorise à pen- 22 Toi
ser, garde-le pour toi face à Dieu. Bienheureux celui
qui ne se juge pas coupable au moment où il fait son
choix. Mais celui qui a des doutes, quand il mange, est 23 Mais
d'avance condamné, car sa décision ne vient pas de sa
foi. Or tout ce qui ne vient pas de la foi est un péché.

Nous nous devons, nous, les forts, de prendre en 15, 1 Nous
charge les faiblesses de ceux qui n'ont pas notre force,
et de ne pas chercher à nous faire plaisir. Que chacun 2 Que
de nous plaise à son prochain pour nous rapprocher
du bien, de l'édification.

Car le Christ n'a pas cherché à se faire plaisir mais, 3 Car
comme il est écrit : « Les insultes[99] de ceux qui t'insul-
taient sont retombées sur moi. » Et tout ce qui jadis a 4 Et tout
été écrit l'a été pour notre enseignement — pour que,
grâce à la patience et au réconfort donnés par l'Écri-
ture, nous possédions l'espérance.

Que le Dieu de la patience et du réconfort vous 5 Que
donne d'agir les uns sur les autres, unis par la même
pensée, celle du Christ Jésus. Afin que du même cœur, 6 Afin
d'une même voix, vous disiez l'éclat de Dieu, père de
notre Seigneur Jésus Christ.

7 Alors Alors accueillez-vous les uns les autres aussi
bien que le Christ vous a accueillis, pour l'éclat de
Dieu.
8 Je le Je le dis, en effet : Christ s'est fait le serviteur de la
circoncision pour la vérité de Dieu. Pour confirmer[100]
9 Les nations les promesses reçues par les pères. Les nations, elles,
disent l'éclat de Dieu pour sa miséricorde.

Comme il est écrit :

« C'est pourquoi[101] je te célébrerai parmi les
nations et je chanterai ton nom ».

10 Il est Il est dit aussi :

« Nations[102], réjouissez-vous avec le peuple du
Seigneur[103]. »

11 Et encore Et encore :

« Vous toutes[104], nations, chantez le Seigneur.
Et vous tous, peuples, faites-en la louange. »

12 Isaïe Isaïe dit aussi :

« Viendra[105] le descendant de Jessé,
il se lèvera pour gouverner les nations
et elles mettront leur espoir en lui. »

13 Que Que le Dieu de l'espérance vous remplisse d'une paix et d'une joie sans défaut, puisées dans votre confiance en lui — afin que vous débordiez d'espérance, par la force du Souffle saint.

14 Quant Quant à vous, mes frères, je suis personnellement convaincu que vous êtes, vous-mêmes, pleins de bonté car vous êtes remplis de connaissance, assez forts pour vous mettre en garde les uns les autres.

Cependant je vous ai écrit, parfois, assez hardiment, 15 Cependant
pour vous rafraîchir, en quelque sorte, la mémoire ; je
l'ai fait en vertu de la grâce que Dieu m'a donnée de 16 de servir
servir le Christ Jésus auprès des nations, me consa-
crant[106] à l'Annonce de Dieu pour que soit bien reçue
l'offrande des nations, sanctifiée par le Souffle saint.
Je m'enorgueillis donc, dans le Christ Jésus, des 17 Je m'enorgueillis 18 Car
choses que je fais pour Dieu. Car je n'oserais parler de
rien s'il n'y avait ce que le Christ a fait, en se servant
de moi, pour amener les nations à écouter Dieu. Il l'a
fait en paroles et en actes, par la force des signes, des 19 par
prodiges, par la puissance du Souffle.

De sorte que moi, à partir de Jérusalem et tout
autour jusqu'à l'Illyrie, j'ai rempli une tâche de por-
teur de l'Annonce du Christ. Mais j'ai mis mon honneur 20 Mais
à ne porter l'Annonce que dans les lieux où n'avait pas
été prononcé le nom du Christ afin de ne pas édifier
sur les fondations d'un autre.
Comme il est écrit : « Ceux à qui[107] on ne l'avait pas 21 Comme
annoncé verront. Et ceux qui n'en avaient pas entendu
parler comprendront. »
C'est là ce qui m'a empêché tant de fois de venir 22 C'est
jusqu'à vous. Maintenant, au contraire, je n'ai plus 23 Maintenant
rien à faire dans ces régions-ci et j'ai le vif désir, depuis
bien des années, de venir chez vous. Aussi, lorsque je 24 Aussi
pourrai aller en Espagne, j'espère vous voir, grâce à
un détour et, pour continuer jusque là-bas, recevoir
votre aide — après avoir joui de votre compagnie pen-
dant quelque temps.

25 Mais Mais à présent je me rends à Jérusalem pour le ser-
26 Car vice des saints. Car la Macédoine et l'Achaïe ont
décidé d'un geste de partage à l'égard des saints de
27 Elles Jérusalem, qui sont pauvres. Elles l'ont décidé et elles
le leur devaient. Car, si les nations ont partagé leurs
biens spirituels, elles doivent participer, également, à
leurs besoins matériels.

28 Donc Donc, quand j'aurai terminé une fois pour toutes
cette affaire et leur aurai remis le produit de la collecte,
29 Et je je partirai pour l'Espagne et passerai chez vous. Et je
sais qu'en allant chez vous j'irai avec la pleine béné-
diction du Christ.

30 Mais Mais je vous demande, par notre Seigneur Jésus
Christ et par l'amour du Souffle, de m'aider dans ma
31 pour lutte en priant Dieu pour moi — pour que j'échappe
aux insoumis de Judée et que le secours que j'apporte
32 Aussi à Jérusalem soit bien reçu des saints. Aussi pourrai-
je arriver chez vous dans la joie et, si Dieu le veut,
33 Que prendre avec vous quelque repos. Que le Dieu de la
paix soit avec vous tous. Amen.

16, 1 Je vous Je vous recommande Phœbé, notre sœur, servante
elle aussi de l'assemblée[108] convoquée ici, à Cenchrées.
2 Accueillez Accueillez-la dans le Seigneur d'une manière digne
des saints. Mettez-vous à sa disposition pour toute
affaire où elle aurait besoin de vous. Car elle a su être
la protectrice de beaucoup et de moi-même.

3 Saluez Saluez Prisca et Aquilas, qui ont pris leur part du
4 Eux travail, à mes côtés, en Jésus Christ. Eux qui, pour ma
personne, ont exposé leur tête, je leur rends grâces. Et

pas seulement moi, mais toutes les assemblées parmi
les nations.
Saluez aussi l'assemblée convoquée dans leur 5 Saluez
maison.
Saluez Épénète, cher à mon cœur, première mois-
son offerte au Christ par l'Asie.
Saluez Marie, qui s'est beaucoup fatiguée pour 6 Saluez
vous.
Saluez Andronicus et Junia, gens de ma race et com- 7 Saluez
pagnons de captivité. Éminents parmi les envoyés de
Dieu, ils ont rejoint l'appartenance au Christ avant moi.
Saluez Ampliatus, que j'aime dans le Seigneur. 8 Saluez
Saluez Urbain, notre compagnon de travail en 9 Saluez
Christ, et Stachys, que j'aime.
Saluez Apellès, qui a fait ses preuves en Christ. 10 Saluez
Saluez ceux de la maison d'Aristobule.
Saluez Hérodiôn, homme de ma race. 11 Saluez
Saluez ceux de la maison de Narcisse qui sont dans
le Seigneur.
Saluez Tryphène et Tryphose, qui se fatiguent[109] 12 Saluez
pour le Seigneur, et Perside, que j'aime, qui a travaillé
sans limites pour lui.
Saluez Rufus, choisi par le Seigneur, et sa mère, 13 Saluez
qui est aussi la mienne.
Saluez Asyncrite, Phlégon, Hermès, Patrobas, Her- 14 Saluez
mas et les frères qui sont avec eux.
Saluez Philologos et Julie, Nérée et sa sœur, Olym- 15 Saluez
pas et tous les saints qui sont avec eux.
Saluez-vous mutuellement d'un saint baiser. 16 Saluez
Toutes les assemblées convoquées par le Christ
vous saluent.

17 Et je Et je vous exhorte, frères, à vous garder des faiseurs
de discussions et de scandales contre l'enseignement
18 Car que vous avez reçu. Détournez-vous d'eux. Car ces gens-
là ne sont pas les esclaves du Christ, notre Seigneur,
mais de leur ventre; par leurs paroles précieuses et
leurs beaux discours ils trompent les cœurs simples.
19 Car Car votre écoute, de tous est bien connue. Et vous faites
ma réjouissance. Mais je veux que vous soyez assez
sages pour accueillir le bien et assez inflexibles pour
20 Mais repousser le mal. Mais Dieu, qui est un Dieu de paix,
écrasera très vite Satan, sous vos pieds.

La grâce de notre Seigneur Jésus soit avec vous.

21 Timothée Timothée, qui travaille à mes côtés vous salue, ainsi
que Lucius, Jason et Sosipatros, gens de ma race.
22 Et moi Et moi, Tertius, qui ai écrit cette lettre, dans le Sei-
gneur je vous salue.
23 Et Gaïus Et Gaïus vous salue, qui est mon hôte et celui de
toute l'assemblée.
24 Érastos Érastos, le trésorier de la ville, vous salue, et Quar-
tus notre frère.

25 À celui À celui[110] qui a pouvoir de vous affermir,
conformément à l'Annonce dont je suis porteur
et à la proclamation de Jésus Christ,
dévoilement d'un mystère
tenu dans le silence des âges
26 mais mais à présent porté à la lumière par l'écriture
des prophètes.

Ceci par ordre du Dieu éternel,
donné à connaître à toutes les nations
afin qu'elles s'ouvrent à l'écoute de la foi.

À Dieu qui seul est sage, **27 À Dieu**
par le Seigneur Jésus Christ,
à lui l'éclat à travers les âges, amen.

# CORINTHIENS

## *LETTRES AUX CORINTHIENS*

### 1 Corinthiens
*Première lettre aux Corinthiens*

### 2 Corinthiens
*Seconde lettre aux Corinthiens*

# INTRODUCTION

Nous ne disposons que d'une date incontestable, pour établir toute la chronologie de la vie de Paul : celle de sa comparution, à Corinthe, devant Gallion, gouverneur romain d'Achaïe (Ac 18,12). Celui-ci, frère du philosophe Sénèque, exerça sa charge de juillet 51 à juin 52. La mission paulinienne dans ce port, très peuplé et situé à un carrefour très fréquenté, débuta donc, vraisemblablement, vers la fin de l'an 49 ; alors y est fondée une communauté chrétienne. Quelque temps après la comparution devant Gallion, durant l'été de 51, Paul partit pour Éphèse, Jérusalem, puis Antioche (Ac 18,18-22). De là, il repartira pour Éphèse où il séjournera plus de deux ans.

Outre ces indications des Actes des apôtres auxquelles on peut se fier, on trouve plusieurs données dans les deux Lettres aux Corinthiens. L'authenticité de ces textes n'est pas mise en doute. En revanche, certains chercheurs estiment que les deux épîtres reçues comme canoniques résultent du recueil, à la fin du Ier siècle de notre ère, de « toute une liasse de lettres ». Pour notre part, nous estimons que l'unité de la première lettre peut être retenue, et que la seconde regroupe au minimum deux lettres de Paul — certains en voient quatre...

Voici les données contenues dans les deux épîtres et quelques éléments de chronologie que nous suggérons.

À la fin de l'an 49, Paul se rend pour la première fois à Corinthe, qu'il quitte à l'été de 51. Il écrit alors une première lettre aux Corinthiens (voir 1 Co 5,9), aujourd'hui perdue. Dès l'automne de l'année 54, d'Éphèse, Paul est informé des dires des « gens de Chloé » (voir 1 Co 1,11) et reçoit une lettre des Corinthiens (voir 1 Co 7,1). Il répond alors par une deuxième épître, la Première lettre aux Corinthiens.

Au début de l'an 55, Timothée est à Corinthe (Ac 19,21.22 ; 1 Co 16,10.11). Devant la gravité de la situation, il repart pour Éphèse, afin d'informer Paul.

Au printemps de l'année 55, Paul séjourne pour la deuxième fois à Corinthe (la visite « dans le chagrin », 2 Co 2,1). À la suite d'une confrontation avec un chrétien de la communauté (2 Co 2,5-11), il retourne à Éphèse. De là, Paul adresse une troisième lettre aux Corinthiens (« dans les larmes », 2 Co 2,3.4), vraisemblablement perdue. Durant l'été et l'automne de cette même année, c'est au tour de Tite de séjourner à Corinthe (2 Co 7,7.13-15). Paul, quant à lui, part pour Troas, puis pour la Macédoine, où Tite le rejoint. Paul adresse à nouveau une lettre aux Corinthiens, la quatrième, transcrite en 2 Co 1-9.

Au printemps de 56, en raison de la nouvelle dégradation de la situation dans la communauté de

Corinthe, Paul envoie, de Macédoine, une cinquième lettre à ses correspondants, transcrite en 2 Co 10-13. Il les rejoint pour la troisième fois cette même année, pendant l'été. Au printemps de 57, il quitte Corinthe pour Jérusalem, où il sera arrêté.

Les déplacements de capitaux étaient strictement réglementés dans l'Empire. Mais, reconnaissant au judaïsme le caractère de «religion licite», le pouvoir impérial conférait des privilèges aux Juifs de la diaspora, notamment celui, insigne, de pouvoir collecter l'impôt annuel pour le Temple (au bas mot, un million de drachmes) et de l'acheminer sans encombre à Jérusalem. C'est sur cette base que fut conçue la collecte pour l'Assemblée de Jérusalem.

Après son long séjour à Corinthe, Paul rencontra à Jérusalem, peut-être en octobre 51, Jacques, Pierre et Jean. Ceux-ci reconnurent que les communautés chrétiennes fondées par Paul (et composées majoritairement de chrétiens non circoncis) étaient en communion avec l'Église mère de Jérusalem. En relatant l'événement en Ga 2,1-10, Paul rappelle le geste de communion que l'on réclama de lui et de ses compagnons: «Nous devions seulement garder en mémoire les pauvres, ce que précisément j'ai eu à cœur de faire.» Les «pauvres», bénéficiaires des dons ainsi décrétés, étaient les chrétiens de Jérusalem, qui, confrontés à la famine (voir Ac 11,28.29), se fiaient au Seigneur. Les donateurs étaient les chrétiens de Galatie, de Macédoine et d'Achaïe.

Ce signe de communion entre chrétiens d'origines

juive et non juive avait une grande importance aux yeux de Paul ; dès 1 Co 16,1-4, il donne des règles pour réaliser la collecte et il y revient longuement en 2 Co 8.9. Et lorsqu'il écrit aux Romains — dont l'Assemblée ne relève pas de son autorité et n'est pas sollicitée pour la collecte —, il mentionne la signification de ce geste et annonce qu'il ira lui-même « officiellement » remettre ces dons (Rm 15,25-28).

Les Actes des apôtres ne disent pas un mot sur la collecte ; le livre n'ignore pourtant pas que Paul est « venu apporter des aumônes à son peuple » (Ac 24,17). Ce silence est objet d'interprétations diverses. Selon certains, ce serait un moyen de taire ce fait embarrassant : sous la pression de son aile rigoriste, la communauté de Jérusalem aurait refusé le fruit de la collecte (ainsi que le craignait Paul, voir Rm 15,31) pour ne pas manifester sa communion avec des incirconcis.

La Première lettre aux Corinthiens s'ouvre de façon habituelle par l'adresse (1,1-3), suivie d'une action de grâces (1,4-9). Dans le corps de la lettre, Paul traite de problèmes soulevés soit par lui-même en fonction de rumeurs (voir par exemple 1,11), soit par les Corinthiens eux-mêmes (voir par exemple 7,1).

De 1,10 à 4,21, Paul évoque une Assemblée divisée ; de 5,1 à 6,20, il fait état des divers litiges et débauches existants ; en 7,1-40, il examine la question des états de vie (notamment du mariage et du célibat) ; de 8,1 à 11,1, il aborde la question des viandes sacrifiées aux idoles ; en 11,2-16, il narre un problème de coiffure ; en 11,17-34, il fustige les abus lors des repas seigneuriaux: de 12,1 à 14,40, il traite des expériences spirituelles; en 15,1-58 il dépeint le relèvement des morts; et en 16,1-18, il décrit ce qu'est la collecte, ainsi que ses projets de voyage. La lettre se conclut par des salutations, et la bénédiction finale d'usage (16,19-24).

La Seconde lettre aux Corinthiens regroupe deux lettres de Paul, envoyées à quelques mois d'intervalle. Cette fusion des deux n'a conservé, pour l'ensemble, qu'une seule introduction (avec l'adresse en 1,1.2, puis la bénédiction en 1,3-11) et une seule conclusion (13,11-13). En 10,1-18, Paul invite à l'obéissance; de 11,1 à 12,13, il tient un discours avec « un petit peu de folie »; puis de 12,14 à 13,10, il reprend son invitation à obéir.

# 1 Corinthiens

## *Première lettre aux Corinthiens*

Paul, appelé, envoyé[1] de Christ Jésus 1, 1 Paul
par le vouloir de Dieu
et Sosthène[2], le frère
à l'Assemblée[3] de Dieu qui est à Corinthe 2 à l'Assemblée
à ceux qui ont été sanctifiés
à travers Christ Jésus
aux saints appelés
avec tous ceux qui en appellent
au nom de notre Seigneur Jésus Christ
partout, chez eux et chez nous.
À vous la faveur[4] et la paix 3 À vous
de Dieu notre Père
et du Seigneur Jésus Christ.

Je remercie toujours mon Dieu de votre existence, 4 Je remercie
pour la faveur de Dieu qui vous fut donnée à travers
Jésus Christ.
Oui, vous avez tout eu à travers lui, toutes les 5 Oui
richesses : toutes celles du langage, toutes celles de la
compréhension — signe que le témoignage du Christ 6 signe
s'est fortifié chez vous. Et plus aucun don ne vous 7 Et plus

manque, à vous qui êtes dans l'attente du dévoilement
de notre Seigneur Jésus Christ.
8 Lui Lui qui vous fortifiera jusqu'au bout, inaccusables,
le jour de notre Seigneur Jésus Christ.
9 Dieu Dieu est fidèle. Son appel vous a fait participer à
son fils Jésus[5] Christ notre Seigneur.

10 Je vous Je vous demande, frères, par le nom de notre Sei-
gneur Jésus Christ, de dire tous la même chose, de ne
pas vous diviser et de faire un tout. Une même intelli-
gence et un même point de vue.
11 Oui Oui, ceux de Chloé[6] m'ont ouvert les yeux sur vous,
12 Je dis mes frères, et sur vos luttes. Je dis ceci : chacun de vous
prétend être l'homme de Paul, ou l'homme d'Apollos,
13 Peut-on celui de Céphas[7], ou celui du Christ. Peut-on diviser le
Christ ? Est-ce que par hasard Paul fut crucifié pour
vous ? Ou auriez-vous été immergés par le baptême[8]
14 Dieu au nom de Paul ? Dieu merci, je n'ai baptisé aucun
15 pour d'entre vous sinon Crispus et Caïus, pour que per-
sonne ne dise que vous avez été baptisés en mon nom.
16 Ah Ah, si ! j'ai encore baptisé la famille de Stéphanos. Je
17 Le Christ ne pense pas avoir baptisé quelqu'un d'autre. Le Christ
ne m'a pas envoyé baptiser, mais dire l'Annonce[9]. Et
non dans un langage de sagesse qui viderait la croix
du Christ.
18 Le langage Le langage de la croix est folie pour ceux qui courent
à la perte. Et pour ceux qui courent au salut, pour
nous, il est puissance de Dieu.
19 Car Car c'est écrit :
« Sagesse[10] des sages
je ferai sa perte

intelligence des intelligents
je la jetterai aux ordures. »

Où ça un sage ? Où ça un expert des Écritures ? Où 20 Où
ça un débatteur de ce temps ?

Dieu n'a-t-il pas rendu folle la sagesse de ce monde ?
Oui, comme le monde, dans la sagesse de Dieu, n'a pas 21 Oui
connu Dieu par la sagesse, Dieu a trouvé préférable de
sauver par la folie du cri[11] ceux qui donnent leur
confiance. Il y a les Juifs qui réclament des signes, et 22 Il y a
les Grecs qui exigent une sagesse. Mais nous, notre cri 23 Mais
c'est un messie crucifié. Piège pour les Juifs. Folie
pour les autres[12]. Et pour les appelés, Juifs ou Grecs, 24 Et pour
Christ est à la fois puissance de Dieu et sagesse de
Dieu.

Folie de Dieu est plus sage que l'humanité. 25 Folie
Faiblesse de Dieu plus forte que l'humanité.

Oui, voyez votre recrutement, frères, parmi vous 26 Oui
peu de sages humainement[13], peu de puissants, peu de
nobles. Au contraire, ce qu'il y a de fou au monde, 27 Au contraire
Dieu l'a choisi pour faire honte aux sages, et ce qu'il y
a de faible au monde, Dieu l'a choisi pour faire honte
à la force. Ce qu'il y a de plus commun au monde, ce 28 Ce qu'il
que l'on méprise, Dieu se l'est choisi — ce qui est
néant — pour déserter ce qui est.

Que pas un être de chair ne puisse faire l'important 29 Que
devant Dieu. Non. Par lui, vous existez à travers Christ 30 Non
Jésus, devenu pour nous sagesse reçue de Dieu, et jus-
tice, et consécration, et délivrance. Pour que, comme 31 Pour
c'est écrit : « L'importance de[14] l'important soit dans le
Seigneur. »

2, 1 Moi Moi je suis venu chez vous, frères. Oui, venu vous
annoncer le mystère[15] de Dieu sans aucun des effets
2 Je n'ai du langage ou de la sagesse. Je n'ai rien voulu savoir
d'autre avec vous que Jésus Christ, et sa crucifixion.
3 C'est C'est moi qui fus devant vous avec faiblesse, avec
4 Rien peur et grand tremblement. Rien dans mon langage ni
dans mon cri de la sage persuasion du langage, mais
5 pour une démonstration de souffle[16] et de puissance pour
que vous vous en remettiez[17] non pas à la sagesse
humaine mais à la puissance de Dieu.
6 Pourtant Pourtant, nous parlons bien de sagesse entre
adultes[18], mais pas de la sagesse de ce temps, ni des
7 Nous dominations de ce temps[19], désactivées. Nous parlons
d'une sagesse de Dieu comme mystère, toujours cachée,
et que Dieu a fixée préalablement aux temps, pour
8 Et qu'aucune notre rayonnement[20]. Et qu'aucune des dominations
de ce temps n'a connue. L'auraient-elles connue, elles
n'auraient pas crucifié le Seigneur rayonnant.
9 Comme Comme c'est écrit :
«L'œil[21] ne l'a pas vu
ni l'oreille entendu
le cœur humain n'en fut jamais atteint
Dieu l'a préparé pour ses amants.»
10 Oui Oui, Dieu nous l'a dévoilé à travers le Souffle.
Le Souffle explore tout, même les profondeurs de
Dieu.
11 Qui Qui de l'humanité sait ce qui est humain sinon le
souffle humain en elle ? De même pour ce qui est de
Dieu que personne ne connaît sinon le Souffle de Dieu.
12 Nous Nous, nous n'avons pas reçu le souffle du monde, mais
le Souffle de Dieu pour tout savoir ce qui nous fut

offert par Dieu. Nous n'en parlons pas dans un langage 13 Nous
qui interprète la sagesse humaine mais dans un lan-
gage interprète du Souffle, exprimant ce qui est ins-
piré aux êtres inspirés.
L'homme en tant qu'être animé[22] n'accueille pas ce 14 L'homme
qui relève du Souffle de Dieu — folie pour lui. Inca-
pable de le connaître parce que cet examen relève du
Souffle.
L'être inspiré examine tout. Personne ne l'examine. 15 L'être
«Les intelligences[23] du Seigneur 16 Les
qui les a connues
et quoi lui apprendre?»
Mais nous, nous possédons les intelligences du
Christ.

Non, mes frères, moi je n'ai pas pu vous parler 3, 1 Non
comme à des êtres inspirés mais comme à des êtres
tout en chair, comme à des tout petits enfants selon
Christ. De lait je vous ai abreuvés et non de nourriture 2 De lait
solide car vous en étiez bien incapables. Et encore
aujourd'hui vous ne le pourriez pas car vous êtes 3 car
encore trop charnels. Oui, des êtres de chair qui se
jalousent et s'opposent, et à la conduite humaine. Oui, 4 Oui
trop humain quand on dit: Moi j'appartiens à Paul, et
un autre: Moi à Apollos. Apollos, c'est quoi? Paul, c'est 5 Apollos, c'est
quoi? Des serviteurs qui vous ont fait gagner confiance,
et chacun à sa façon selon le don du Seigneur.
Moi j'ai planté, et Apollos a arrosé, mais c'est Dieu 6 Moi
qui a fait pousser, et celui qui plante ou celui qui 7 et celui
arrose n'est rien mais uniquement celui qui fait pous-
ser — Dieu. Celui qui plante et celui qui arrose sont 8 Celui

unis, mais chacun recevra son salaire en proportion
9 Oui de sa corvée. Oui, de Dieu nous sommes les collabora-
teurs, et de Dieu vous êtes le champ, de Dieu vous êtes
10 Selon la construction. Selon la faveur de Dieu qui m'a été
donnée, comme un bon architecte j'ai établi une fon-
dation, et un autre construit par-dessus. Mais que cha-
11 Oui cun regarde comment il construit par-dessus. Oui,
d'autre fondation, personne ne peut en établir en dehors
12 Si on de celle qui a été posée, celle qu'est Jésus Christ. Si on
construit sur cette fondation avec de l'or, de l'argent,
des pierres précieuses, des boiseries, du chaume, de la
13 alors paille, alors l'ouvrage de chacun deviendra clair car le
jour rendra tout évident par la révélation du feu, et c'est
le feu qui vérifiera ce que vaut l'ouvrage de chacun.
14 Si Si l'ouvrage de quelqu'un tient bon au-dessus, il
15 Si recevra son salaire. Si l'ouvrage de quelqu'un est entiè-
rement brûlé, c'est dommageable mais lui-même est
sauvé comme à travers le feu[24].

16 Ne savez Ne savez-vous pas que le sanctuaire de Dieu c'est
17 Si vous, et que le Souffle de Dieu habite en vous ? Si quel-
qu'un détruit le sanctuaire de Dieu, Dieu le détruira,
car le sanctuaire de Dieu est sacré, et c'est vous.

18 Pas Pas d'erreur, si quelqu'un parmi vous se croit sage
ici et maintenant, pour devenir sage il doit devenir fou.
19 Oui Oui, la sagesse de ce monde est folie pour Dieu. Il
est bien écrit[25]: « Il attrape les sages à leur propre ruse. »
20 Et encore Et encore : « Le Seigneur connaît les calculs des sages :
vanité ! »

21 Ainsi Ainsi, que personne ne puisse faire l'important en
22 Paul se servant d'autres hommes — tout est à vous : Paul,
Apollos, Céphas, le monde, la vie et la mort, le présent

et l'avenir, tout est à vous et vous au Christ, et le 23 et vous
Christ à Dieu.

Il faut nous compter au nombre des hommes à tout 4, 1 Il faut
faire de Christ et des régisseurs des mystères de Dieu.
D'un régisseur, on exige bien de pouvoir compter 2 D'un
sur lui.
Vous ou un quelconque «jour de l'humanité» pouvez 3 Vous
toujours me mettre moi en examen. Et alors? Je ne fais
même pas mon propre examen. Non, je n'ai rien à 4 Non
découvrir en moi et je n'en suis pas justifié pour autant.
Celui qui me met en examen, c'est le Seigneur.
Non, ne jugez de rien avant l'heure, jusqu'au 5 Non
moment où viendra le Seigneur qui illuminera tout ce
que cachent les ténèbres, et rendra visible ce que les
cœurs projettent, alors chacun recevra de Dieu son
approbation.

Frères, pour vous j'ai adapté tout ça à mon cas et à 6 Frères
celui d'Apollos, pour que vous n'appreniez de nous
rien au-delà de ce qui est écrit[26], pour que vous ne soyez
pas comme des baudruches qui prennent le parti de
l'un contre l'autre.
Toi, qui te distingue? Et que possèdes-tu que tu 7 Toi
n'aies pas reçu? Et si tu l'as reçu, pourquoi te vanter
comme si tu ne l'avais pas reçu?
Vous êtes comblés déjà, riches déjà, et sans nous 8 Vous
bientôt devenus des rois. Ah, que n'êtes-vous déjà rois,
nous serions rois avec vous!
Oui, je pense que Dieu nous a exhibés[27], nous les 9 Oui
envoyés, les derniers, à la mise à mort, parce que nous

sommes devenus un spectacle pour le monde, pour les
anges comme pour l'humanité.

10 Nous Nous sommes des fous à cause du Christ
mais vous, vous restez sagement dans le Christ.
Nous des faibles et vous des forts.
Vous illustres mais nous déchus.

11 Jusqu'à Jusqu'à cette heure, nous connaissons la faim, la
12 oui soif et les coups, nous sommes nus et sans abri, oui
nous travaillons dur de nos mains.
Insultés, nous bénissons.
Pourchassés, nous résistons.
13 Diffamés Diffamés, nous consolons.
Nous sommes devenus comme la merde du monde,
les ordures de tous, jusqu'à présent.

14 Non Non, je n'écris pas ça pour vous confondre mais
15 Oui comme on réprimanderait des enfants chéris. Oui, vous
avez bien d'innombrables pédagogues en Christ mais
peu de pères, et dans le Christ Jésus, par l'Annonce,
moi je vous ai engendrés.

16 Je vous en Je vous en supplie, devenez mes imitateurs.

17 Je vous ai Je vous ai envoyé pour ça Timothée, mon fils chéri
et fidèle dans le Seigneur, qui vous rappellera mes
voies dans le Christ Jésus, conformément à mon ensei-
gnement, partout, et dans toute assemblée.

18 La vanité La vanité de certains les a fait se gonfler d'impor-
19 Mais tance comme si je n'allais pas venir chez vous. Mais je
vais venir très vite chez vous, si le Seigneur le veut, et
je prendrai connaissance non de ce que disent ces
20 Le règne baudruches mais de leur vraie puissance. Le règne de
Dieu n'est pas dans ce qu'on dit mais tout en puis-
sance.

Que voulez-vous ? Que je vienne chez vous avec un 21 Que voulez
bâton ou avec amour et dans un souffle de douceur ?

Partout on entend parler chez vous de débauche, 5, 1 Partout
d'une débauche telle qu'il n'en existe même pas parmi
les non-Juifs[28], quelqu'un va jusqu'à prendre la femme
de son propre père[29].
Et vous, tout gonflés d'importance plutôt que de 2 Et vous
prendre le deuil pour exclure de vous le responsable
de cet acte.
Moi je suis absent physiquement mais mon souffle 3 Moi
est présent, et comme si j'étais là, j'ai déjà jugé le
responsable de cet acte, au nom de notre Seigneur 4 au nom
Jésus[30].
Vous et mon propre souffle réunis, avec la puissance
du Seigneur Jésus, livrons un tel homme à l'Adver- 5 livrons
saire[31] pour perdre la chair et sauver le souffle au jour
du Seigneur.
Ridicule, votre importance ! 6 Ridicule
Ne savez-vous pas qu'un peu de levain fait lever toute
la pâte ? Éliminez le vieux levain, pour que vous soyez 7 Éliminez
une pâte nouvelle, parce que vous êtes sans levain.
Oui, notre pâque a été sacrifiée : le Christ.
Allons, célébrons la fête non pas avec du vieux levain 8 Allons
ni un levain vicié ou méchant, mais avec des pains
sans levain aucun, limpides et vrais.
Je vous ai écrit dans la lettre de ne pas vous mêler 9 Je vous
aux débauchés, non de façon générale aux débauchés 10 non de
de ce monde, cupides, rapaces, adorateurs de statuettes,
puisqu'à ce compte vous seriez obligés de quitter ce
monde. Non, je vous ai écrit de ne pas vous mêler à 11 Non

celui qui, nommé frère, serait débauché, cupide, ado-
rateur de statuettes, insulteur, ivrogne ou rapace, et
12 Pourquoi de ne pas manger avec lui. Pourquoi je jugerai ceux de
l'extérieur ?

Ceux de l'intérieur il vous faut juger
13 et ceux et ceux de l'extérieur Dieu jugera.
« Extirpez le méchant de chez vous. »

6, 1 Vous Vous êtes le litige avec quelqu'un et vous oseriez
porter l'affaire en justice devant les injustes et non
2 Ou ne devant les saints ? Ou ne savez-vous pas que les saints
jugeront le monde ? Et si par vous le monde est jugé,
3 Ne savez êtes-vous indignes alors d'arbitrer des peccadilles ? Ne
savez-vous pas que nous jugerons des anges ? À plus
4 Quand forte raison concernant nos affaires courantes. Quand
vous devez arbitrer des affaires courantes, vous faites
siéger des gens que l'Assemblée méprise.
5 À votre À votre grande honte, je vous le demande, il n'y a
pas chez vous un seul sage qui pourra arbitrer entre
lui et son frère ?
6 Un frère Un frère s'oppose en justice à son frère devant des
incroyants !
7 Oui Oui, c'est déjà un échec pour vous que de vous faire
des procès entre vous. Pourquoi ne pas plutôt subir une
injustice ? Pourquoi ne pas plutôt vous laisser dépos-
séder ?
8 Non Non, vous faites subir une injustice et vous dépos-
sédez autrui, et tout cela entre frères.
9 Ou Ou vous ne savez pas que les injustes n'hériteront
pas du règne de Dieu ?

Ne vous égarez pas.
Débauchés, adorateurs de statuettes, adultères,
passifs, sodomites, voleurs, cupides, ivrognes, insul- 10 voleurs
teurs, rapaces n'hériteront pas du règne de Dieu.
Et tout cela, vous l'étiez quelques-uns. 11 Et tout
Mais vous avez été nettoyés, mais vous avez été sanctifiés, mais vous avez été justifiés par le nom de notre Seigneur Jésus Christ et par le Souffle de notre Dieu.

Tout m'est possible mais tout n'est pas utile. 12 Tout
Tout m'est possible mais moi je ne serai prisonnier de rien.

Les nourritures pour le ventre 13 Les
et le ventre aux nourritures.
Dieu abandonnera les unes et l'autre.

Et le corps non pas pour la débauche
mais pour le Seigneur
et le Seigneur pour le corps.

Et Dieu 14 Et Dieu
il a éveillé le Seigneur
il nous réveillera par sa puissance.

Ne savez-vous pas que votre corps sont des membres 15 Ne savez
du Christ ? J'enlèverais les membres du Christ pour en
faire des membres de prostituée ? Non, surtout pas.
Ne savez-vous pas que celui qui se colle à une pros- 16 Ne savez
tituée fait un seul corps ? « Oui[32], tous deux, dit-on,
seront une seule chair. »
Celui qui se colle au Seigneur est un seul souffle. 17 Celui

18 Fuyez Fuyez la prostitution.
Toute faute[33] commise par un être humain est extérieure au corps, mais le prostitué faute contre son propre corps.
19 Ne savez Ne savez-vous pas que votre corps est un sanctuaire
du Souffle saint en vous que vous possédez de Dieu, et
20 Oui que vous n'êtes pas à vous ? Oui, vous avez été achetés
pour un prix. Faites honneur par conséquent à Dieu dans votre corps.

7, 1 D'autre D'autre part, à propos de ce que vous m'avez écrit : « il est bon pour l'homme de ne pas toucher à une femme. »
2 À cause À cause des inconduites
que chacun ait sa propre femme
et que chacune ait son propre mari.
3 À sa À sa femme le mari devra rendre ce qu'il lui doit
même chose pour la femme envers son mari.
4 La femme La femme n'est pas libre de son propre corps
mais il y a son mari.
De même le mari n'est pas libre de son propre corps
mais il y a sa femme[34].
5 Ne vous Ne vous privez pas l'un de l'autre, sinon éventuellement sur la base d'un accord convenu, et pour un temps seulement, pour vaquer à la prière, puis de nouveau être ensemble, pour que l'Adversaire ne vous éprouve pas quand vous n'êtes plus maîtres de vous-mêmes.
6 Je donne Je donne un avis et non un ordre. Je veux bien que
7 Je veux tous soient comme moi, mais chacun possède son

propre charisme venant de Dieu, l'un celui-ci, l'autre
celui-là.
Je dis aux célibataires et aux veuves qu'il est bon 8 Je dis
pour eux de rester comme moi, mais s'ils ne se maîtri- 9 mais
sent pas, qu'ils se marient, il est meilleur en effet de se
marier que de se consumer.
À ceux qui sont mariés, j'ordonne (non pas moi 10 À ceux
mais le Seigneur) que la femme ne se sépare pas de
son mari — et si de fait elle est séparée, qu'elle reste 11 et si
seule ou qu'elle se réconcilie avec son mari —, et que
le mari ne renvoie pas sa femme.
Quant aux autres, je dis (moi, non le Seigneur) : si 12 Quant
un frère a une femme non croyante, et qu'elle accepte
d'habiter avec lui, qu'il ne la renvoie pas. Et si une 13 Et si
femme a un mari non croyant, et qu'il accepte d'habi-
ter avec elle, qu'elle ne renvoie pas son mari. En effet, 14 En effet
le mari non croyant est consacré dans sa femme, et la
femme non croyante dans le frère, sinon vos enfants
seraient impurs mais en réalité ils sont saints. Mais si le 15 Mais
non-croyant se sépare, qu'il se sépare vraiment. Le
frère ni la sœur ne sont asservis dans ces circonstances.
Dieu vous a appelés pour la paix.
Oui, qu'en sais-tu, femme, si tu sauveras ton mari ? 16 Oui
Et qu'en sais-tu, homme, si tu sauveras ta femme ?

Mais il n'en demeure pas moins : 17 Mais
à chacun le Seigneur a assigné
chacun selon l'appel de Dieu
et qu'il avance comme ça.
C'est ainsi que dans toutes les Assemblées je prescris :

18 Quelqu'un Quelqu'un était circoncis quand il fut appelé ? qu'il
ne se fasse pas refaire un prépuce ; quelqu'un de non
circoncis a été appelé ? qu'il ne se fasse pas circoncire.
19 La circoncision La circoncision n'est rien et le prépuce n'est rien. Il
n'y a que l'observance des commandements de Dieu.
20 Que Que chacun s'en tienne à la situation de l'appel où
il fut appelé.
21 Et si Et si tu fus appelé comme esclave ? Ne t'inquiète pas.
22 Oui Si tu peux te libérer, profites-en[35]. Oui, l'esclave appelé
dans le Seigneur est un affranchi du Seigneur, tout
comme l'homme libre appelé devient esclave du Christ.
23 Vous Vous avez été achetés pour un prix[36], ne devenez
pas esclaves d'êtres humains.
24 Que Que chacun, frères, s'en tienne devant Dieu à la
situation dans laquelle il fut appelé.
25 Au sujet Au sujet de ceux qui sont vierges, je n'ai pas d'ordre
du Seigneur, mais je donne un avis fiable pour avoir
26 J'estime été pris en pitié par le Seigneur. J'estime donc que c'est
bon, dans la détresse présente, oui qu'il est bon pour
chacun de se trouver dans cette situation.
27 Es-tu Es-tu lié à une femme ? Ne cherche pas à te délier.
Es-tu délié d'une femme ? Ne cherche pas une
femme.
28 Si Si cependant tu prends une femme, tu ne fautes
pas, et si la vierge prend un homme, elle ne faute pas.
Mais l'un et l'autre connaîtront le tourment de la
chair, et moi je voudrais vous épargner.

29 Je dis Je dis ça, frères

le temps est compacté[37]
désormais

ceux qui ont une femme
qu'ils soient comme s'ils n'en avaient pas

ceux qui pleurent 30 ceux
comme s'il ne pleuraient pas

ceux qui ont la joie
comme s'ils n'avaient pas de joie

ceux qui achètent
comme s'ils n'avaient rien

ceux qui profitent du monde 31 ceux
comme s'ils n'en profitaient plus

Oui, il passe le modèle de ce monde.

Je veux que vous soyez sans inquiétude. 32 Je veux

Maintenant le célibataire s'inquiète des affaires du Seigneur, et comment plaire au Seigneur.

Le marié s'inquiète des affaires du monde, et com- 33 Le marié
ment plaire à sa femme. Le voilà embarrassé. 34 Le voilà
Et la femme célibataire et la vierge s'inquiètent des affaires du Seigneur, pour être saintes de corps et de souffle.

La mariée s'inquiète des affaires du monde, et comment plaire à son mari.

Je dis ça pour votre avantage, non pour vous étran- 35 Je dis
gler, mais pour que vous viviez de façon convenable et assidue près du Seigneur, sans être tiraillés.

Si quelqu'un estime être indécent envers sa vierge, 36 Si
s'il était follement passionné et que cela devait en être

ainsi, qu'il fasse comme il veut. Il ne faute pas, qu'ils
se marient.
37 Mais Mais celui qui tient ferme dans son cœur, sans
contrainte, libre et volontaire, qui a décidé dans son
38 En sorte cœur de veiller sur sa propre vierge, il fera bien. En
sorte que celui qui épouse sa vierge fait bien et celui
qui ne l'épouse pas fait encore mieux.
39 Une femme Une femme est liée aussi longtemps que vit son mari,
et si le mari s'est endormi, elle est libre d'épouser
celui qu'elle veut, mais uniquement dans le Seigneur.
40 Elle Elle est plus heureuse si elle demeure ainsi, d'après ma
propre opinion.

Car il me semble que moi aussi j'ai le Souffle de
Dieu.

8, 1 Et Et les viandes sacrifiées aux idoles ?
Nous savons tous que nous avons la connaissance.

La connaissance se gonfle
l'amour est bâtisseur.

2 Si Si quelqu'un passe pour un connaisseur, il ne
3 Mais connaît pas encore comme il faudrait connaître. Mais
si quelqu'un aime Dieu, il est connu de lui.
4 À propos À propos de la consommation des viandes sacrifiées
aux idoles, nous savons qu'il n'y a aucune idole dans
le cosmos et qu'il n'y a aucun dieu sinon l'Un[38].
5 Oui Oui, il y en aurait même qu'on appelle dieux, dans
le ciel ou sur la terre, des dieux multiples et de mul-
6 mais tiples Seigneurs, mais pour nous :

Dieu Un
le Père origine de tout
vers lui nous allons

Seigneur Un
Jésus Christ médiateur de tout
médiateur de notre existence

Mais tous n'ont pas la connaissance, et certains, en 7 Mais
raison de la pratique idolâtre, tout récemment encore,
pensent manger des viandes sacrifiées aux idoles, et
leur faible conscience en est altérée.

Un aliment ne nous rapprochera pas de Dieu[39] 8 Un
Ne pas manger ne nous fait pas manquer
ni manger ne nous comble.

Méfiez-vous de ce que votre liberté ne devienne pas 9 Méfiez
une occasion de chute pour les faibles.
Oui, si on te voit, toi qui as la connaissance, étendu 10 Oui
au repas dans un lieu idolâtre, ne risques-tu pas d'in-
culquer à la conscience du faible de consommer des
viandes sacrifiées aux idoles ? Oui, ta connaissance 11 Oui
perd le faible, le frère pour lequel le Christ est mort.
En fautant contre les frères, en frappant leur faible 12 En fautant
conscience, vous fautez contre Christ. C'est pourquoi 13 C'est
si un aliment est un obstacle pour mon frère, je me
passerai de viande définitivement, pour ne pas moi-
même être un obstacle pour mon frère.

Ne suis-je pas libre ? 9, 1 Ne
Ne suis-je pas envoyé ?

N'ai-je pas vu Jésus notre Seigneur ?
Et vous, n'êtes-vous pas ce que j'ai fait dans le
Seigneur ?
2 Et si Et si pour d'autres je ne suis pas envoyé, je le suis
au moins pour vous, le sceau de mon envoi, oui c'est
vous, dans le Seigneur.

3 On On m'accuse, voici ma défense.
4 Nous Nous n'avons pas le droit de manger ni de boire ?
5 Nous Nous n'avons pas le droit d'emmener une femme,
sœur[40], comme le font les autres envoyés, les frères du
6 Moi Seigneur, et Céphas ? Moi seul et Barnabas nous n'au-
7 Qui rions pas le droit d'arrêter de travailler ? Qui sert dans
l'armée à ses propres frais ? Qui plante une vigne et ne
mange pas de ses fruits ? Ou qui mène un troupeau au
8 Est-ce pré sans jamais se nourrir du lait de ce troupeau ? Est-
ce que je parlerais de ces choses comme un homme en
parle, ou est-ce que la Loi en parle comme ça égale-
9 Oui ment ? Oui, on a écrit dans la Loi de Moïse : « Tu ne
muselleras[41] pas le bœuf qui bat le grain. » Dieu se
10 Ou bien soucierait-il des bœufs ? Ou bien parle-t-il pour nous
dans l'absolu ? Oui, c'est pour nous qu'il fut écrit que
le laboureur doit labourer avec espoir, et qui bat le
grain doit avoir l'espoir d'en recevoir sa part.
11 Si nous Si nous avons semé pour vous les biens du Souffle,
serait-ce trop si nous moissonnons vos biens sur cette
12 Si d'autres terre ? Si d'autres ont ce droit sur vous, ne l'avons-
nous pas davantage ? Mais nous n'avons pas usé de ce
droit, nous supportons tout pour ne pas barrer la route
13 Ne savez à l'Annonce du Christ. Ne savez-vous pas que ceux qui
travaillent au service du culte se nourrissent en s'ap-

provisionnant au Temple, que ceux qui s'occupent de
l'autel prennent sur la part de l'autel ?
Le Seigneur a également prescrit à ceux qui annon- 14 Le Seigneur
cent l'Annonce de vivre de l'Annonce.
Moi je n'ai rien fait de tout ça. Je n'ai pas écrit ces 15 Moi
choses pour qu'elles s'appliquent à moi. Oui, il est bon
pour moi de mourir plutôt que de... Personne ne me
videra de ma propre importance. Non, je ne fais pas 16 Non
l'important parce que j'annonce, c'est une nécessité qui
m'est imposée, et malheur à moi si je n'annonce pas.
Si je fais ça librement, je reçois un salaire, mais 17 Si
forcé, c'est une charge qui m'a été confiée.
Et quel est donc mon salaire ? De proposer gratui- 18 Et quel
tement l'Annonce, quand je l'annonce, pour ne pas
profiter du droit que me confère l'Annonce.

Oui, libre à l'égard de tous 19 Oui
je me suis fait moi-même esclave de tous
pour gagner le plus grand nombre.
Pour les juifs je suis devenu comme un juif 20 Pour
pour gagner des juifs.
Comme si j'étais sous la Loi pour ceux qui sont sous
la Loi
(moi-même n'étant pas sous la Loi)
pour gagner ceux qui sont sous la Loi.
Pour ceux qui sont sans Loi[42], comme quelqu'un 21 Pour
sans Loi
(alors que je ne suis pas sans Loi de Dieu
puisque je suis sous la Loi du Christ)
pour gagner ceux qui sont sans Loi.
Pour les faibles je suis devenu un faible 22 Pour
pour gagner les faibles.

Pour tous je me suis fait tout
pour de toute manière en sauver quelques-uns.
23 Je fais Je fais tout pour l'Annonce, pour y participer.

24 Ne savez Ne savez-vous pas que tous les coureurs dans le
stade courent, mais aussi qu'un seul gagne le prix?
Alors courez pour gagner.
25 Tous Tous les compétiteurs se maîtrisent, eux c'est pour
recevoir une couronne périssable, et nous une cou-
ronne indestructible.
26 Oui Oui, c'est ainsi que je cours, et non comme on court
à l'aventure, c'est ainsi que je boxe, et non comme on
27 mais frappe dans le vide, mais je décoche des coups à mon
propre corps, j'en fais mon esclave de peur qu'après
avoir été pour les autres en quelque sorte le héraut, je
ne sois moi-même disqualifié.
10, 1 Non Non, je ne veux pas que vous ignoriez, frères, que
nos pères étaient tous sous la nuée, que tous ont tra-
2 Tous versé la mer. Tous en Moïse ont été immergés dans la
3 et tous nuée et dans la mer, et tous ont mangé la même nour-
4 et tous riture inspirée, et tous ont bu la même boisson inspi-
rée, oui, ils buvaient à un rocher inspiré qui les
accompagnait — le rocher c'était le Christ.
5 Mais Mais Dieu n'a pas trouvé son plaisir avec la plupart
d'entre eux et « ils furent[43] étendus morts dans le
désert ».
6 Ces choses Ces choses sont devenues des types[44] qui se rappor-
tent à nous, pour que nous ne convoitions pas ce qui
est mal comme eux l'ont convoité.
7 Ne devenez Ne devenez pas idolâtres comme certains d'entre
eux, comme il est écrit[45] :

«Le peuple s'assit pour manger et pour boire
et ils se levèrent pour se divertir.»

Ne nous prostituons pas comme certains d'entre eux 8 Ne nous
se sont prostitués, et vingt-trois mille tombèrent en un
seul jour.
Ne mettons pas non plus à l'épreuve le Christ 9 Ne mettons
comme certains d'entre eux le mirent à l'épreuve, que
les serpents ont tués.
Ne grondez pas comme certains d'entre eux ont 10 Ne grondez
grondé, que l'Exterminateur a tués. Ces choses leur arri- 11 Ces choses
vaient de façon figurée, et ce fut écrit pour nous aver-
tir, nous vers qui convergent les fins des temps.
Que celui qui s'imagine se tenir debout, prenne 12 Que
garde de ne pas tomber.
L'épreuve qui s'est emparée de vous est humaine, 13 L'épreuve
Dieu est sûr et ne permettra pas que vous soyez mis à
l'épreuve au-delà de votre capacité, mais avec l'épreuve,
il fournira le moyen d'en sortir pour la supporter.

C'est pourquoi, mes bien-aimés, fuyez loin de l'ido- 14 C'est
lâtrie.
Je parle comme à des gens raisonnables, jugez 15 Je parle
vous-mêmes ce que je dis.
La coupe de bénédiction que nous bénissons n'est- 16 La coupe
elle pas participation au sang du Christ? Le pain que
nous brisons n'est-il pas participation au corps du
Christ?

Oui le pain est un 17 Oui
nombreux nous faisons un seul corps
oui tous nous prenons part au pain unique.

18 Considérez Considérez l'Israël selon la condition humaine, ceux
qui mangent les sacrifices ne participent-ils pas à
19 Qu'est-ce l'autel ? Qu'est-ce que je suis en train de dire ? Que la
viande sacrifiée est quelque chose ou bien qu'une idole
20 Mais est quelque chose ? Mais non, ce qu'ils sacrifient c'est
aux démons, à ce qui n'est pas Dieu, et je ne veux pas
que vous participiez aux démons.

21 Vous Vous ne pouvez pas boire la coupe du Seigneur et
la coupe des démons, vous ne pouvez pas prendre part
à la table du Seigneur et à la table des démons.

22 Ou bien Ou bien voulons-nous provoquer la jalousie du Seigneur ? Serions-nous plus forts que lui ?

23 Tout Tout est possible
mais tout n'est pas utile.
Tout est possible
mais tout ne sert pas à bâtir.

24 Que Que personne ne cherche son propre intérêt mais celui d'autrui.

25 Tout Tout ce qu'on vend au marché couvert, mangez-en sans soulever de questions par acquit de conscience.

26 Oui «Oui la terre[46] est au Seigneur
et tout ce qu'elle contient.»

27 Si quelqu'un Si quelqu'un parmi les non-croyants vous invite, et si vous, vous voulez y aller, mangez tout ce qui vous est offert, sans soulever de questions par acquit de conscience.

28 Si, par Si, par contre, quelqu'un vous dit : C'est de la

viande sacrifiée, n'en mangez pas à cause de celui qui
vous l'a indiqué c'est un cas de conscience.

La conscience, dis-je, non la vôtre mais celle d'au- 29 La conscience
trui. Oui, pourquoi ma liberté serait-elle jugée par une
autre conscience ?

Si je reçois ma part avec action de grâces, pourquoi 30 Si je
me traiterait-on de tous les noms pour ce dont je rends
grâce ?

Que vous mangiez, que vous buviez, quoi que vous 31 Que
fassiez, faites tout pour le rayonnement de Dieu.

Ne scandalisez personne, ni les juifs ni les Grecs ni 32 Ne
l'Assemblée de Dieu, comme moi-même qui cherche à 33 comme
plaire en tout à tous, ne recherchant pas ce qui fait
mon avantage mais celui du plus grand nombre pour
qu'ils soient sauvés.

Devenez mes imitateurs comme moi-même celui du 11, 1 Devenez
Christ.

Félicitations pour vous souvenir de moi et pour votre 2 Félicitations
mémoire des traditions comme je vous les ai transmises.

Mais je veux que vous sachiez que la tête de chaque 3 Mais
homme c'est le Christ, la tête de la femme, l'homme,
la tête du Christ, Dieu.

Tout homme qui prie ou prophétise la tête couverte 4 Tout
déshonore sa propre tête.

À l'inverse, toute femme qui prie ou prophétise la 5 À l'inverse
tête nue déshonore sa propre tête, oui elle ne fait plus
qu'une et même chose avec celle qu'on a tondue. Oui, 6 Oui
si une femme ne se couvre pas, qu'elle se tonde, mais
si c'est honteux pour une femme d'être tondue ou d'être
rasée, qu'elle se couvre.

7 Non Non, un homme n'est pas tenu de se couvrir la tête,
étant image et gloire de Dieu — mais la femme est la
gloire de l'homme.
8 L'homme L'homme[47] n'a pas été tiré de la femme mais la
9 et l'homme femme de l'homme, et l'homme ne fut pas créé à cause
10 La femme de la femme mais la femme à cause de l'homme. La
femme est donc tenue de porter sur la tête un signe
d'autorité[48], à cause des anges.
11 En tout En tout cas, dans le Seigneur, jamais la femme sans
12 oui l'homme ni l'homme sans la femme, oui, comme la
femme est tirée de l'homme, l'homme l'est aussi de la
femme, et tout l'est de Dieu.
13 Jugez-en Jugez-en par vous-mêmes : est-il convenable qu'une
14 La nature femme prie Dieu sans être couverte ? La nature elle-
même vous apprend bien qu'il est déshonorant pour
15 mais un homme d'avoir des cheveux longs mais qu'une
femme se glorifie de sa longue chevelure. On lui a
donné sa longue chevelure en guise de châle.
16 Si quelqu'un Si quelqu'un est décidé à chicaner, nous ne prati-
quons pas cette coutume ni aucune Assemblée de Dieu.

17 Mais Mais par ces ordres, je ne vous félicite pas de vous
réunir pour le pire et non pour le meilleur.
18 Oui Oui, premièrement quand vous vous réunissez en
assemblée, on me dit qu'il existe des divisions entre
19 Il en faut vous, et je le crois en partie. Il en faut bien des scis-
sions entre vous pour que se révèlent parmi vous ceux
20 Vous qui ont fait leurs preuves. Vous êtes donc réunis en un
même lieu et vous ne mangez pas le repas seigneurial,
21 oui oui, chacun prend son propre souper au préalable, au
moment de manger, l'un est affamé, l'autre est ivre.

Mais n'avez-vous pas des maisons pour manger et 22 Mais
boire ? Ou méprisez-vous l'Assemblée de Dieu, et faites-
vous honte à ceux qui n'ont rien ? Que vous dire ?
Vous féliciter ? Non, là je ne vous félicite pas.
Oui, moi j'ai reçu[49] du Seigneur ce que je vous ai 23 Oui
aussi transmis, que le Seigneur Jésus, dans la nuit où
il fut livré, prit du pain, et après avoir remercié, il le 24 et après
brisa et dit :

Ceci[50] est mon corps pour vous
faites cela pour me rappeler à vous

Et de même avec la coupe, après avoir soupé, en 25 Et
disant :

Cette coupe nouvelle alliance dans mon sang
faites cela chaque fois que vous boirez pour me rappeler à vous

Oui, dès que vous mangez ce pain et que vous buvez 26 Oui
la coupe, vous annoncez la mort du Seigneur jusqu'à
ce qu'il vienne.
Aussi quiconque mange le pain ou boit la coupe du 27 Aussi
Seigneur de façon indigne sera accusé du corps et du
sang du Seigneur.
Que l'être humain s'éprouve lui-même, et qu'il mange 28 Que
alors de ce pain et qu'il boive de cette coupe, car celui 29 car
qui mange et boit, mange et boit sa propre condamna-
tion s'il n'a pas distingué le corps[51]. C'est pourquoi il y a 30 C'est
beaucoup de malades et de faibles parmi vous et qu'un
bon nombre se sont endormis[52]. Si nous nous distin- 31 Si nous

32 mais guions nous-mêmes, nous ne serions pas jugés, mais
une fois jugés par le Seigneur, nous sommes corrigés
pour ne pas subir le même jugement que le monde.
33 Oui Oui, mes frères, une fois réunis pour manger, atten-
34 Si dez-vous les uns les autres. Si quelqu'un a faim qu'il
mange à la maison pour que vous ne vous réunissiez
pas pour votre condamnation.

Le reste, je le réglerai quand je viendrai.

12, 1 Les expériences Les expériences spirituelles[53] ?

Mes frères, ne restez pas dans l'ignorance, je ne le
veux pas.
2 Vous Vous le savez bien, vous apparteniez aux nations
païennes et vous étiez attirés par les idoles sans voix.
3 C'est C'est pourquoi je vous apprends que personne parlant
sous le Souffle de Dieu ne dit : Jésus, anathème ! et que
personne ne peut dire : Jésus, le Seigneur ! sinon sous
l'action du Souffle saint.
4 Il y a Il y a plusieurs charismes distincts, mais le même
Souffle
5 il y a il y a plusieurs façons distinctes de servir, mais le
même Seigneur
6 il y a il y a plusieurs modes d'action distincts, mais le
même Dieu qui fait tout agir en tous.
7 À chacun À chacun est donné ce qui rend le Souffle visible,
pour l'intérêt commun.
8 À l'un À l'un, oui, le Souffle donne un langage de sagesse
à un autre, le même Souffle donne un langage
d'expert
9 à un à un autre, confiance dans le même Souffle
à un autre des dons de guérison dans le Souffle un

à un autre la possibilité d'opérer des actions de 10 à un
puissance
à un autre une prophétie
à un autre les discernements[54] des souffles
à un autre diverses langues
à un autre l'interprétation des langues.
Tout cela sous l'action du Souffle un et même, dis- 11 Tout
tribuant à chacun selon son bon plaisir.

Oui, comme le corps est un mais qu'il a de nombreux 12 Oui
membres, et que de nombreux membres du corps font
un corps unique, le Christ aussi.

Oui nous avons tous été immergés 13 Oui
dans un Souffle unique
dans un corps unique
juifs ou Grecs
esclaves ou libres
et nous avons tous été abreuvés
dans un Souffle unique.

Et oui, le corps n'est pas un membre unique mais 14 Et oui
plusieurs membres.
Si le pied[55] venait à dire : N'étant pas la main, je ne 15 Si
suis pas du même corps, pour autant il ne cesserait
pas d'appartenir au même corps.
Et si l'oreille venait à dire : N'étant pas un œil, je ne 16 Et si
suis pas du même corps, pour autant elle ne cesserait
pas d'appartenir au même corps.
Si tout le corps n'était qu'œil, où serait l'ouïe ? S'il 17 Si tout
n'était qu'ouïe, où serait l'odorat ?

18 Mais Mais en fait chaque membre a sa place dans le
corps comme Dieu l'a voulu.
19 Si Si tout n'était qu'un seul membre, où serait le corps?
20 Oui Oui, il y a plusieurs membres mais un corps unique.
21 L'œil L'œil ne peut pas dire à la main: Je n'ai pas besoin
de toi. Ni la tête aux pieds: Je n'ai pas besoin de vous.
22 Les membres 23 et ceux Les membres du corps qui paraissent les plus faibles
sont bien plus nécessaires encore, et ceux que nous
considérons comme étant les moins dignes du corps,
nous les entourons du plus grand honneur, et les
moins décents obtiennent de nous le plus grand res-
24 et les plus pect, et les plus décents n'en ont pas besoin. Mais
Dieu a disposé le corps en donnant plus d'honneur à
25 pour qu'il ceux qui en manquent pour qu'il n'y ait pas de divi-
sion dans le corps mais que les membres aient unani-
26 Un membre mement le souci les uns des autres. Un membre
souffre, et tous les autres souffrent avec lui, un
membre est glorifié et tous les membres se réjouissent
avec lui.
27 C'est C'est vous le corps du Christ, et ses membres, cha-
cun pour sa part.
28 Ceux Ceux que Dieu[56] a placés dans l'Assemblée sont pre-
mièrement envoyés, deuxièmement prophètes, troisiè-
mement enseignants, puis viennent les actions de
puissance, le don de guérison, l'action d'assister, celle
de gouverner, et diverses langues[57].
29 Est-ce Est-ce que tous sont envoyés? Tous prophètes?
Tous enseignants? Tous sont-ils capables d'actions
30 Tous ont-ils de puissance? Tous ont-ils le don de guérir? Est-ce
que tous parlent en langues? Est-ce que tous inter-
prètent?

Jalousez les dons les plus grands. 31 Jalousez

Et de plus, je vous montre une voie extrême.

Je peux bien parler les langues des hommes 13, 1 Je peux
celles des anges
mais sans l'amour
je ne suis plus que l'écho du bronze
l'éclat d'une cymbale.

Je peux être prophète 2 Je peux
avoir l'intelligence de tous les mystères
tout connaître
ma grande confiance peut bien déplacer des montagnes
sans amour je ne suis rien.

Je peux partager tout ce que j'ai pour nourrir les bouches 3 Je peux
livrer mon corps au bûcher
sans amour je n'en fais rien.

L'amour est patience. 4 L'amour
L'amour est bienveillance.
L'amour n'est pas jalousie.
Il ne se vante pas, ne se gonfle pas d'importance, ne 5 ne blesse
blesse pas, ne cherche pas son intérêt, ne tient aucun compte du mal
sa joie n'est pas l'injustice, sa joie c'est la vérité 6 sa joie
il couvre tout, il fait toute confiance, il espère tout, 7 il couvre
il supporte tout.

L'amour ne tombe jamais. 8 L'amour

Les prophéties seront désactivées.

Les langues finiront.

La connaissance sera désactivée.

9 Notre Notre connaissance est relative, nos prophéties sont relatives.

10 Mais Mais quand viendra ce qui est parfait, ce qui est relatif sera désactivé.

11 Tout Tout petit enfant, je parlais comme un enfant, je pensais comme un enfant, je raisonnais comme un enfant.

Adulte, j'ai tout désactivé de l'enfance.

12 Nous Nous voyons tout pour l'instant à travers un miroir, de façon énigmatique, mais alors ce sera dans un face-à-face.

Pour l'instant, ma connaissance est relative, mais alors je connaîtrai vraiment comme je fus vraiment connu.

13 Aujourd'hui Aujourd'hui, il y a la confiance, l'espoir[58] et l'amour[59]. Ils sont trois. Mais de ces trois, le plus grand c'est l'amour.

**14**, 1 Traquez Traquez l'amour, soyez jaloux d'expériences spiri-
2 Oui tuelles, surtout pour prophétiser. Oui, qui parle en
langues ne parle pas à l'humanité mais à Dieu. Per-
sonne ne le comprend, mais il parle des mystères de
3 Et qui façon inspirée. Et qui prophétise à l'humanité parle de
4 Qui bâtir, d'encourager et de réconforter. Qui parle en
langues est son propre bâtisseur, qui prophétise est le
bâtisseur de l'Assemblée.

5 Je veux Je veux que vous parliez tous en langues mais sur-
tout que vous prophétisiez. Qui prophétise est supé-

rieur à qui parle en langues, à moins qu'il ne se fasse
interprète pour offrir à l'Assemblée de quoi se bâtir.
Eh bien oui, supposez, frères, que je vienne chez 6 Eh bien
vous parler en langues, en quoi vous serais-je utile si
ma parole n'est ni dévoilement ni connaissance ni
prophétie ni enseignement ? Même chose avec des ins- 7 Même
truments sans vie mais capables d'émettre des sons,
flûte ou cithare, admettons qu'ils n'émettent pas de
sons distincts, comment reconnaître ce qui est joué
par la flûte et ce qui est joué par la cithare ? Oui, si la 8 Oui
trompette produit un son confus, qui se préparera à la
guerre ?

Et vous aussi, en parlant, si vous n'émettez pas des 9 Et vous
paroles claires, comment reconnaîtra-t-on ce que vous
dites ? Vous parlerez en l'air.

Oh ! combien de voix différentes dans le monde mais 10 Oh
aucune n'est aphone ! Donc, si je ne connais pas la 11 Donc
force de la voix, je ne serai qu'un barbare[60] pour le sujet
qui parle, et pour moi le sujet qui parle ne sera qu'un
barbare.

Puisque vous êtes des jaloux d'expériences spiri- 12 Puisque
tuelles, efforcez-vous de vous dépasser pour bâtir
l'Assemblée. Celui qui parle en langues, qu'il prie 13 Celui
pour pouvoir être capable d'interpréter. Oui, si je prie 14 Oui
en langues, mon souffle est prière mais mon intelli-
gence est stérile. Quoi ? Je prierai par le souffle mais je 15 Quoi
prierai aussi avec l'intelligence, je psalmodierai par le
souffle mais je psalmodierai aussi avec l'intelligence !
Autrement dit, si tu fais ta bénédiction sous l'action du 16 Autrement
souffle, comment un simple pourra-t-il dire amen à
ton action de grâces puisqu'il ne comprend pas ce que

17 Bien tu dis ? Bien sûr, ton action de grâces est magnifique,
penses-tu, mais l'autre n'en est pas édifié.
18 Je suis Je suis reconnaissant à Dieu. Je parle en langues plus
19 mais qu'aucun d'entre vous, mais dans l'Assemblée, je préfère
dire cinq mots intelligibles pour instruire les autres de
vive voix plutôt que dix mille paroles en langues.
20 Frères Frères, ne faites pas les enfants quand il faut réflé-
chir, mais devant le vice conduisez-vous comme de
tout petits enfants, et quand il faut réfléchir, devenez
adultes[61].
21 Dans Dans la Loi, il est écrit :

> « Je parlerai[62] à ce peuple
> avec des hommes d'autres langues
> avec d'autres lèvres
> ils ne m'écouteront même pas
> — dit le Seigneur. »

22 Les langues Les langues ne sont donc pas un signe pour les
croyants mais pour les autres[63], et la prophétie n'est
pas un signe pour les autres mais pour les croyants.
23 Imaginez Imaginez qu'une fois l'Assemblée tout entière réunie
en un même lieu, tous parlent en langues, entrent
alors des simples ou des incroyants, ne diront-ils pas
24 Mais que vous êtes en plein délire ? Mais inversement, ima-
ginez que tous prophétisent, entre alors un incroyant
ou un simple, il est mis à nu par tous, examiné par
25 et tout tous, et tout ce que son cœur cachait devient visible, il
tombe face contre terre, il adore Dieu en criant : « Oui,
c'est vrai[64], Dieu est parmi vous ! »
26 Eh quoi Eh quoi, frères ? En réunion, chacun a son chant,
son enseignement, son dévoilement, sa langue, son
interprétation... Qu'il en soit ainsi pour l'édification

Si on se met à parler en langues, à deux ou trois, tout 27 Si on
au plus, et à tour de rôle, et qu'il n'y ait qu'un seul
interprète. Mais s'il n'y a pas d'interprète, qu'on se taise 28 Mais
dans l'Assemblée, qu'on se parle à soi-même et à Dieu.
Les prophètes ? Qu'ils soient deux ou trois à parler 29 Les
et que les autres discernent. Si quelque chose a été prophètes 30 Si
dévoilé à quelqu'un quand il est assis, le premier doit
se taire.
Oui, vous pouvez tous prophétiser, un par un, pour 31 Oui
instruire tout le monde et encourager tout le monde.
Les prophètes sont les maîtres des dons inspirés 32 Les
aux prophètes. prophètes
Car Dieu n'est pas un Dieu de désordre mais un 33 Car
Dieu de paix.
Comme dans toutes les Assemblées des saints, que 34 que les
les femmes se taisent[65] dans les Assemblées. Non, elles
n'ont pas à parler mais doivent rester soumises comme
la Loi le dit. Et si elles sont prêtes à être instruites en 35 Et si
quoi que ce soit, qu'elles interrogent chez elles leurs
propres maris, car une femme doit avoir honte de
prendre la parole dans une assemblée.
La parole de Dieu serait-elle sortie tout droit de chez 36 La parole
vous ? En seriez-vous les seuls destinataires ?
Quelqu'un qui se croit prophète ou inspiré doit 37 Quelqu'un
reconnaître que ce que je vous écris est un comman-
dement du Seigneur. Ignorer cela c'est être ignoré. 38 Ignorer
Ainsi, mes frères, ayez la jalousie de prophétiser et 39 Ainsi
n'interdisez pas le parler en langues, mais que tout se 40 mais
fasse avec décence et en ordre.

15, 1 Je porte Je porte à votre connaissance, frères, l'Annonce
que je vous ai annoncée, que vous avez également
2 elle sert reçue, et vous y tenez bon, elle sert aussi à vous sauver
si vous n'oubliez pas en quels termes je vous l'ai
annoncée — sinon vous auriez cru pour rien!
3 Oui Oui, je vous ai transmis[66] ce que j'ai moi-même
reçu d'essentiel:

Christ[67] mourut pour nos fautes
conformément aux Écritures
4 il fut il fut enseveli
et le troisième jour, il est éveillé[68]
conformément aux Écritures
5 il s'est il s'est montré à Céphas puis aux Douze
6 ensuite ensuite il s'est montré à plus de cinq cents frères à
la fois
la plupart d'entre eux sont toujours là
certains se sont endormis
7 ensuite ensuite il s'est montré à Jacques puis à tous les
envoyés.
8 Et pour Et pour finir, comme à un fœtus avorté, il s'est
aussi montré à moi.
9 Oui Oui, moi, le plus petit des envoyés, qui ne peux
même pas être appelé envoyé parce que j'ai persé-
cuté[69] l'Assemblée de Dieu.
10 Pourtant Pourtant grâce à Dieu, je suis ce que je suis, et sa
grâce pour moi ne fut pas vide. Mais je me suis dépensé
plus que tous les autres, oh! non, pas moi, mais la
grâce de Dieu qui est avec moi.
11 Moi Moi ou les autres, c'est notre cri, en quoi vous avez
cru.

Si le cri est : Christ est éveillé des morts, comment 12 Si
peut-on prétendre parmi vous que les morts ne seront
pas relevés[70] ?
Si les morts ne sont pas relevés, Christ non plus 13 Si
n'est pas éveillé.
Si Christ n'est pas éveillé, notre parole est vide, 14 Si
votre confiance aussi est vide.
On apparaît comme de faux témoins de Dieu pour 15 On
avoir assuré, contre Dieu lui-même qu'il a éveillé le
Christ alors qu'il ne l'a pas éveillé si, comme vous le
prétendez, les morts ne s'éveillent pas.
Oui, si les morts ne s'éveillent pas, Christ non plus 16 Oui
n'est pas éveillé.
Et si Christ n'est pas éveillé, votre confiance est 17 Et si
illusion, et vous restez avec votre faute.
À ce compte aussi, ceux qui se sont endormis dans 18 À ce
le Christ sont perdus pour toujours.
Si durant cette vie seulement nous avons espéré 19 Si durant
dans Christ, nous sommes les plus pitoyables de tous
les hommes.
Non. Christ est vraiment éveillé des morts, prémices 20 Non
de ceux qui se sont endormis.

Comme par un homme 21 Comme
il y eut la mort
par un homme aussi
la résurrection des morts

Comme avec Adam[71] 22 Comme
tous meurent

avec le Christ aussi
tous vivront

23 Mais Mais chacun à sa place
prémices Christ
puis les amis du Christ
quand il viendra[72]

24 Puis Puis la fin quand
il remettra le règne
à Dieu et Père
une fois détruits
pouvoirs, autorités, puissances[73]

25 Son Son règne doit durer
le temps de « placer[74]
tous ses ennemis
sous ses pieds »

26 Dernier Dernier ennemi détruit
la mort
27 oui « oui[75] il a tout soumis
sous ses pieds »

Quand il dira
tout est soumis
oui c'est à l'exception
de Celui qui lui a tout soumis

28 Quand Quand tout lui aura été soumis
le Fils lui-même sera soumis
à Celui qui lui a tout soumis
pour que Dieu soit tout en tous

Sinon, que chercheraient ceux qui se font immer- 29 Sinon
ger dans le baptême pour les morts[76] ? Bref, pourquoi
se feraient-ils baptiser pour les morts si les morts ne
sont pas éveillés ?

Et nous, pourquoi en permanence affronter le 30 Et nous
danger ?

Chaque jour, je meurs. 31 Chaque

Je le jure, frère, sur ma fierté en vous dans Christ
Jésus notre Seigneur. J'aurais lutté contre des fauves[77] 32 J'aurais
à Éphèse par un calcul purement humain ? Et pour en
tirer quoi ?

Si les morts ne sont pas éveillés, « alors[78] mangeons
et buvons, car demain nous mourrons ! »

Ne vous y trompez pas : 33 Ne

« Les mauvaises[79] fréquentations corrompent les
bonnes mœurs. »

Plus d'ivresse, plus d'errements, oui, certains d'entre 34 Plus
vous n'ont pas la connaissance de Dieu — je le dis à
votre grande honte.

Mais, dira quelqu'un[80], comment les morts sont-ils 35 Mais
éveillés ? et dans quel corps viennent-ils ? Idiot ! toi, 36 Idiot
ce que tu sèmes ne trouve pas la vie sans mourir
d'abord[81].

Et que sèmes-tu ? 37 Et que

Tu ne sèmes pas le corps qui viendra mais un simple
grain nu, si tu veux, du blé ou n'importe quelle autre
graine.

Dieu lui donne un corps, à sa volonté, et à chaque 38 Dieu
semence, un corps particulier.

39 Non Non toute chair n'a pas la même chair
autre[82] est la chair des hommes
autre la chair du bétail
autre la chair des oiseaux
autre la chair des poissons

40 Il y a Il y a des corps célestes
il y a des corps terrestres
différent l'éclat des corps célestes
différent l'éclat des corps terrestres

41 Autre Autre l'éclat du soleil
autre l'éclat de la lune
autre l'éclat des étoiles
d'une étoile l'autre
l'éclat diffère

42 Même Même chose pour la résurrection des morts
semé pour pourrir
relevé imputrescible

43 semé semé pour le mépris
relevé avec éclat

semé faible
relevé fort

44 semé semé corps animé[83]
relevé corps inspiré

comme il y a un corps animé
il y a un corps inspiré

45 il est il est écrit aussi
«le premier[84] être humain

Adam
devint un être animé »

le dernier Adam
souffle qui donne la vie

non pas d'abord[85] l'inspiré 46 non
mais d'abord l'animé
et puis l'inspiré

le premier homme fut limon tiré de la terre 47 le premier
le second est tiré du ciel

comme l'homme fut limon 48 comme
tous aussi limon

comme l'homme fut ciel
tous aussi seront ciel

comme nous avons porté l'image de l'homme limon 49 comme
nous porterons aussi l'image de l'homme ciel

J'affirme ceci, frères, que chair et sang ne peuvent 50 J'affirme
hériter du royaume de Dieu, ni la pourriture n'héritera
de l'imputrescible.

Je vous parle d'un mystère. 51 Je vous

Tous nous ne dormirons pas
mais tous nous deviendrons autres
en un instant, en un clin d'œil 52 en un instant

à la dernière trompette
oui la trompette sonnera
les morts s'éveilleront imputrescibles
nous deviendrons autres

53 oui oui la pourriture doit endosser[86] l'imputrescible
ce qui est mortel endosser l'immortel

54 quand quand la pourriture endossera l'imputrescible
ce qui est mortel l'immortel
se réalisera enfin la parole écrite[87] :
« La mort fut engloutie pour la victoire »

55 Ô mort « Ô mort où est ta victoire ?
Ô mort où est ta pointe ? »

56 Pointe Pointe de la mort, la faute
Puissance de la faute, la Loi

57 Remerciez Remerciez Dieu
celui qui nous donne la victoire
par notre Seigneur Jésus Christ

58 Oui Oui, mes frères chéris, tenez bon, soyez inébran-
lables, surpassez-vous toujours au service du Seigneur.
Dites-vous bien que vos efforts ne sont jamais nuls dans
le Seigneur.

16, 1 D'autre D'autre part, au sujet de la collecte destinée aux
saints[88], selon ma recommandation aux Assemblées
de la Galatie, procédez de même vous aussi.
2 Le premier Le premier jour de chaque semaine, chacun de
vous mettra de côté chez lui ce qu'il aura réussi à éco-
nomiser, et vous n'attendrez pas ma venue pour faire
3 Quand les collectes. Quand je serai là, j'enverrai munis de
lettres ceux que vous aurez approuvés apporter votre
4 et s'il bienfait à Jérusalem, et s'il est nécessaire que je fasse
moi aussi le voyage, ils feront le voyage avec moi.

Je viendrai chez vous quand j'aurai traversé la 5 Je viendrai
Macédoine, oui je vais traverser la Macédoine. Je res- 6 Je resterai
terai peut-être un peu chez vous, je passerai l'hiver,
pour que vous me conduisiez là où je poursuivrai mon
voyage. Non, je ne veux pas vous voir rien qu'en pas- 7 Non
sant, j'espère pouvoir rester un peu chez vous, si le
Seigneur me laisse maître. Je resterai à Éphèse jus- 8 Je
qu'à la Pentecôte, on m'a ouvert tout grand une porte, 9 on
activement, et il y a de nombreux adversaires.

Si Timothée vient, veillez à ce qu'il devienne moins 10 Si
craintif à votre égard, il travaille tout comme moi à
la chose du Seigneur. Que personne ne le méprise. 11 Que
Conduisez-le en paix pour qu'il vienne à moi, oui, je
l'attends avec les frères.

Quant à Apollos, le frère, je lui ai prodigué de nom- 12 Quant
breux encouragements pour qu'il vienne chez vous
avec les frères. Il ne tenait absolument pas à venir
maintenant, mais il viendra dès qu'il trouvera le bon
moment.

Veillez, tenez-vous droits dans la confiance, agissez 13 Veillez
en hommes, restez fermes.

Que tout chez vous se passe dans l'amour. 14 Que

Je vous encourage, frères (vous connaissez Stépha- 15 Je vous
nos et sa famille, prémices de l'Achaïe, qui se sont mis
au service des saints), à vous mettre vous aussi à la 16 à vous
disposition de telles personnes, et à la disposition de
chacun qui travaille avec eux et se donne de la peine.

Je me réjouis aussi de la présence de Stéphanos, de 17 Je me
Fortunatos et d'Achaïkos, parce qu'ils ont comblé
votre absence. Car ils ont tranquillisé mon esprit et le 18 Car
vôtre. Sachez reconnaître des gens comme ça.

19 Les Les Assemblées de l'Asie[89] vous saluent.
Aquilas et Prisca[90], avec l'Assemblée de leur maison, vous saluent infiniment dans le Seigneur.
20 Tous Tous les frères vous saluent.
Donnez-vous le salut les uns les autres par un saint baiser.
21 C'est C'est moi, Paul, ma main[91] vous écrit ce salut.
22 Si Si quelqu'un n'aime pas le Seigneur qu'il soit voué à la destruction[92].
*Marana tha*[93] *!*
23 La faveur La faveur du Seigneur Jésus vous accompagne.
24 Mon Mon amour avec vous tous en Christ Jésus.

# 2 Corinthiens
## *Seconde lettre aux Corinthiens*

Paul, envoyé[1] de Christ Jésus **1**, 1 Paul
par le vouloir de Dieu
et Timothée[2], le frère

à l'Assemblée de Dieu qui est à Corinthe
et tous les saints présents dans toute l'Achaïe.

À vous la faveur et la paix 2 À vous
de Dieu notre Père
et du Seigneur Jésus Christ.

Béni le Dieu 3 Béni
et Père de notre Seigneur Jésus Christ
Père des miséricordes.

Dieu de toute consolation
nous console de tout notre tourment 4 nous
que nous puissions consoler les autres
quel que soit le tourment
par la consolation même avec laquelle
Dieu nous console.

Tant de souffrances du Christ pour nous 5 Tant
et tout autant notre consolation à travers le Christ.

6 Nous Nous sommes tourmentés ?
c'est pour votre consolation et votre délivrance
nous sommes consolés ?
c'est pour votre consolation qui vous permet de supporter les mêmes souffrances que nous aussi subissons.

7 Et notre Et notre espoir pour vous tient bon
sachant que vous êtes associés aux souffrances comme à la consolation.

8 Non Non, frères, nous ne voulons pas vous laisser ignorer notre tourment en Asie[3] dont nous fûmes accablés à l'extrême, au-delà des forces, au point d'être incertains de vivre.
9 Mais Mais nous avions reçu au fond de nous notre
condamnation à mort pour ne plus nous en remettre à
nous-mêmes mais à Dieu, celui qui éveille les morts,
10 qui nous qui nous a arrachés d'une si grande mort et nous en
arrachera, lui dont nous espérons aussi qu'il nous en
11 et vous arrachera encore, et vous aussi, si vous vous associez
en notre faveur par la prière, pour que ce don qui nous fut gracieusement accordé, obtenu par l'intermédiaire de beaucoup, devienne une action de grâces à notre sujet.
12 Notre Notre fierté la voici — témoignage de notre conscience.

Avec la faveur de Dieu, notre conduite dans le monde, et tout particulièrement avec vous, fut guidée par la franchise et la sincérité de Dieu, et non par la sagesse ordinaire[4].

Non, nous ne vous écrivons rien d'autre que ce que 13 Non
vous pouvez lire ou même comprendre — et j'espère
que vous comprendrez vraiment, comme vous avez déjà 14 comme
en partie compris que nous sommes votre sujet de
fierté, et que vous serez aussi le nôtre au Jour de notre
Seigneur Jésus[5].

Ainsi conforté, je voulais venir d'abord chez vous 15 Ainsi
pour que vous obteniez une deuxième faveur, de chez 16 de chez
vous passer en Macédoine, et de nouveau de Macédoine
revenir chez vous, et que vous prépariez ma route vers
la Judée.

Vouloir cela, était-ce par hasard agir à la légère ? Ou 17 Vouloir
bien mon vouloir n'est que vouloir charnel ? comme si
en moi il y avait toujours à la fois le oui et le non.

Fidélité de Dieu, notre langage pour vous n'est pas 18 Fidélité
à la fois oui et non.

Le Fils de Dieu Jésus Christ que nous avons crié[6] 19 Le Fils
parmi vous, moi, Silvain[7] et Timothée, n'a pas été oui
et non, mais oui fut en lui.

Toutes les promesses de Dieu en lui sont oui. 20 Toutes

Son amen[8] à Dieu pour le glorifier c'est le nôtre.

Qui nous rend forts avec vous, dans le Christ, et qui 21 Qui
nous a donné l'onction[9] ? Dieu

qui nous a marqués d'un sceau 22 qui

et donné les arrhes[10], Souffle dans nos cœurs.

Moi, Dieu m'est témoin, sur ma vie, je voulais vous 23 Moi
ménager en ne venant pas à Corinthe. Non, nous 24 Non
n'étions pas les maîtres de votre confiance mais nous
sommes les auxiliaires de votre joie car dans la
confiance vous tenez bon.

2, 1 Oui Oui, j'ai préféré prendre cette décision de ne pas
2 Si moi revenir chez vous dans le chagrin. Si moi je fais votre
chagrin, qui me donnera de la joie sinon celui dont je
3 J'ai fais le chagrin ? J'ai précisément écrit pour que, à ma
venue, ceux qui devraient faire ma joie ne fassent pas
mon chagrin, toujours persuadé à votre égard que ma
joie est la vôtre à tous.

4 En plein En plein tourment, le cœur serré, je vous ai écrit
dans les larmes, non pour votre chagrin mais pour cet
amour extrême que je vous porte, sachez-le.

5 Si quelqu'un Si quelqu'un a causé du chagrin, ce n'est pas à moi
qu'il a causé du chagrin mais, et dans une certaine
6 Pour mesure, sans vouloir exagérer, c'est à vous tous. Pour
7 et celui-là, l'avertissement de la plupart suffira, et même
vous lui pardonnerez plutôt, vous le consolerez de peur
8 Et pour qu'il ne soit englouti par un chagrin extrême. Et pour
cette raison, dans son cas, je vous engage au devoir
d'amour.

9 Oui Oui, c'est pour ça que je vous ai écrit, pour connaître
votre résistance à l'épreuve et votre totale obéissance.

10 À qui À qui vous pardonnez, moi aussi, et moi-même si
j'ai pardonné, s'il m'est arrivé de le faire, c'est à cause
11 pour de vous, sous le regard du Christ, pour ne pas être
abusés par l'Adversaire, car nous n'ignorons rien de
ses intentions.

12 Venu Venu à Troas pour l'Annonce du Christ, une porte
13 mon esprit me fut ouverte[11] à la faveur du Seigneur, mon esprit
ne connut pas de repos parce que je n'ai pas trouvé
Tite, mon frère. Mais m'étant séparé d'eux, je partis
pour la Madédoine.

Merci à Dieu 14 Merci
il nous emporte
dans le Christ
dans son cortège
de triomphe toujours

il révèle partout
le parfum de sa connaissance
par notre intermédiaire

pour Dieu 15 pour
nous sommes l'arôme du Christ
parmi ceux qui vont à la délivrance
parmi ceux qui courent à la perte

pour les uns 16 pour
parfum de mort pour la mort
pour les autres
parfum de vie pour la vie

Mais qui en a les capacités ?
Non, nous ne sommes pas comme tous ceux qui 17 Non
font du langage de Dieu leur petit commerce, mais en
toute sincérité, de la part de Dieu, et face à Dieu, nous
parlons dans la force du Christ.
Nous recommencerions alors à nous recommander 3, 1 Nous
nous-mêmes ? Ou aurions-nous besoin par hasard,
comme certains, de lettres de recommandation, qu'elles
viennent de vous ou qu'elles vous soient destinées ?
Notre lettre, c'est vous, écrite dans nos cœurs, dont 2 Notre lettre
toute l'humanité a pris connaissance et qu'elle a lue ;
il est évident que vous êtes une lettre de Christ confiée 3 il est
à nos soins, non pas écrite à l'encre noire mais au

Souffle de Dieu vivant, ni sur des tablettes de pierre[12]
mais sur ces tablettes, les cœurs humains[13].
4 C'est C'est la garantie que nous possédons du Christ,
5 Non devant Dieu. Non, nous-mêmes n'avons pas les capa-
cités de mettre quoi que ce soit à notre compte, notre
6 qui capacité vient de Dieu, qui nous a rendus capables de
servir une nouvelle alliance, non de la lettre mais du
Souffle, car la lettre tue et le Souffle fait vivre.
7 Si Si servir la mort, gravé en lettres sur des pierres,
eut un tel éclat[14] que les fils d'Israël ne purent fixer du
regard le visage de Moïse en raison de l'éclat de son
8 comment visage — désactivé —, comment servir le Souffle ne
serait-il pas d'un éclat supérieur ?
9 Oui Oui, si servir la condamnation a de l'éclat, servir la
justice en a bien davantage encore.
10 Oui Oui, même ce qui a eu de l'éclat n'en a pas eu en
raison de cet éclat supérieur.
11 Oui Oui, si ce qui était désactivé l'était avec éclat, de
quel éclat supérieur est ce qui demeure.
12 Avec 13 à la Avec un tel espoir, nous parlons ouvertement, à la
différence de Moïse qui mettait un voile sur son visage[15]
pour que le regard des fils d'Israël ne se fixe pas sur la
14 Mais fin de ce qui était vide. Mais leurs intentions furent
endurcies, oui jusqu'à ce jour, le même voile tient pen-
dant la lecture de l'ancienne Alliance[16], et n'est pas
levé parce que c'est en relation avec Christ qu'elle est
désactivée[17].
15 Jusqu'à Jusqu'à présent, chaque fois que Moïse est lu, un
16 chaque voile gît sur leur cœur, chaque fois que l'on se tourne
vers le Seigneur[18], le voile est retiré.

Le Seigneur c'est le Souffle, et où est le Souffle du 17 Le Seigneur
Seigneur est la liberté.

Nous tous, visage découvert, en regardant comme 18 Nous
dans un miroir l'éclat du Seigneur, nous sommes
métamorphosés dans cette image, éclat après éclat,
comme par l'action du Seigneur, le Souffle.

C'est pourquoi, ayant reçu ce service pour avoir été 4, 1 C'est
pris en pitié, nous ne reculons pas, nous avons renoncé 2 nous avons
aux secrets recours de la honte, à une double conduite,
sans falsifier le langage de Dieu, mais en rendant
visible la vérité, et en nous recommandant nous-mêmes
à la conscience de tous les êtres humains, face à Dieu.

Même si notre Annonce[19] est voilée, c'est pour ceux 3 Même
qui courent à la perte qu'elle est voilée, pour ceux 4 pour
dont le dieu de ce temps[20] a aveuglé les pensées, les
incroyants, de telle sorte qu'ils ne voient pas la mise en
lumière de l'Annonce de l'éclat du Christ, image de
Dieu.

Car ce n'est pas nous que nous crions mais Jésus 5 Car
Christ Seigneur, et nous-mêmes sommes vos esclaves
à cause de Jésus.

Oui, Dieu qui a dit: «De la ténèbre[21] la lumière 6 Oui
brillera» a fait briller dans nos cœurs la lumière qui
vient de la connaissance de l'éclat de Dieu, sur le visage
de Jésus Christ.

Nous possédons ce trésor dans des récipients d'ar- 7 Nous
gile pour que la puissance extrême vienne de Dieu et
non de nous.

Partout opprimés 8 Partout
mais sauvés de l'écrasement

acculés
mais sauvés de l'impasse
9 pourchassés pourchassés
mais sauvés de l'abandon

terrassés
mais sauvés de la mort

10 nous nous portons inlassablement dans notre corps
le mourir de Jésus

pour que la vie de Jésus
soit visible dans notre corps

11 oui oui toujours nous qui sommes en vie
sommes livrés à la mort à cause de Jésus

pour que la vie de Jésus
soit visible dans notre condition mortelle

12 ainsi ainsi la mort est activée en nous
mais la vie l'est en vous.

13 Avec Avec le même souffle de la confiance, selon l'écrit :
« J'ai eu confiance[22] et j'ai parlé »

Nous aussi nous avons confiance et nous parlons,
14 sachant sachant que celui qui a éveillé le Seigneur Jésus nous
éveillera aussi avec Jésus et nous placera près de lui
avec vous.

15 Oui Oui, tout arrive à cause de vous, que tant de grâces
s'étende à tant de personnes pour tant d'actions de
grâces au service du rayonnement de Dieu.

16 C'est pourquoi C'est pourquoi nous ne reculons pas. Et même si
notre humanité extérieure est détruite, notre intério-
17 Notre rité est renouvelée de jour en jour. Notre léger tour-

ment momentané nous procure en abondance et en
abondance un poids éternel de gloire. Nous ne nous 18 Nous
arrêtons pas au visible mais à l'invisible, car le visible
est passager mais l'invisible est éternel.

Oui, nous savons que si la tente[23], notre maison 5, 1 Oui
sur terre, est dissoute, nous avons reçu de Dieu une
construction, une maison qui n'est pas faite de mains
humaines, pour toujours dans les cieux.

C'est pourquoi nous gémissons : nous désirons vive- 2 C'est
ment passer sur nous[24] notre habitation du ciel, pen- 3 pensant
sant qu'une fois l'ayant passée, on ne nous retrouve
pas tout nus[25].

Oui, nous qui sommes dans la tente nous gémis- 4 Oui
sons, accablés parce que nous ne voulons pas nous
dévêtir mais plutôt nous revêtir et que le mortel soit
englouti par la vie.

Celui qui nous a procuré tout cela, c'est Dieu, lui 5 Celui
qui nous a donné les arrhes du Souffle.

Constamment rassurés, sachant que présents dans 6 Constamment
le corps nous sommes absents du Seigneur — nous 7 nous marchons
marchons en effet en nous fondant sur la confiance et
non sur les apparences —, nous sommes rassurés 8 nous sommes
et nous jugeons meilleur de nous absenter du corps et
demeurer près du Seigneur. C'est la raison pour 9 C'est
laquelle notre ambition, en y résidant ou en émigrant,
c'est de lui être agréables. Oui, tous, ce que nous 10 Oui
sommes doit être rendu évident devant la tribune du
Christ[26] pour que chacun reçoive ce qu'il a fait en son
corps de bon ou de méchant.

Craindre le Seigneur nous connaissons, nous cher- 11 Craindre
chons donc à convaincre les hommes. Mais concer-

nant Dieu, nous avons été et nous continuons à être une évidence[27]. J'espère aussi avoir été et continuer à être pour vos consciences une évidence.

12 Non Non, nous ne nous recommandons pas de nouveau à vous, mais nous vous donnons une occasion d'être fiers de nous pour que vous ayez quelque chose à opposer à ceux dont la fierté est apparente et non intérieure.

13 Si Si nous avons été jetés hors de nous
c'est pour Dieu

si nous sommes raisonnables
c'est pour vous

14 Oui Oui l'amour du Christ nous tient
nous qui avons décidé qu'Un mourût pour tous[28]
et tous moururent

15 Pour Pour tous il mourut
pour que ceux qui vivent
ne vivent plus pour eux-mêmes
mais pour celui qui pour eux mourut et fut éveillé

16 Ainsi Ainsi, à partir de maintenant, nous ne considérons plus personne à la manière humaine[29], et si nous avons considéré le Christ selon sa condition charnelle, maintenant nous ne le considérons plus comme ça.

17 Si Si quelqu'un est dans le Christ, c'est une création
nouvelle. Les choses anciennes ont passé, les choses
18 Tout nouvelles sont là. Tout vient de Dieu qui nous a réconciliés avec lui par l'intermédiaire de Christ et qui nous
19 Comme a donné le service de la réconciliation. Comme il est
dit : c'est[30] Dieu en Christ qui réconciliait le cosmos

avec lui-même, et ne comptait les transgressions de personne. Il a institué en nous le langage de la réconciliation.

Pour le Christ nous sommes des ambassadeurs, et 20 Pour
Dieu console par notre intermédiaire.
Pour le Christ, nous vous supplions : soyez réconci-
liés avec Dieu.
Lui qui n'avait pas connu de faute, pour nous il l'a 21 Lui
fait faute afin que nous devenions justice de Dieu en
lui.
Nous travaillons et nous consolons aussi pour que 6, 1 Nous
vous ne receviez pas en vain la faveur de Dieu.
Il dit en effet : 2 Il dit
« Quand ce fut[31] l'heure je t'ai écouté
Le jour de la délivrance je t'ai secouru. »
C'est l'heure, maintenant, c'est aujourd'hui le jour
de la délivrance.

N'offrir aucune occasion de chute 3 N'offrir
de peur de ridiculiser le service

mais nous recommander nous-mêmes en tout 4 mais
comme serviteurs de Dieu

avec beaucoup d'endurance
dans la misère
les oppressions
les impasses

les coups reçus 5 les coups
les prisons
les émeutes

les fatigues
les insomnies
la faim

6 intègre intègre
initié
patient
bon

avec le Souffle saint
l'amour sans ruse

7 avec avec le langage de vérité
avec la puissance de Dieu

par les armes de la justice
pour attaquer et pour se défendre[32]

8 glorifiés glorifiés ou méprisés
impopulaires ou populaires

tenus pour des imposteurs
et pourtant vrais

9 pour pour des inconnus
et pourtant bien connus

pour être à l'agonie
et pourtant oui nous vivons

pour être punis
et pourtant jamais condamnés à mort

10 pour pour être dans le chagrin
mais toujours dans la joie

tenus pour des pauvres
mais en enrichir de nombreux

pour n'avoir rien
et pourtant tout posséder

Notre bouche s'est grand ouverte devant vous, Corin- 11 Notre
thiens, notre cœur s'est élargi.
Ce n'est pas[33] nous qui vous étranglons mais vos 12 Ce n'est
passions.
Une seule récompense, puisque je parle à des 13 Une seule
enfants, élargissez-vous.

Ne faites[34] pas un attelage hétéroclite avec des 14 Ne faites
incroyants. Quoi de commun entre la justice et l'ab-
sence de Loi ? est-ce que la lumière accompagne la
ténèbre ?
Quel accord entre Christ et Béliar[35] ? Que partage 15 Quel
le croyant avec l'incroyant ?
Quel accord du sanctuaire de Dieu avec les idoles ? 16 Quel
Oui, c'est nous le sanctuaire de Dieu vivant comme l'a
dit Dieu[36] :

> « J'habiterai et je me promènerai au milieu d'eux
> Je serai leur Dieu eux seront mon peuple »

C'est pourquoi 17 C'est

> « Sortez du milieu d'eux
> mettez-vous à part, dit le Seigneur
> Ne touchez à rien d'impur
> moi je vous recevrai
> Je serai pour vous un père 18 Je serai
> vous serez pour moi des fils et des filles
> dit le Seigneur maître suprême. »

7, 1 Avec Avec ces promesses, bien-aimés, purifions-nous de
tout ce qui gâte la condition charnelle et le souffle, jusqu'au bout de la sainteté et dans la crainte de Dieu

2 Faites Faites-nous de la place ! Nous n'avons traité personne injustement, nous n'avons causé la perte de personne, nous n'avons exploité personne.
3 Je ne dis Je ne dis pas ça pour condamner, j'ai déjà dit que
vous étiez dans nos cœurs pour mourir ensemble et vivre ensemble.

4 Je suis Je suis très libre avec vous, je suis très fier de vous,
et dans tout notre tourment, ma consolation est entière, ma joie déborde infiniment.
5 Oui Oui, une fois en Macédoine, nous[37] n'avons connu
aucun répit mais nous avons été tourmentés en tout :
6 Mais batailles au-dehors, craintes au-dedans. Mais le conso-
lateur des humiliés, Dieu, nous a consolés en faisant
7 non arriver Tite, non seulement en le faisant arriver, mais
encore en le consolant comme il l'a consolé à votre propos, Tite revenant nous annoncer que vous m'attendiez vivement, que vous languissiez de moi, que vous étiez fous de désir, et ma joie en fut d'autant plus grande.
8 Oui Oui, même si je vous ai fait du chagrin dans cette
lettre[38], je n'ai pas de regret, et quand bien même j'aurais du regret — car je vois bien que cette lettre vous a
9 maintenant fait du chagrin, ne serait-ce qu'une heure —, mainte-
nant j'éprouve de la joie non pas parce que vous avez eu du chagrin, mais parce que votre chagrin vous a changés, oui votre chagrin c'est le fait de Dieu pour

que vous n'ayez à subir aucun dommage à cause de
nous. Oui le chagrin, du fait de Dieu, provoque un 10 Oui
changement jamais regretté pour nous délivrer, mais
le chagrin du monde provoque la mort.

Eh bien oui, le chagrin du fait de Dieu a provoqué 11 Eh bien
chez vous une telle ardeur ! Oh oui, quelle défense,
quelle indignation, oh quelle peur, quel désir fou,
quelle jalousie, quelle vengeance !

Oui, vous avez prouvé en tout point que vous étiez
innocents dans cette affaire.

Aussi, même si je vous ai écrit, ce n'était ni à cause 12 Aussi
de l'offenseur[39] ni à cause de l'offensé, mais pour que
soit parfaitement claire, chez vous et devant Dieu, votre
ardeur à notre égard. Ce fut notre consolation. 13 Ce fut

Outre notre consolation, il y eut bien plus encore
notre joie à la joie de Tite parce que vous avez tous
calmé son esprit. Et si devant lui j'étais quelque peu 14 Et si
fier de vous, je n'ai pas eu à en rougir, oui comme
nous vous avons parlé de tout avec vérité, notre fierté
devant Tite fut aussi vérité. Sa passion[40] pour vous est 15 Sa passion
d'autant plus grande quand il se rappelle votre obéis-
sance, comment vous l'avez accueilli avec crainte et
tremblement[41].

Ma joie c'est le courage que j'ai pour tout avec vous. 16 Ma joie

Nous vous faisons connaître, frères, la faveur de 8, 1 Nous
Dieu, donnée aux Assemblées de la Macédoine : éprou- 2 éprouvées
vées par un très grand tourment, leur joie fut telle,
et leur profonde pauvreté, qu'elles ont débordé de
richesse et de générosité. À la mesure de leurs possibi- 3 À la mesure
lités, j'en témoigne, et au-delà même, librement et en 4 et en nous

nous réclamant avec insistance la faveur de participer
5 au-delà au service au profit des saints[42], au-delà de nos propres
espérances, elles se sont données d'abord au Seigneur,
6 et nous puis à nous, par volonté de Dieu, et nous avons fini
par engager Tite pour qu'il accomplisse chez vous cette
faveur comme il l'avait commencée.

7 Comme Comme vous excellez en tout, confiance, discours,
connaissance, ardeur folle, et cet amour qui vous vient
de nous, excellez aussi dans cette faveur-là.

8 Je ne dis Je ne dis pas ça comme un ordre mais je mentionne
l'ardeur des autres pour tester l'authenticité de votre
9 Vous amour. Vous connaissez la faveur de notre Seigneur
Jésus Christ, à cause de vous il devint pauvre, lui qui
était riche, pour que par sa pauvreté vous deveniez
riches.

10 Je donne Je donne là un avis dans votre intérêt, vous qui avez
déjà commencé l'an dernier non seulement à agir
11 Maintenant mais à vouloir. Maintenant parachevez votre action,
que vos actes aboutissent et rivalisent avec votre
ardente volonté, en prenant parmi ce que vous avez.
12 Oui Oui, si ardeur il y a, on est agréé pour ce qu'on a et
13 Il ne non pour ce qu'on n'a pas. Il ne s'agit pas pour en sou-
lager d'autres de vous tourmenter, mais de rechercher
14 En ce l'égalité. En ce moment, ce que vous avez en trop
revient à ceux qui sont en manque, pour que ce qu'ils
ont en trop vous revienne quand vous serez en manque,
15 comme et que l'égalité soit ainsi faite, comme il est écrit :

« Qui a pris[43] beaucoup n'a rien de trop
Qui a pris peu n'a manqué de rien. »

16 Merci Merci à Dieu qui donna dans le cœur de Tite la
17 ayant même ardeur pour vous, ayant été sollicité, et avec

plus d'ardeur encore, librement, il est parti chez vous.
Avec lui, nous avons envoyé le frère qui doit son éloge 18 Avec
dans toutes les Assemblées à son travail pour l'Annonce,
et non seulement ça, mais les Assemblées l'ont élu 19 et non
à main levée notre compagnon de voyage dans cette
œuvre généreuse dont nous assurons le service pour
manifester l'éclat du Seigneur lui-même et notre
ardeur, tout en cherchant à éviter que quelqu'un ridi- 20 tout
culise la façon dont nous assurons le service de cette
très grosse somme.

Oui, nous nous[44] préoccupons de ce qui est bien, 21 Oui
non seulement devant le Seigneur mais également
devant les hommes.

Nous avons envoyé avec eux notre frère que nous 22 Nous
avons testé en bien des affaires, souvent, manifestant
de l'ardeur, et bien plus encore aujourd'hui car il vous
fait pleinement confiance.

Tite, c'est mon associé et mon collaborateur près de 23 Tite
vous. Nos frères, ce sont les envoyés des Assemblées[45],
la gloire de Christ. Aussi donnez cette preuve que vous 24 Aussi
aimez et que nous sommes fiers de vous, à eux, à la
face des Assemblées.

Oui, il m'est superflu de vous écrire à propos du 9, 1 Oui
service en faveur des saints[46]. Je connais votre ardeur, 2 Je connais
je suis fier de vous auprès des Macédoniens : l'Achaïe
s'est préparée dès l'an passé et votre zèle a provoqué
le plus grand nombre. Mais j'ai envoyé les frères pour 3 Mais
ne pas vider la fierté que vous m'inspirez en ce
domaine, pour que vous soyez préparés comme je le
disais, de peur que si des Macédoniens venaient à 4 de peur
m'accompagner et ne vous trouvaient pas préparés,

nous n'en rougissions — nous, pour ne pas dire vous —
dans cette entreprise.
5 J'ai J'ai donc estimé nécessaire d'inviter les frères à se
rendre d'avance chez vous et à organiser d'avance votre
don déjà prévu pour le préparer comme un don et non
comme une extorsion.

6 Je dis Je dis que[47] celui qui sème peu, peu récoltera, et
que celui qui sème copieusement, copieusement récol-
tera.
7 Chacun Chacun à la libre décision de son cœur, et non sous
le coup du chagrin ou de la contrainte. Dieu aime qui
donne dans la joie.
8 Et Et Dieu a le pouvoir de faire déborder vos bénéfices
de telle sorte qu'en ayant toujours une autosuffisance
9 comme complète, vous débordiez pour bien faire, comme il
est écrit :

« En disséminant[48], il donna aux pauvres
Sa justice demeure pour toujours »

10 Fournissant Fournissant la semence au semeur et le pain pour
se nourrir, il fournira et multipliera votre semence et
11 Vous fera pousser les fruits de votre justice. Vous devenez
riches de tout pour une générosité totale qui accomplit
par notre intermédiaire une action de grâces à Dieu.
12 La réalisation La réalisation de ce service ne vient pas seulement
suppléer les besoins des saints mais tout faire débor-
der au moyen de nombreuses actions de grâces à
13 Avec Dieu. Avec la preuve fournie par cette réalisation, ils
glorifient Dieu pour la soumission de votre adhésion à
l'Annonce du Christ et pour la générosité de votre par-
14 et eux ticipation avec eux et avec tous, et eux aussi, avec leur

prière pour vous, ils vous désirent vivement en raison
de la grâce de Dieu sur vous qui surpasse tout.
Merci à Dieu pour son don indicible. 15 Merci

C'est moi Paul, je vous engage par la douceur et la 10, 1 C'est
modération du Christ, face à face je suis humble avec
vous, absent je m'enhardis à votre égard, mais je 2 mais
demande de ne pas avoir, une fois présent, à m'enhar-
dir avec l'assurance dont je pense avoir le courage
contre certains qui eux pensent à tort que nous mar-
chons aux ordres de la chair[49].
Oui, notre marche est celle d'êtres de chair[50], mais 3 Oui
nous ne sommes pas des soldats aux ordres de la chair,
les armes de notre expédition ne sont pas charnelles, 4 les armes
et leur puissance pour Dieu peut démonter des forte-
resses, nous-mêmes démontons les calculs, tout rem- 5 tout
part qui se dresse contre la connaissance de Dieu, et
nous capturons toute intention pour qu'elle obéisse au
Christ, nous sommes prêts à punir toute désobéis- 6 nous
sance quand votre obéissance sera totale.

Regardez ce qui vous fait face. Si quelqu'un est per- 7 Regardez
suadé d'être au Christ, qu'il pense bien que s'il est au
Christ, nous aussi.
Oui, même si je suis un peu trop fier de notre auto- 8 Oui
rité que nous a donnée le Seigneur pour vous construire
et non pour vous démolir, je n'aurai pas honte, pour 9 pour
que je n'aie pas l'air de vous effrayer par mes lettres.
Car les lettres, dit-on, pèsent et sont fortes, mais la 10 Car
présence physique est faible et la parole n'est rien.
Que cet individu pense bien à ceci : tels nous 11 Que

sommes en parole dans les lettres, tout en étant absents, tels nous serons présents en acte.

12 Non Non, nous n'avons pas l'audace d'égaler ou de nous comparer à certains qui se recommandent eux-mêmes; en se prenant pour leur propre étalon et en ne se comparant qu'à eux-mêmes, ils ne comprennent rien.

13 Nous Nous, nous ne serons pas fiers outre mesure mais suivant au contraire la mesure de la règle que Dieu nous a assignée comme mesure: vous atteindre.

14 Nous Nous ne nous répandons pas outre mesure comme
si nous ne vous avions pas atteints, nous vous avons
15 et sans vraiment atteints avec l'Annonce du Christ, et sans
tirer fierté outre mesure des travaux d'autrui mais
avec l'espoir, votre confiance augmentant, de croître
en considération parmi vous avec excès, selon notre
16 et de règle, et de réaliser l'Annonce au-delà de chez vous, et
non selon la règle d'autrui en tirant fierté de travaux
tout prêts.

17 Que «Que l'orgueil[51] de l'orgueilleux soit dans le Seigneur.»

18 Non Non, ce n'est pas celui qui se recommande lui-même qui est vérifié mais bien celui que le Seigneur recommande.

11, 1 Ah Ah si seulement vous supportiez de moi un petit peu de folie! ah oui supportez-moi!

2 Oui Oui je suis jaloux de vous comme Dieu est jaloux, oui je vous ai accordés à un seul homme pour présenter une vierge pure au Christ.

3 J'ai J'ai peur que comme le serpent a abusé Ève par sa

tromperie, vos pensées ne soient altérées en vous écar-
tant de la simplicité et de la pureté dues au Christ.
Oui, si le premier venu proclame un autre Jésus 4 Oui
que nous n'avons pas proclamé, ou si vous recevez
un souffle différent, que vous n'avez pas reçu, ou une
Annonce différente que vous n'avez pas accueillie,
vous le supportez bien ! Car je pense ne pas être infé- 5 Car
rieur à ces super envoyés. Peut-être un profane du lan- 6 Peut-être
gage, mais pas de la connaissance, nous vous l'avons
bien montré à tous égards et en toute occasion. Ou ai- 7 Ou
je commis une faute en m'abaissant de moi-même
pour que vous soyez élevés, parce que je vous ai
annoncé gratuitement l'Annonce de Dieu ?

J'ai pillé d'autres Assemblées en les taxant 8 J'ai
pour vous servir, et présent chez vous, dans le besoin, 9 et
je n'ai accablé personne, les frères venus de Macé-
doine ont suppléé mon manque, et pour tout j'ai bien
tenu à ne pas être une charge pour vous, et je m'y tien-
drai.

C'est en moi une vérité du Christ[52] : on ne me refu- 10 C'est
sera pas ce sujet de fierté dans les régions de l'Achaïe.
Pourquoi ? Parce que je ne vous aime pas ? Dieu sait 11 Pourquoi
bien.

Ce que je fais je le ferai encore pour couper toute 12 Ce que
occasion à ceux qui en veulent une d'être fiers en
étant considérés comme nous.

Ces individus ? faux envoyés, ouvriers trompeurs, 13 Ces individus
camouflés en envoyés du Christ.

Oh pas de prodige ! l'Adversaire[53] lui-même se 14 Oh
camoufle en messager de lumière.

Rien de grand donc si ses serviteurs se camouflent 15 Rien

en serviteurs de la justice, eux dont la fin sera conforme
à ce qu'ils ont fait.

16 Je répète Je répète : que personne ne me prenne pour un fou,
ou alors accueillez-moi comme un fou pour que je sois
fier un petit peu à mon tour.

17 Ce que Ce que je dis je ne le dis pas selon le Seigneur mais
comme pris de folie, et dans la ferme assurance de
cette fierté.

18 Puisque Puisque nombreux trouvent leur fierté dans la
chair, moi aussi je serai fier.

19 Avec Avec plaisir vous supportez les fous, vous si réflé-
20 oui chis, oui vous supportez qu'on vous asservisse, qu'on
vous dévore, qu'on s'empare de vous, qu'on se dresse,
qu'on vous frappe au visage.

21 J'ai J'ai honte de dire comme nous avons été faibles.

Si on ose n'importe quoi, alors moi je parle pris de
folie, j'ose à mon tour.

22 Ah Ah ils sont Hébreux ? moi aussi. Israélites ? moi
23 Serviteurs aussi. De la descendance d'Abraham ? moi aussi. Ser-
viteurs de Christ ? allez, je parle comme un fou, moi
encore plus

et dans les fatigues beaucoup plus
en prison beaucoup plus
sous les coups encore plus
à risquer mourir souvent

24 par par des juifs j'ai reçu cinq fois les trente-neuf coups[54]
25 trois trois fois j'ai été flagellé[55]
une fois lapidé
trois fois j'ai fait naufrage

et une nuit et un jour dans l'abîme

et des voyages souvent 26 et des

dangers des fleuves
dangers des truands
dangers de mon peuple
dangers des autres
dangers en ville
dangers au désert
dangers sur mer
dangers chez de faux frères

fatigue et tracas 27 fatigue
veiller souvent
affamé assoiffé
jeûner souvent
avoir froid être nu

et sans compter 28 et
mon inquiétude quotidienne
le souci de toutes les Assemblées

qui est faible 29 qui
sans que je sois faible

qui trébuche
sans que j'en brûle

S'il faut être fier, je serai fier de ce qui fait ma fai- 30 S'il
blesse.
Le Dieu et Père du Seigneur Jésus sait, lui étant béni 31 Le Dieu
pour toujours, que je ne mens pas.
À Damas[56], l'ethnarque du roi Arétas gardait la ville 32 À Damas

33 on me des Damascéniens pour s'emparer de moi, on me fit
descendre dans une corbeille par une embrasure dans
le rempart, et je lui échappai.

**12**, 1 Il faut Il faut être fier, ce n'est pas bien utile mais
j'en viendrai à des visions et à des dévoilements du
Seigneur.

2 Je Je connais quelqu'un en Christ qui voici quatorze
ans, soit dans le corps, je ne sais pas, ou hors du corps,
je ne sais pas, Dieu sait, a été ravi jusqu'au troisième
3 Et je ciel[57]. Et je sais que cette personne, soit dans le corps,
4 a été soit sans le corps, je ne sais pas, Dieu le sait, a été
ravie au paradis et a entendu des dires indicibles que
l'homme n'est pas autorisé à répéter.

5 Pour Pour cet homme je serai fier mais pour moi je ne
6 Oui serai pas fier sinon dans les faiblesses. Oui, si je veux
être fier, je ne serai pas fou, je dirai la vérité, mais je
m'en abstiens de peur qu'on ne m'accorde du crédit
au-delà de ce qu'on me voit faire ou qu'on entend de
7 et du moi, et du caractère extraordinaire des dévoilements.

Aussi, pour ne pas m'exalter, on a fiché dans ma
chair un éclat de bois[58], un messager de l'Adversaire
pour me gifler, et que je ne m'exalte pas.

8 À son À son sujet trois fois j'en ai appelé au Seigneur pour
9 Il m'a qu'il s'éloigne de moi. Il m'a dit : ma grâce te suffit, la
puissance est réalisée dans la faiblesse.

Très facilement je serai davantage fier dans mes faiblesses pour que la puissance du Christ s'établisse en moi.

10 C'est C'est pourquoi je suis satisfait de faiblesses, d'injures, de contraintes, de persécutions et d'impasses pour Christ.

Quand je suis faible alors oui je suis fort.
Je suis devenu fou ! Vous m'y avez forcé. 11 Je suis
Oui, j'aurais dû être recommandé par vous, je n'ai
été en rien inférieur aux super envoyés même si je ne
suis rien.
Les signes de l'envoyé[59] se sont produits parmi vous 12 Les signes
avec une endurance extrême, par des signes, des pro-
diges et des actes de puissance.
Oui, qu'avez-vous eu de moins que les autres Assem- 13 Oui
blées sinon que personnellement je ne vous ai pas
accablés ? Faites-moi grâce pour cette injustice.

Pour la troisième fois je suis prêt à venir chez vous 14 Pour
et je ne vous accablerai pas. Non je ne cherche pas ce
qui est à vous mais vous-mêmes. Non les enfants n'ont
pas à mettre de côté pour leurs parents mais c'est aux
parents de le faire pour les enfants.
Moi je serai heureux de dépenser et je me dépense- 15 Moi
rai entièrement pour vos vies. Si je vous aime toujours
plus, en suis-je moins aimé ? D'accord, je ne vous ai 16 D'accord
pas surchargés mais fourbe comme je suis, je vous ai
pris par ruse.
Vous aurais-je exploités par l'intermédiaire d'un de 17 Vous
ceux que j'ai envoyés chez vous ? J'ai engagé Tite et je 18 J'ai
l'ai envoyé avec le frère[60]. Tite vous aurait exploités ?
N'avons-nous pas marché du même souffle ? Et sur les
mêmes traces ?
Depuis longtemps vous imaginez que nous nous 19 Depuis
défendons devant vous. Nous parlons en face de Dieu
en Christ, et tout ça, bien-aimés, dans le but de votre
édification.

20 Oui Oui j'ai peur, une fois venu, de ne pas vous trouver
peut-être comme je le veux, et que vous me trouviez
comme vous ne le voulez pas : avec peut-être discorde,
jalousie, colères, brigues, médisances, commérages,
enflures, remous.

21 J'ai J'ai peur une fois venu que mon Dieu m'humilie de
nouveau chez vous et que je ne prenne le deuil de ceux
qui auront déjà fauté et ne se seront pas débarrassés
de leur impureté, de l'inconduite et de la débauche
qu'ils ont commises.

13, 1 C'est C'est la troisième fois que je viens chez vous.

« Toute parole[61] sera fondée sur la bouche de deux
ou trois témoins. »

2 J'ai J'ai déjà prescrit et je prescris encore, présent la
deuxième fois et aujourd'hui absent, à ceux qui ont
déjà fauté et à tous les autres, que si je viens à nouveau
3 puisque je serai sans ménagement, puisque vous cherchez la
preuve que le Christ parle en moi, lui qui n'est pas
faible à votre égard, mais est puissant en vous.

4 Oui Oui, il a été crucifié de faiblesse mais il vit de la
puissance de Dieu.

Oui, nous sommes faibles en lui mais nous vivrons
avec lui de la puissance de Dieu à votre égard.

5 Vous-mêmes Vous-mêmes, mettez-vous à l'épreuve pour savoir
si vous êtes dans la confiance, oui mettez-vous à
l'épreuve. Est-ce que vous ne reconnaissez pas vous-
mêmes que Jésus Christ est en vous ? À moins évidem-
ment que vous n'ayez pas fait vos preuves.

6 J'espère J'espère que vous reconnaîtrez que nous ne sommes
7 Nous pas sans avoir fait nos preuves. Nous prions Dieu que

vous ne fassiez aucun mal non pour que nous appa-
raissions comme ayant fait nos preuves mais pour que
vous, vous fassiez le bien et que nous, nous soyons
comme n'ayant pas fait nos preuves.
Non, nous ne pouvons rien contre la vérité mais 8 Non
pour la vérité.
Oui, c'est notre joie chaque fois que nous sommes 9 Oui
faibles et que vous êtes forts, et c'est notre prière aussi :
votre rétablissement.

C'est pourquoi j'écris ces choses en mon absence 10 C'est
pour ne pas, une fois présent, avoir à trancher dans le
vif selon l'autorité que le Seigneur m'a donnée pour
construire et non pour démolir.
Au reste, frères, restez dans la joie, redressez-vous, 11 Au reste
encouragez-vous, ayez une seule pensée, vivez en
paix, et le Dieu de l'amour et de la paix sera avec vous.

Saluez-vous les uns les autres d'un baiser saint. 12 Saluez
Tous les saints vous saluent.
Avec vous tous, la faveur[62] du Seigneur Jésus Christ, 13 Avec
l'amour de Dieu et la participation du Souffle saint.

# GALATES

## *LETTRE AUX GALATES*

# INTRODUCTION

Quelles sont les circonstances qui poussent Paul à écrire sa lettre, vers le milieu des années 50, à de petites communautés d'Asie Mineure ? Il s'agit certainement d'une crise grave, car Paul ne reprend pas pour rien le récit de sa vie missionnaire et n'utiliserait pas un tel arsenal pour une peccadille. « On » remet en question l'apostolat paulinien, c'est-à-dire à la fois le messager et le message. Cependant, il est difficile de cerner les adversaires de Paul. On ne les connaît que par quelques indices tangentiels du texte (voir 1,7 ; 2,4 ; 4,10 ; 4,17 ; 4,29 ; 5,11 ; 6,12).

Par conséquent, il nous faut donner sens à la rhétorique paulinienne sans connaître la situation précise dans laquelle elle s'inscrit.

Comment structurer l'argumentation ? Outre une adresse au ton inhabituellement sec, composée d'une seule phrase (1,1-5), et la signature de la lettre, faite d'une suite de post-scriptum (6,11-18), on distingue trois démonstrations qui répondent au problème énoncé en 1,6-10, à savoir la remise en question de l'Évangile proposé par l'apôtre. La première démonstration est autobiographique : l'Annonce dont Paul est le messager vient directement de Dieu — pas même par l'intermédiaire des autres apôtres, qui l'ont cependant approuvée (1,11 – 2,21). La célèbre escarmouche entre Pierre et Paul — nous n'avons que la version de ce dernier — constitue une transition (2,11-21). La deuxième démonstration est scripturaire : la promesse faite à Abraham de donner un héritage à ses fils, un véritable pré-Évangile, se réalise dans le fils et héritier, Jésus Christ. En qui nous sommes fils, cohéritiers et libres — ce qui constitue pour nous l'Évangile (3,1 – 4,31). La question est simple : qu'est-ce qui sauve et libère ? qu'est-ce qui procure le Souffle ? la Loi ou le Christ ? (2,3 ; 3,1-5 ; 4,8-11) — rappelons qu'en Galates la Loi est symbolisée par la circoncision. La troisième démonstration est éthique : l'acceptation de l'Évangile a pour conséquence la liberté acquise par la fidélité du Christ (5,1 – 6,10). Comme dans la Lettre aux Romains, nous avons pris le parti de redonner au mot grec *pistis* sa richesse sémantique (« foi, fidélité, confiance, adhésion ») et opté pour une compréhension subjective de l'expression « foi du Christ » (la foi vécue par le Christ), par opposition à la compréhension objective traditionnelle (la foi qui vise le Christ). La foi est un mouvement qui s'origine de la vie, la mort et la résurrection de Jésus, reconnu Christ de par sa fidélité ; un mouvement par lequel celui qui entend ce récit de fidélité décide d'inscrire sa vie dans la suite de celle du Christ (voir Ga 2,16 ; 2,20 et 3,22) et donc, de lui « remettre sa foi ».

Paul, envoyé[1] non de la part des hommes, ni par le 1, 1 Paul
fait d'un homme, mais par Jésus Christ et Dieu le
Père, qui l'a réveillé d'entre les morts, et tous les frères 2 et tous
qui sont avec moi, aux assemblées[2] de Galatie.
À vous grâce et paix de par Dieu notre Père et par le 3 À vous
Seigneur Jésus Christ, qui s'est donné lui-même pour 4 qui s'est
nos péchés; pour nous arracher à cet âge mauvais qui
est le nôtre, selon le vouloir de Dieu qui est notre Père:
à lui l'éclat à travers les âges. Amen. 5 à lui

Je m'étonne que si vite vous vous détourniez de 6 Je m'étonne
celui qui vous a convoqués par la grâce du Christ,
pour accueillir une annonce différente: il n'y en a pas 7 il n y
d'autre. Il y a seulement des gens qui vous boulever-
sent et veulent dénaturer l'Annonce[3] du Christ.
Mais si nous-mêmes, si un messager venu du ciel se 8 Mais
faisait porteur d'une annonce différente de celle que
nous vous avons portée, qu'il soit anathème!
Comme nous l'avons prédit, et aujourd'hui encore je 9 Comme
vous le dis, si quelqu'un se fait porteur d'une annonce
autre que celle que vous avez reçue, qu'il soit anathème!

10 Écoutez Écoutez maintenant : est-ce que je cherche à
convaincre les hommes ou Dieu ? Est-ce que je cherche
à plaire aux hommes ? Si je voulais encore plaire aux
hommes, je ne serais plus l'esclave du Christ.

11 Sachez Sachez-le, en effet, mes frères,
l'Annonce dont j'ai été porteur n'est pas à la mesure
de l'homme ;
12 ce n'est ce n'est pas non plus de l'homme que je l'ai reçue
ou apprise,
mais par ce que Jésus Christ m'a dévoilé.

13 Car Car vous avez entendu parler de ma conduite jadis
dans le judaïsme, de ma démesure dans la persécution
que j'exerçais contre l'assemblée convoquée par Dieu,
14 et comme dans mes brutalités, et comme je progressais dans le
judaïsme, surpassant bien des compagnons d'âge de
ma race, en zélateur acharné des traditions héritées
de mes pères.
15 Mais Mais quand il jugea bon, celui qui m'a isolé dès le
16 de dévoiler sein maternel et convoqué par sa grâce, de dévoiler en
moi son fils pour que je l'annonce parmi les nations[4],
17 sans monter aussitôt, sans consulter la chair ni le sang, sans mon-
ter vers Jérusalem retrouver ceux qui m'y avaient pré-
cédé comme apôtres[5], je partis pour l'Arabie, puis je
revins à Damas.
18 Ensuite Ensuite, après trois ans, je montai à Jérusalem
rendre visite à Céphas et demeurai auprès de lui quinze
19 Et jours. Et n'ai pas vu d'autre apôtre, mais seulement
Jacques, le frère du Seigneur.

Et ce que je vous écris, j'atteste face à Dieu que c'est 20 Et
la vérité.
Ensuite je suis allé en Syrie et en Cilicie. Aucun de 21 Ensuite
ceux des assemblées convoquées par le Christ en Judée 22 Aucun
n'avait jamais vu mon visage — on avait seulement 23 on avait
entendu dire ceci : « Celui qui nous persécutait jadis
annonce à présent la foi que jadis il brutalisait. » Et les 24 Et les
assemblées louaient l'éclat de Dieu en moi.

Ensuite, au bout des quatorze ans, je montai de 2, 1 Ensuite
nouveau à Jérusalem avec Barnabé et Tite, que j'ame-
nais aussi avec moi. J'y montai à la suite de ce qui 2 J'y montai
m'avait été dévoilé. Et je leur exposai l'Annonce que je
proclame parmi les nations — en prenant à part les
notables, pour ne pas courir ou avoir couru pour rien.
Et pas même Tite, mon compagnon, qui était grec, 3 Et
ne fut contraint d'être circoncis, en dépit des intrus, 4 en dépit
ces faux frères qui se sont glissés furtivement pour
espionner la liberté que nous avons dans le Christ
Jésus, pour nous réduire à une vraie servitude.
À ceux-là, nous ne cédâmes en rien, pas même une 5 À ceux
heure, pour une seule concession, afin que la vérité de
l'Annonce demeure parmi vous.
Et de la part de ceux qui semblaient être gens d'im- 6 Et
portance[6] — peu m'importe ce qu'ils pouvaient être,
Dieu ne regarde pas à l'apparence des hommes —, ces
notables ne m'imposèrent rien de plus. Au contraire, 7 Au contraire
voyant qu'il m'était échu de porter l'Annonce aux
incirconcis, et à Pierre de la porter aux circoncis — car 8 car
celui qui avait agi en Pierre pour l'envoyer vers les cir-
concis avait pareillement agi en moi en faveur des

9 et, sachant nations —, et, sachant la grâce qui m'avait été donnée,
Jacques, Céphas et Jean, considérés comme des
colonnes, nous donnèrent la main droite, à moi et à
Barnabé, en signe de communion, afin que nous allions,
10 Nous nous vers les nations, eux vers les circoncis. Nous
devions seulement garder en mémoire les pauvres, ce
que précisément j'ai eu à cœur de faire.

11 Mais Mais quand Céphas vint à Antioche, je lui fis front
12 En effet et lui résistai, car il s'était condamné. En effet, avant
que certains n'arrivent, de l'entourage de Jacques, il
prenait ses repas avec ceux des nations; mais quand
ces gens arrivèrent, il s'écarta et s'isola[7], craignant les
13 Et circoncis. Et les autres juifs l'imitèrent dans sa comé-
die, au point d'entraîner Barnabé à la partager avec
14 Mais eux. Mais quand je vis qu'ils ne marchaient pas droit
selon la vérité de l'Annonce, je dis à Céphas devant
tous:

«Si toi qui es juif, tu vis à la manière des nations et
non à la manière des juifs, comment peux-tu obliger
15 Nous sommes ceux des nations à se comporter en juifs? Nous
sommes, nous, des juifs par nature, et non de ces
16 Or pécheurs issus des nations. Or, sachant qu'un homme
n'est pas justifié par ses actes au nom de la Loi mais
par la fidélité de Jésus Christ, nous avons mis, nous
aussi, notre foi dans le Christ Jésus. Afin d'être justifiés
par la fidélité du Christ et non par les actes au nom de
la Loi. Car par ces actes de la Loi aucune chair ne sera
justifiée.

17 Mais Mais si, cherchant à être justifiés en Christ, nous
nous sommes trouvés être pécheurs aussi, alors Christ

est-il serviteur du péché ? Certes non. En effet, si ce 18 En effet
que j'ai détruit, je le reconstruis, c'est moi seul que je
désigne comme transgresseur. Car moi, c'est par la 19 Car
Loi que je suis mort à la Loi afin de vivre pour Dieu.
Avec le Christ j'ai été crucifié. Et si je vis, ce n'est plus 20 Et
moi qui vis, c'est le Christ qui vit en moi. Et la vie que
je vis désormais dans la chair, je la vis dans la fidélité
du fils de Dieu, qui m'a aimé et s'est donné lui-même
pour moi. Je ne rejette pas la grâce de Dieu. Car si la 21 Je ne
justice naît de la Loi, alors Christ est mort pour rien. »

Ô Galates insensés, qui vous a envoûtés ? Vous sous 3, 1 Ô Galates
les yeux desquels a été exposé, décrit Jésus Christ crucifié.

Je ne puis apprendre de vous qu'une chose, ceci : 2 Je ne puis
est-ce pour avoir pratiqué la Loi que vous avez reçu le Souffle, ou pour avoir écouté le récit de la fidélité ?

Alors vous êtes vraiment insensés ? 3 Alors

Après avoir commencé par le Souffle, vous terminez maintenant par la chair ?

Une telle chance vous l'avez éprouvée en vain ; et il 4 Une telle
faut avouer que c'est en vain.

Donc celui qui porte jusqu'à vous le Souffle et 5 Donc
œuvre des miracles en vous, le fait-il à partir des actes de la Loi ? Ou de l'écoute de la fidélité ?

Ainsi Abraham[8] donna sa foi en Dieu, et cela fut pris 6 Ainsi
en compte pour le justifier. Sachez-le donc : ceux qui 7 Sachez
se réclament de la foi, ce sont eux les fils d'Abraham.
Et l'Écriture, prévoyant que Dieu justifierait les nations 8 Et
par la foi, fit d'avance à Abraham cette Annonce : « En
toi seront bénies toutes les nations[9]. »

9 Ainsi Ainsi ceux qui se réclament de la fidélité sont bénis
10 Car avec Abraham le fidèle. Car tous ceux qui se récla-
ment des actes de la Loi sont sous le poids d'une malé-
diction. Car il est écrit:

«Maudit soit[10] quiconque ne s'attache pas à accomplir
tout ce qui est écrit dans le livre de la Loi.»

11 Tant Tant il est évident que personne, en s'en tenant à la
Loi, ne sera justifié auprès de Dieu, puisque «le juste
par la fidélité vivra[11]».

12 Or Or la Loi ne se réclame pas de la fidélité. Mais
«celui[12] qui aura accompli ses commandements trou-
vera sa vie en eux».

13 Le Christ Le Christ nous a rachetés de la malédiction de la
Loi en incarnant pour nous cette malédiction, puis-
qu'il est écrit:

«Maudit[13] soit quiconque est pendu au bois.»

14 Ceci Ceci afin que la bénédiction d'Abraham parvienne
aux nations en Jésus Christ — afin que la promesse
annoncée[14] du Souffle, nous la recevions de la fidélité
de la foi[15].

15 Frères Frères, je parle selon la logique humaine; quand un
contrat humain est validé, personne n'en rejette ou n'y
16 Or ajoute rien. Or, c'est à Abraham que furent annoncées
les promesses, et à sa descendance. Il n'est pas dit:
«aux descendants», comme s'il s'agissait de plusieurs,
mais comme s'il n'y en avait qu'un: «et à ta descen-
dance[16]», qui est le Christ.

17 Alors Alors je dis ceci: le contrat établi d'avance par Dieu,
ce n'est pas la Loi, advenue quatre cent trente années
18 Et plus tard, qui l'annule, annulant la promesse. Et si

l'on hérite à partir de la Loi[17], ce n'est plus à partir de
la promesse. Mais c'est par l'annonce de la promesse
que Dieu a accordé sa grâce à Abraham.

Alors pourquoi la Loi ? Elle vient s'ajouter en 19 Alors
regard des transgressions[18], en attendant le temps de
la descendance à qui a été faite la promesse ; elle a été
promulguée par les messagers, et déposée dans les
mains d'un médiateur. Mais il n'est pas de médiateur 20 Mais
qui soit celui d'un seul, et Dieu est seul.

Alors la Loi est-elle contre les promesses de Dieu ? 21 Alors
Certes non. C'est seulement si une loi nous avait été
donnée qui ait le pouvoir de faire vivre que la justice
serait issue de la Loi. Mais l'Écriture a enfermé toutes 22 Mais
choses dans une soumission au péché afin que la pro-
messe annoncée[19] au sujet de Jésus Christ et tenue par
sa fidélité puisse être offerte à ceux qui lui donnent
leur foi. Avant la venue de la fidélité, nous étions sous 23 Avant
l'emprise de la Loi — pour permettre à la foi, qui était
sur le point de l'être, de nous être dévoilée. Ainsi la Loi 24 Ainsi
a-t-elle été notre pédagogue sur le chemin du Christ,
afin que de la foi nous vienne notre justification. Mais, 25 Mais
la fidélité étant venue, nous ne sommes plus soumis à
un pédagogue.

Car tous vous êtes, par la foi dans le Christ Jésus, 26 Car
fils de Dieu. Oui, vous tous qui en Christ fûtes plongés 27 Oui
dans le baptême, vous avez revêtu le Christ.

Il n'y a ni Juif ni Grec, il n'y a ni esclave ni homme 28 Il n'y a
libre, il n'y a ni mâle ni femelle, car tous vous ne faites
qu'un dans le Christ Jésus.

Et si vous appartenez au Christ, alors vous êtes 29 Et

la descendance d'Abraham, héritiers selon la pro-
messe.

4, 1 Alors Alors je dis : aussi longtemps que l'héritier est en
bas âge, il n'est en rien différent d'un esclave, bien que
2 Il est maître en titre de tout. Il est soumis à des tuteurs et à
3 Nous des régisseurs, jusqu'à la date fixée par son père. Nous
aussi, quand nous étions en enfance, nous étions
4 Mais asservis aux éléments de l'univers. Mais quand arriva
la plénitude du temps, Dieu envoya son fils, né d'une
5 pour femme, advenu sous la Loi, pour racheter ceux qui
sont assujettis à la Loi, pour que nous soit donnée la
6 Fils filiation. Fils, vous l'êtes. Dieu a envoyé dans nos
7 Tu n'es cœurs le Souffle de son fils qui crie : « *Abba* », Père. Tu
n'es donc plus esclave mais fils ; et puisque fils, héri-
tier de par Dieu.

8 Mais Mais jadis, ignorants que vous étiez de Dieu, vous
étiez asservis à des dieux qui, par nature, n'en sont
9 Or pas. Or, à présent que vous connaissez Dieu et, plus
encore, que vous êtes connus de lui, comment vous
tournez-vous encore vers ces éléments faibles et pauvres
auxquels à nouveau, comme jadis, vous voulez vous
10 Vous asservir ? Vous portez une attention craintive aux jours,
aux mois, aux saisons, aux années.
11 Je vous Je vous crains. Je crains d'avoir en quelque sorte
peiné en vain pour vous.
12 Devenez Devenez comme moi, car moi je suis devenu comme
vous, frères, je vous prie. Vous ne m'avez fait nulle
13 Pourtant injustice. Pourtant, vous le savez, ce fut une maladie de
la chair qui fut cause que je vous apportai l'Annonce

au tout début — et malgré l'épreuve que vous était ma 14 et
chair, vous n'avez manifesté ni mépris ni dégoût ; vous
m'avez accueilli comme un messager de Dieu, comme
le Christ Jésus. Où donc est l'expression de votre bon- 15 Où
heur ? Car je vous rends ce témoignage : vous arra-
chant les yeux, si vous l'aviez pu, vous me les auriez
donnés.

Alors, je suis devenu votre ennemi en vous disant la 16 Alors
vérité ? Il n'est pas beau, le zèle qu'ils vous témoi- 17 Il n'est
gnent[20] ; ils veulent vous détacher de moi, pour vous
attacher à eux. Mais il est beau d'être l'objet de votre 18 Mais
zèle pour le bien, et pour toujours — et pas seulement
lorsque je suis là devant vous, mes petits enfants, vous 19 mes petits
que j'enfante à nouveau dans la douleur jusqu'à ce que
le Christ ait pris forme en vous. Comme je voudrais 20 Comme
être là près de vous, et moduler ma parole, car je ne
sais plus par quel bout m'y prendre avec vous.

Dites-moi, vous qui voulez vivre sous la Loi, n'en- 21 Dites
tendez-vous pas la Loi ?

Car il est écrit qu'Abraham eut deux fils, l'un de la 22 Car
jeune servante et l'autre de la femme libre. Mais celui 23 Mais
de la servante est né selon la chair, celui de la femme
libre en vertu de la promesse. Or c'est là une allégorie. 24 Or
Ces femmes incarnent deux alliances[21] — l'une vient
du mont Sinaï, elle donne naissance en vue de l'escla-
vage : celle-là c'est Agar — le mont Sinaï est en Arabie 25 le mont
— et elle correspond à la Jérusalem actuelle, qui est
esclave, de fait, avec ses enfants. Mais la Jérusalem 26 Mais
d'en haut est libre, elle qui est notre mère. Car il est 27 Car
écrit :

«Réjouis-toi[22], stérile, toi qui n'enfantes pas, crie,
fais éclater ta voix, toi qui ne connais pas la douleur
d'enfanter, car plus nombreux sont les enfants de la
désertée que de celle qui a un homme.»

28 Et Et vous, mes frères, à la manière d'Isaac, vous êtes
29 Mais enfants de la promesse. Mais de même qu'alors l'enfant
de la chair persécutait l'enfant né du Souffle, de même
30 Que à présent. Que dit l'Écriture? «Chasse la[23] jeune servante et son fils, car il ne sera pas institué héritier
31 Aussi avec le fils de la femme libre.» Aussi, mes frères, ne
sommes-nous pas enfants de la jeune servante, mais
de la femme libre.

5, 1 C'est C'est pour nous rendre à la liberté que Christ nous
a libérés. Alors tenez bon et n'allez pas vous remettre
sous le joug de l'esclavage.

2 Voici Voici ce que moi, Paul, je vous dis: si vous vous
3 Et faites circoncire, Christ ne vous servira en rien. Et
encore une fois je témoigne: tout homme circoncis est
un débiteur de la Loi, qu'il se doit d'observer tout
entière.

4 Votre Votre lien au Christ a été aboli, vous qui cherchez
la justice dans la Loi; vous êtes tombés hors de
5 Car sa grâce. Car pour nous c'est du Souffle de la fidélité
6 Car que nous recevons l'espérance de la justice. Car en
Christ Jésus, ni la circoncision ni l'incirconcision
n'importent, mais seulement la fidélité qui agit par
l'amour.

7 Vous Vous couriez bien. Qui, vous barrant la route, a
8 Une telle coupé votre élan vers la vérité? Une telle influence

contraire ne vient pas de celui qui vous convoque. Un 9 Un peu
peu de levain fait lever toute la pâte. Moi j'ai une 10 Moi
confiance en vous que je trouve dans le Seigneur; vous
n'aurez pas d'autre état d'esprit. Et celui qui vous
trouble, quel qu'il soit, subira le jugement.

Mais moi, frères, si je prêche encore ce qu'il en est 11 Mais
de la circoncision, pourquoi suis-je encore persécuté?
car alors, le scandale de la croix est aboli. Il serait 12 Il serait
intéressant[24] que ceux qui vous bouleversent aillent
jusqu'à l'émasculation.

Vous, vous avez été convoqués à la liberté, mes 13 Vous
frères, mais pas à une liberté qui serve de prétexte à la
chair. Non. Soyez esclaves, par l'amour, les uns des
autres. Car la Loi tout entière trouve son accomplisse- 14 Car
ment dans cette unique parole: «Tu aimeras[25] ton pro-
chain comme toi-même.»

Mais si vous vous mordez et dévorez les uns les 15 Mais
autres, prenez garde: vous allez mutuellement vous
détruire.

Et je dis: allez dans le Souffle et vous ne mettrez 16 Et
plus en actes les désirs de la chair. Car la chair en ses 17 Car
désirs s'oppose au Souffle et le Souffle à la chair. Car
ces choses s'opposent les unes aux autres; aussi ne
faites-vous pas ce que vous voudriez.

Mais si vous êtes conduits par le Souffle, vous 18 Mais
n'êtes plus soumis à la Loi.

Elles sont visibles, les actions de la chair: débauches, 19 Elles
impuretés, licence, idolâtrie, sortilèges, haines, dis- 20 idolâtrie
cordes, fureurs jalouses, colères, rivalités, querelles,
factions; envies, beuveries, ripailles et choses de même 21 envies
espèce que je vous prédis à présent comme je l'ai pré-

dit. Ceux qui font de telles choses ne seront pas les
héritiers du royaume de Dieu.
22 Mais Mais le fruit du Souffle est amour, joie, paix,
23 douceur patience, honnêteté, bien, fidélité, douceur, maîtrise
de soi : contre de telles choses, il n'y a pas de Loi.
24 Or ceux Or ceux qui sont du Christ ont crucifié la chair avec
ses passions et ses convoitises.
25 Et si Et si le Souffle nous fait vivre, que le Souffle aussi
26 Ne devenons nous prenne dans son sillage. Ne devenons pas un vide
éclatant — nous défiant les uns les autres, envieux les
uns des autres.

6, 1 Frères Frères, s'il arrive que quelqu'un soit pris en faute,
c'est à vous, qui avez du souffle, de le redresser par un
souffle de douceur. Mais prends garde, toi-même, à ne
pas être, à ton tour, tenté.
2 Portez Portez les fardeaux les uns des autres, et vous rem-
3 Car si plirez la Loi du Christ. Car si quelqu'un se prend pour
quelque chose alors qu'il n'est rien, il est sa propre
4 Que dupe. Que chacun examine ce qu'il fait de lui-même à
ses propres yeux; alors et seulement il trouvera de
l'orgueil, en lui-même et non dans le regard des
5 Car autres. Car chacun portera son propre fardeau.
6 Que Que celui qui reçoit l'enseignement de la parole fasse
une part, dans tous ses biens, à celui qui l'instruit.
7 Ne Ne vous trompez pas : Dieu ne se laisse pas mépriser.
Ce que l'humain sème, cela aussi il le moissonnera.
8 Car Car celui qui sème dans sa chair, de la chair récoltera
la ruine ; et celui qui sème dans le Souffle en récoltera
la moisson : une éternité de vie.
9 Donc Donc, en faisant ce qui est beau, n'abandonnons

pas. Car au moment voulu, nous moissonnerons, si
nous avons gardé le courage.
Donc, comme nous en avons l'occasion, pratiquons 10 Donc
le bien à l'égard de tous et surtout de nos frères dans
la fidélité.

Voyez ces gros caractères : c'est ma propre main 11 Voyez
qui les trace pour vous.
Des gens désireux de briller dans l'ordre de la chair, 12 Des gens
tels sont ceux qui vous imposent la circoncision[26].
Leur unique fin est d'éviter la persécution qui a pour
cause la croix du Christ ; car ceux-là mêmes qui se font 13 car
circoncire n'obéissent pas à la Loi. S'ils veulent, pour-
tant, que vous soyez circoncis, c'est pour avoir, en
votre chair, un titre de gloire.
Pour moi, jamais d'autre titre de gloire que la croix 14 Pour
de notre Seigneur Jésus Christ. Par elle, le monde est
crucifié pour moi, comme moi pour le monde.
Ce qui importe n'est ni la circoncision ni l'incircon- 15 Ce qui
cision, mais d'être dans la nouvelle création.
À tous ceux qui suivent ce principe, paix et miséri- 16 À tous
corde, ainsi qu'à l'Israël de Dieu. Alors, que personne 17 Alors
ne me tourmente : je porte dans mon corps les marques
de Jésus.
Que la grâce de notre Seigneur Jésus Christ sou- 18 Que
tienne votre souffle, mes frères. Amen.

# ÉPHÉSIENS

## *LETTRE AUX ÉPHÉSIENS*

# INTRODUCTION

La Lettre aux Éphésiens est proche par le thème et le style de celle aux Colossiens. On y trouve de longs développements : les mots et les idées s'enchaînent au détriment parfois de la clarté. On a pu comparer cette lettre à une œuvre musicale baroque, aux variations infinies et enchevêtrées.

L'adresse cite les Éphésiens parmi les destinataires. Mais cette désignation est fautive : elle manque dans les plus anciens manuscrits. Il s'agit plutôt d'une lettre circulaire adressée aux Assemblées de Phrygie, en Asie Mineure (voir Col 4,16). Il y a en effet très peu d'allusions à des situations personnelles et peu de salutations finales. La bénédiction d'allure biblique (1,3-14), les citations de l'Ancien Testament adaptées à la manière rabbinique (4,8 ; 6,14) ainsi que le style sémitisant de la présente lettre indiquent que l'auteur est un familier de la tradition juive et qu'il en est issu. Cependant, il présente longuement ceux qui sont issus du paganisme comme faisant partie du même corps du Christ que les héritiers naturels que sont les juifs : « Christ a détruit le mur de séparation, la haine »

(2,14). On peut voir dans cette hymne la thèse de la lettre : Christ est venu réconcilier les deux peuples, instaurer la paix définitive par la croix, entre tous les hommes, les juifs et les païens. C'est un nouvel aspect du « mystère » qui désigne non seulement le Christ, chef cosmique, créateur et sauveur comme dans la Lettre aux Colossiens ; mais le corps du Christ, l'assemblée des chrétiens, l'héritage commun (3,6 ; 5,23). La réflexion est ici ecclésiologique : par la croix et la paix obtenue, le corps en croissance, bien articulé, se déploie à l'horizon du cosmos. Chacun peut y être intégré, par la prédication des saints et des prophètes (3,5), véritable don de l'Esprit (4,8), et être empli de la plénitude de Dieu (3,19). Nous reconnaissons le vocabulaire de la Lettre aux Colossiens : mystère, corps, plénitude, utilisé maintenant pour parler de l'Église, qui est le corps du Christ.

Qui est l'auteur de cette lettre ? Paul, ou plus sûrement un de ses disciples, Tychique peut-être, le compagnon chargé de donner de ses nouvelles et de porter la lettre aux assemblées de Phrygie (6,21). Paul est enchaîné (3,1) ou a peut-être même disparu. Ce disciple, dans les années 65-70, a le souci de transmettre l'héritage paulinien et de garder la cohésion des chrétiens dans les assemblées fondées par Paul ; juifs et païens forment une seule Assemblée réunie dans la paix cosmique du Christ.

Paul, envoyé[1] de Christ Jésus **1**, 1 Paul
par la volonté de Dieu
aux saints[2] qui sont à Éphèse
à ceux qui s'en remettent à Christ Jésus

à vous la faveur[3] et la paix de Dieu notre Père 2 à vous
et du Seigneur Jésus Christ.

Béni[4] le Dieu et Père de notre Seigneur Jésus Christ 3 Béni
il nous a bénis de toute bénédiction inspirée
par Christ, dans les hauteurs du ciel

il nous[5] a choisis en lui avant la fondation du monde 4 il nous
pour que nous soyons saints et inaccusables
devant lui, dans l'amour

il a prévu de nous séparer comme ses fils adoptifs 5 il a prévu
pour lui
par la médiation de Jésus Christ
et selon son bien vouloir

6 chant chant de gloire à sa grâce qu'il nous a gracieusement offerte
dans l'aimé

7 par par son sang
notre délivrance en lui
pardon des transgressions
à la mesure infinie de sa grâce
8 dont dont il nous a comblés
avec toute sagesse et intelligence

9 il nous il nous a fait connaître le mystère de sa volonté
selon son bien vouloir préalablement décidé en lui

10 pour pour mettre en ordre la totalité des temps
en lui
tout récapituler dans le Christ
du ciel et de la terre

11 en lui en lui nous avons été tirés au sort
et séparés suivant la prédisposition de celui qui fait tout
pour qui vouloir c'est décider

12 pour pour devenir le chant de sa gloire
ceux qui ont espéré par avance dans le Christ

13 en lui en lui vous avez toujours entendu le langage de vérité
ayant cru en lui l'annonce[6] de votre délivrance

vous avez été marqués du sceau par le Souffle[7] de la promesse
14 en acompte Souffle saint en acompte de notre héritage

pour le rachat de tout ce qu'il possède
pour le chant de sa gloire.

C'est pourquoi moi aussi, j'ai entendu votre 15 C'est
confiance dans le Seigneur Jésus et votre amour de tous
les saints, et toujours je remercie et je me souviens de 16 et toujours
vous dans mes prières pour que le Dieu de notre Sei- 17 pour
gneur Jésus Christ, le père rayonnant, vous donne un
Souffle de sagesse qui vous dévoile sa connaissance,
pour que, les yeux de votre cœur illuminés, vous sachiez 18 pour
quel espoir est son appel, la richesse de son héritage
rayonnant parmi les saints, et pour nous qui faisons 19 et pour
confiance[8], l'immense grandeur de sa puissance, sui-
vant l'énergie de sa force vigoureuse, énergie qu'il a 20 énergie qu'il
déployée dans le Christ en l'ayant réveillé[9] des morts
et assis à sa droite dans le ciel, au-dessus de toute 21 au-dessus
domination, autorité et puissance et seigneurie, et au-
dessus de tout nom donné non seulement en ce temps
mais dans les temps à venir, oui il a tout soumis sous 22 oui
ses pieds, et il l'a donné en tête de tout à l'Assemblée
qui est son corps, comble de tout ce qui se comble en 23 qui est
tous[10].

Oh vous[11] qui êtes morts par vos transgressions, 2, 1 Oh
morts par vos fautes que vous suiviez hier dans l'allure 2 que vous
de ce monde, derrière celui qui commande au royaume
de l'air, Souffle de celui qui opère maintenant dans
l'intimité des fils de la désobéissance parmi lesquels 3 parmi
nous tous aussi avions chaviré, sous l'effet des passions
de notre condition charnelle, accomplissant les volon-
tés de la chair[12] et de nos pensées, enfants de la colère

4 Mais par nature comme tous les autres. Mais Dieu est riche
de compassion en nous aimant comme il nous a aimés.

5 Nous Nous morts par nos transgressions
il nous a fait revivre avec le Christ
— avec vous délivrés gracieusement
6 il nous il nous a éveillés et assis avec lui[13]
dans les hauteurs du ciel en Christ Jésus
7 pour pour montrer aux temps à venir
l'immense richesse de sa grâce
dans la bonté exprimée pour nous
dans Christ Jésus.

8 Oui Oui, vous êtes délivrés gracieusement par la
confiance. Non, ça ne vient pas de vous, mais c'est le
9 et non don de Dieu[14] et non de vos actes. Pour que personne
ne s'en vante.
10 Et nous Et nous sommes son poème[15], ayant été créés dans
Christ Jésus pour bien faire ce que Dieu a prévu sur
notre route.

11 Aussi Aussi rappelez-vous qu'hier, païens[16] par la chair,
désignés par votre prépuce par ceux qu'on appelle cir-
concis, et qui ne doivent leur circoncision qu'à une
12 vous étiez opération manuelle pratiquée dans leur chair, vous
étiez alors sans Christ, bien loin de la citoyenneté d'Is-
raël, étrangers aux alliances[17] de la promesse, sans
espoir, athées dans le monde.

13 Mais Mais de Christ Jésus vous si loin hier
vous êtes maintenant proches

par le sang du Christ
oui, notre paix c'est lui. 14 oui

Dans sa chair, il a fait des deux[18] un seul
il a détruit le mur de séparation
la haine

ayant annulé avec leurs décrets la loi des comman- 15 ayant
dements
pour créer les deux en lui pour un seul homme neuf
en faisant la paix

pour réconcilier les uns et les autres en un seul corps 16 pour
voué à Dieu
par la croix
toute haine tuée en lui

venu, il a annoncé la paix 17 venu
paix à vous au loin
paix aux proches.

Oui, par lui nous accédons les uns et les autres en 18 Oui
un seul Souffle
près du Père.

Vous n'êtes donc plus des étrangers ni des immigrés. 19 Vous
Vous êtes concitoyens des saints
vous êtes de la maison de Dieu.

Vous avez été construits sur les fondations des 20 Vous
envoyés et des prophètes
Christ Jésus lui-même est cette pierre d'angle

en qui tout l'édifice correctement joint s'élève 21 en qui
pour être un temple saint dans le Seigneur

22 en qui en qui vous-mêmes avez été coédifiés
pour être une habitation de Dieu en Souffle.

3, 1 En raison En raison de tout ça, moi Paul, prisonnier du Christ
2 si Jésus pour vous, païens[19]... si du moins vous avez
appris le projet de la grâce de Dieu qui me fut donnée
3 et comment pour vous, et comment par dévoilement me fut trans-
mis le mystère selon ce que je viens d'écrire en quelques
4 qui, si mots qui, si vous les lisez, vous permettent d'apprécier
5 qui n'a ma compréhension du mystère du Christ qui n'a pas
été transmis aux fils des hommes dans les autres géné-
rations alors qu'aujourd'hui il a été dévoilé aux saints,
à ses envoyés et prophètes, par le Souffle :

6 les païens les païens font héritage commun, font corps ensemble
et partagent ensemble la promesse dans Christ Jésus par l'Annonce
7 dont dont je suis devenu le serviteur selon le don de la grâce de Dieu
qui m'a été donnée selon l'énergie de son pouvoir,
8 oui oui à moi le plus petit de tous les saints, cette grâce me fut donnée
de porter aux païens l'Annonce de l'indéchiffrable richesse du Christ
9 d'illuminer d'illuminer pour tous la réalisation du mystère
tenu caché depuis les temps
en Dieu qui a tout créé
10 pour pour que maintenant l'Assemblée fasse connaître aux dominations
et aux puissances du ciel la sagesse diaprée de Dieu

selon ce qu'il a prévu dans les temps[20] dans Christ 11 selon
Jésus notre Seigneur
en qui nous pouvons parler ouvertement et atteindre 12 en
l'assurance
en nous remettant à lui.

Aussi, vous dis-je, ne soyez pas découragés par les 13 Aussi
épreuves que je traverse pour vous. Soyez-en fiers.

Oui, je plie genoux devant le Père, de qui toute patrie 14 Oui 15 de qui 16 afin
du ciel et de la terre tient son nom, afin qu'il vous
donne selon la richesse de son puissant rayonnement
de fortifier en vous par son Souffle l'homme inté-
rieur[21], et pour que le Christ soit l'hôte de vos cœurs 17 et pour
par la confiance, pour que dans l'amour enracinés et
fondés, vous ayez la force de comprendre avec tous les 18 vous ayez
saints largeur, longueur, hauteur et profondeur pour 19 pour
connaître l'amour du Christ, qui surpasse la connais-
sance, pour que vous soyez comblés de toute la pléni-
tude de Dieu.

À celui qui peut[22] tout faire à l'infini 20 À celui
au-delà de nos souhaits et de nos pensées
selon la puissance et l'énergie qui sont en nous
à lui la gloire dans l'Assemblée et dans Christ Jésus 21 à lui
pour toutes les générations du temps des temps
amen.

Je vous demande[23] donc, moi le prisonnier dans le 4, 1 Je vous
Seigneur, d'adopter une conduite digne de l'appel dont
vous avez été appelés :

2 avec avec toute humilité et douceur
avec patience
vous supporter les uns les autres par amour
3 veiller veiller à préserver l'unité du Souffle[24] par le lien de
la paix

4 corps corps un, Souffle un
comme vous a appelés
votre appel à un unique espoir
5 Seigneur Seigneur un
confiance une
baptême un
6 Dieu Dieu un et Père de tous
qui est au-dessus de tout
et par tous et en tout

7 Chacun Chacun de nous a reçu la grâce à la mesure du don
du Christ.
8 Comme Comme il est dit :
«Monté[25] sur les hauteurs
il a fait captifs les captifs
et donné aux hommes des dons.»
9 Mais Mais pourquoi «monté» s'il n'était pas aussi des-
10 Celui cendu au plus profond de la terre ? Celui qui est des-
cendu est aussi celui qui est monté bien au-dessus de
11 Il est tous les cieux pour tout remplir. Il est aussi celui qui a
donné les envoyés, les prophètes, les évangélistes, les
12 pour équiper bergers et les enseignants pour équiper les saints, pour
l'action de servir, de construire le corps du Christ,
13 jusqu'à jusqu'à ce que nous atteignions tous l'unité dans la
confiance et la connaissance du fils de Dieu, pour for-

mer l'homme accompli[26], à la mesure de l'importance
du Christ comblé, pour ne plus être comme des enfants 14 pour ne
dans les vagues, emportés à tout vent au moindre
enseignement, l'égarement méthodique et acharné des
hommes, mais être vérité et grandir d'amour en tout 15 mais
vers celui qui est la tête, Christ, de qui tout le corps, 16 de qui
correctement joint par diverses articulations qui le
desservent, et selon une activité en proportion de chacune de ses parties, fait la croissance du corps pour sa
propre construction dans l'amour.

Oui, voici[27] ce que je dis et dont je témoigne dans le 17 Oui
Seigneur : ne vous conduisez plus comme les païens,
vaine intelligence, pensée obscure, ils se sont exclus 18 pensée
de la vie de Dieu par leur propre ignorance et leur
cœur si dur ; insensés, ils se livrent à la débauche pour 19 insensés
commettre avidement toutes sortes d'impuretés.

Mais vous ce n'est pas ainsi que vous avez appris 20 Mais
le Christ[28], si du moins c'est bien lui que vous avez 21 si
entendu et qui vous a instruits selon la vérité qui est
en Jésus, abandonnez l'humanité ancienne de votre 22 abandonnez
conduite passée que décompose l'artifice des passions,
renouvelez par le Souffle de votre intelligence, et revê- 23 renouvelez
tez l'humanité neuve créée selon Dieu dans la justice 24 et revêtez
et la piété que produit la vérité.

Oui, une fois le mensonge abandonné, parlez vrai[29] 25 Oui
chacun avec votre prochain. Car nous sommes membres
les uns des autres. « En colère[30], soit, mais pas de 26 En colère
faute. » Votre colère ne doit pas voir le soleil se coucher.
Et pas une place au diviseur[31]. Que le voleur ne vole 27 Et 28 Que
plus jamais. Mieux ! qu'il prenne de la peine pour faire

le bien de ses propres mains pour pouvoir donner à
29 Pas qui a besoin. Pas une parole pourrie ne doit sortir de
votre bouche mais uniquement une parole bonne quand
30 Et ne c'est utile pour gratifier ceux qui l'entendent. Et ne
rendez pas triste le Souffle saint de Dieu par qui vous
avez été marqués d'un sceau pour le jour du rachat.
31 Amertume Amertume, passion, colère, cri et injure, extirpez
32 Devenez tout ça de vous, toute méchanceté comprise. Devenez
bons les uns pour les autres, très compatissants,
acquittez-vous les uns les autres comme Dieu aussi en
Christ vous a acquittés.

5, 1 Devenez Devenez des imitateurs de Dieu
vous êtes des enfants chéris.

2 Avancez Avancez dans l'amour
comme le Christ nous a aimés
et s'est livré lui-même pour nous
offrande[32] et victime à Dieu
parfum agréable.

3 Fornication Fornication, impureté ou avidité
silence chez vous
comme il revient aux saints.

4 Propos Propos orduriers, commérages ou bons mots
rien, mais plutôt l'action de grâces.

5 Oui Oui, sachez bien que tout fornicateur, vicieux,
avide, idolâtre, n'hérite pas du royaume du Christ et
de Dieu.
6 Personne Personne ne doit vous tromper par des paroles

creuses qui font tomber la colère de Dieu sur les fils de
la désobéissance.

Ne devenez pas leurs complices. 7 Ne

Vous étiez nuit[33] 8 Vous
et maintenant lumière dans le Seigneur
marchez comme des enfants de lumière
oui, la bonté, la justice et la vérité sont le fruit de la 9 oui
lumière
en discernant ce qui plaît au Seigneur 10 en
et ne participez pas aux actions stériles de la nuit 11 et ne
mais dénoncez-les
ce qu'ils ont produit de caché, on a honte même de 12 ce
le dire
mais tout ce qui est dénoncé est dévoilé par la 13 mais
lumière
car tout ce qui est dévoilé est lumière, d'où il est dit : 14 car

Tu dors, éveille-toi[34]
relève-toi des morts
lumière du Christ sur toi.

Soyez vigilants. Votre conduite est-elle sage ou pas ? 15 Soyez
Tirez parti des temps présents, les jours sont si mau- 16 Tirez
vais, mais ne devenez pas insensés, comprenez quelle 17 mais
est la volonté du Seigneur. Et ne vous enivrez pas de 18 Et
vin, en débauchés, mais laissez-vous remplir du Souffle
en vous adressant les uns aux autres par des psaumes, 19 en vous
des hymnes et des chants inspirés, en chantant et en
louant le Seigneur de tout votre cœur, remerciez[35] 20 remerciez
toujours pour tout le Dieu et Père au nom de notre
Seigneur Jésus Christ.

Soyez soumis[36] les uns aux autres dans la crainte 21 Soyez

22 Les du Christ. Les femmes à leurs maris[37], comme au Sei-
23 car gneur, car l'homme est la tête de la femme comme le
Christ est la tête de l'Assemblée, lui le sauveur du corps,
24 et comme et comme l'Assemblée est soumise au Christ, les
femmes à leur mari en tout.

25 Oui Oui, maris, aimez vos femmes comme le Christ
aussi a aimé l'Assemblée et s'est livré lui-même pour
26 pour la elle, pour la sanctifier en la rendant pure par immer-
27 pour qu'il sion dans une parole pour qu'il se la présente à lui-
même resplendissante, Assemblée sans tache, sans
ride, sans rien de tout ça, mais sainte et inaccusable,
28 alors alors oui, les hommes sont tenus d'aimer leur propre
femme comme leur propre corps. Celui qui aime sa
29 Personne propre femme, s'aime soi-même. Personne n'a jamais
haï sa propre chair, qu'on nourrit et cajole au
contraire — même chose pour le Christ avec l'Assem-
30 parce blée parce que nous sommes membres de son corps.
31 C'est « C'est pour cela que l'homme quittera père et mère et
sera collé à sa femme, et les deux ne seront qu'une
32 Grand seule chair. » Grand mystère[38] concernant, dis-je,
Christ et l'Assemblée.

33 Et en Et en ce qui vous concerne les uns et les autres, que
chacun aime sa propre femme comme lui-même et
que la femme craigne[39] le mari !

6, 1 Enfants Enfants, obéissez à vos parents, dans le Seigneur,
comme c'est juste.

2 Honore « Honore ton père et ta mère[40] », premier comman-
3 de connaître dement avec la promesse « de connaître du bonheur et
de rester longtemps sur la terre ».

4 Vous Vous les pères, ne mettez pas en colère vos enfants,

mais nourrissez-les d'éducation et d'instruction du
Seigneur.
Esclaves, obéissez[41] à vos maîtres selon la chair, 5 Esclaves
avec crainte et tremblement, avec un cœur simple
comme au Christ, non en service surveillé pour plaire 6 non en
aux hommes mais comme des esclaves[42] du Christ qui
font la volonté de Dieu dans l'intimité de leur être,
esclaves de bon gré pour le Seigneur et non pour des 7 esclaves
hommes, sachant que chacun s'il a fait quelque chose 8 sachant
de bon recevra de même du Seigneur, esclave ou
homme libre.
Et vous, maîtres, faites de même à leur égard, ne 9 Et vous
menacez plus, sachant que leur Seigneur et le vôtre
est aux cieux et que lui ne considère pas les visages.

Pour le reste[43], galvanisez-vous dans le Seigneur et 10 Pour
dans sa force vigoureuse. Revêtez[44] l'armure de Dieu 11 Revêtez
pour tenir face à l'acharnement méthodique du divi-
seur. Non, nous[45] ne nous battons pas contre le sang et 12 Non
la chair mais contre les dominations, contre les auto-
rités, contre les maîtres du monde de la nuit, contre
les forces du souffle maléfique du ciel. Aussi, prenez 13 Aussi
sur vous l'armure[46] de Dieu pour pouvoir faire face
au jour mauvais et tenir debout en ayant tout fait.
Tenez debout, oui, « avec pour ceinture la vérité, 14 Tenez
pour cuirasse la justice et aux pieds la hâte de l'An- 15 et aux
nonce de paix ». Et surtout, la confiance pour bouclier 16 Et
afin d'éteindre toutes les flèches enflammées du mal,
et pour casque le salut, avec l'épée[47] du Souffle qu'est 17 et pour
la parole de Dieu par la prière et la demande. Priez par 18 par la
le Souffle à toute occasion, et pour ça veillez ferme-

ment avec persévérance et prière pour tous les saints,
19 et pour et pour moi, que langage me soit donné en ouvrant la
bouche pour parler ouvertement du mystère de l'An-
20 dont nonce, dont je suis l'ambassadeur enchaîné, pour que
j'y trouve assurance pour parler librement comme il
me faut en parler.

21 Vous Vous voulez de mes nouvelles, savoir ce que je fais,
Tychique[48] vous apprendra tout ça, ce frère bien-aimé
22 que j'ai et serviteur fidèle dans le Seigneur que j'ai envoyé
près de vous précisément pour que vous sachiez ce qui
nous concerne et pour qu'il conforte vos cœurs.

23 Paix Paix aux frères et amour confiant de la part de Dieu
Père et du Seigneur Jésus Christ.

24 La faveur La faveur avec tous ceux qui aiment de façon incor-
ruptible[49] notre Seigneur Jésus Christ.

# PHILIPPIENS

## *LETTRE AUX PHILIPPIENS*

# INTRODUCTION

Paul adresse une lettre aux chrétiens de la ville de Philippes. Bien qu'il y ait connu quelques difficultés (1 Th 2,2), il garde présentes à son esprit et à son cœur cette ville et la communauté chrétienne qu'il y a fait germer. Il a découvert Philippes entre 49 et 52 ap. J.-C., lors de son deuxième voyage missionnaire, au cours duquel Timothée, originaire de Lystra, fils d'une mère juive devenue croyante et d'un père grec (voir Ac 16,1), devint son fidèle compagnon de route (voir 1,1 ; 2,19). Cette ville du premier district de la Macédoine était une colonie romaine (Ac 16,12), dont l'administration reproduisait celle de l'Urbs. Paul rencontre là-bas une communauté juive qui n'a pas de synagogue et qui se réunit au bord de la rivière. L'épisode du baptême de Lydie rappelle les premiers pas du christianisme en « Europe ».

La tonalité joyeuse de la lettre contraste avec les circonstances de sa rédaction. En effet, Paul écrit cette lettre du fond de sa prison (1,7.13.14). Les joutes exégétiques cherchent à préciser le lieu de cette détention : Rome, Césarée maritime, Éphèse ? Certains militent pour une localisation à Rome, vers 61-62, en se fondant sur un faisceau d'indices textuels qui semblent désigner la ville : la finale des Actes des apôtres (Ac 28,16) y montre Paul contraint à la résidence surveillée ; le mot « prétoire » (1,13) semble s'appliquer au palais impérial de Rome ou à la caserne de la garde spéciale de l'empereur. Un simple regard sur une concordance du Nouveau Testament permet de repérer que le mot « prétoire » désigne en fait une réalité beaucoup plus large, qui ne rend pas décisive une localisation unique à Rome (voir Mt 27,27 ; Mc 15,16 ; Jn 18,28.33 ; 19,9 ; Ac 23,35). Ajoutons que certains commentateurs font aussi mention de l'expression « ceux de la maison de César » (4,22). Cette qualification peut être cependant comprise comme englobant tous ceux qui appartiennent à l'entourage de l'empereur, depuis les membres de sa famille jusqu'aux esclaves, aux fonctionnaires, aux militaires à son service. Ces personnes se trouvaient dans toutes les villes de l'Empire. Les exégètes proposent alors d'autres hypothèses, parmi lesquelles Césarée maritime, où Paul est emprisonné avant son départ vers Rome (Ac 23 – 26), ou bien Éphèse (qui fait l'objet d'un plus large consensus), à l'occasion d'une captivité en 56 ou 57. Mais les indices sont ténus et rendent hasardeuse toute conclusion.

Paul adopte dans son écrit un style assez libre, qui a fait naître chez les commentateurs un doute sur l'unité de la lettre. Certains considèrent qu'elle résulte de la fusion de trois lettres (1,1 – 3,1 et 4,4-7 ; 3,2 – 4,3 ; 4,10-23), tandis que d'autres professent l'unicité de la lettre. Quoi qu'il en soit, les thèmes développés par

Paul nous font percevoir la profondeur de son itinéraire d'apôtre des nations, l'acuité de son sens pastoral, et sa bienveillance envers une communauté qu'il estime profondément.

L'insistance de Paul sur la nécessité de maintenir l'unité de la communauté pour affermir son témoignage communautaire semble révéler les difficultés des Philippiens à y parvenir, comme en témoignent la permanence de l'expression «vous tous» (1,3; 1,7.7; 1,8; 1,25...) et les remarques du début du chapitre 2 (2,2-5). Paul relie vite ce thème de l'unité à celui qui la fonde, le Christ. Dans l'étonnante hymne de 2,6-11, témoin de la liturgie primitive chrétienne antérieure à la Lettre aux Philippiens, Paul invite les chrétiens à l'unité dans l'humilité, en contemplant le chemin d'obéissance du Christ. La structure binaire de l'hymne est caractérisée dans la première partie par le verbe *kenoô*. Employé en 2,7, il indique la kénose, le mouvement d'obéissance du Christ qui lui-même s'est «vidé» pour participer pleinement à la condition humaine en la vivant jusqu'à la mort sur la croix. Le «pour quoi» de 2,9 indique avec quelle vigueur est manifestée la réponse du Père: il reconnaît dans le chemin de dépossession du Fils l'expression même de l'être de ce dernier et lui donne le «plus haut des noms»: le sien.

«Imitez-moi, frères, suivez la conduite de ceux parmi nous qui sont un modèle» (3,17). Une invitation pour les Philippiens à faire passer «leur conduite commune (...) par Christ Jésus» (2,4), c'est-à-dire à imiter dans les exigences éthiques de la vie quotidienne le Christ pascal dans son chemin d'abaissement et d'exaltation. Dans une émouvante variation sur ce thème, le chapitre 3 nous montre Paul relisant son histoire, à la lumière du mystère pascal du Christ (3,5-11). La kénose du Christ appelle la kénose de celui qui veut devenir son disciple.

Paul et Timothée[1], esclaves[2] du Christ Jésus 1, 1 Paul
à tous ceux qui font confiance au Christ Jésus
présents à Philippes
veilleurs ou servants[3]

à vous la faveur et la paix[4] de Dieu notre Père 2 à vous
et du Seigneur Jésus Christ.

Je me souviens de vous et je remercie mon Dieu 3 Je
dans chacune de mes prières pour vous tous, toujours. 4 dans
Joie de la prière en cours : vous participez mainte- 5 vous
nant à l'Annonce[5] depuis le premier jour.
Oui, je reste convaincu que celui qui a commencé 6 Oui
ce bon travail avec vous le conduira jusqu'au bout, au
jour du Christ Jésus.
Oui, je trouve qu'il est juste de tenir ainsi à vous 7 Oui
tous qui me gardez dans votre cœur. Vous tous mes
compagnons de faveur, dans ma prison ou pour
défendre et étayer l'Annonce.
Dieu m'est témoin que je me languis de vous tous 8 Dieu
dans le cœur du Christ Jésus. Et je prie pour que votre 9 Et je

amour déborde encore davantage, vif et intelligent.
10 Vous Vous serez sincères, vous ferez preuve de discerne-
ment. Vous irez sans trébucher, pour le jour du Christ.
11 Remplis Remplis de la justice féconde de Jésus Christ, pour
l'éclat[6] et la louange de Dieu.

12 Frères Frères, sachez que tout ce qui m'arrive a fait pro-
13 Je suis gresser l'Annonce. Je suis en prison pour le Christ :
une évidence dans tout le prétoire[7] et partout ailleurs.
14 Et comme Et comme prisonnier, j'ai convaincu durablement la
plupart des frères dans le Seigneur à prendre toujours
15 Certains plus de risques pour annoncer la Parole. Certains crient
le Christ par jalousie et désir de nuire, mais d'autres
16 d'autres sont bien intentionnés, d'autres encore par amour
encore sachant que je suis en poste pour défendre l'Annonce.
17 Et d'autres Et d'autres enfin, malhonnêtes, qui annoncent le Christ
mus par leur seule ambition, pensent ainsi alourdir
18 Et alors ma captivité. Et alors ? De toute façon, par calcul ou
sincèrement, Christ est annoncé.

Joie. Joie toujours.
19 Je sais Je sais, c'est mon chemin pour être sauvé. Avec
l'aide de votre prière et le secours du Souffle de Jésus
20 je reste Christ, je reste sur le qui-vive et j'espère. Non, je n'au-
rai honte de rien. Je serai sûr de moi : maintenant
comme toujours, Christ sera grandi par mon corps,
mort ou vif.
21 Oui Oui, pour moi, vivre c'est Christ. Et mourir c'est
gagner.

Mais s'il était plus fructueux pour moi de vivre 22 Mais
notre condition charnelle[8]... ? Que choisir alors ? Je ne
sais pas. Quel déchirement. Je voudrais tant lever 23 Quel
l'ancre[9]. J'aimerais tant vivre avec Christ, ce qui serait
de beaucoup meilleur. Non, à cause de vous, il m'est 24 Non
plus utile d'accepter notre condition. J'en suis sûr. 25 J'en
Oui, je vais rester, je serai près de vous tous pour que
grandisse la joie de votre confiance[10]. Pour que, de 26 Pour
nouveau présent parmi vous, j'augmente votre fierté
en moi dans Christ Jésus.

Mais que votre conduite soit digne de l'Annonce du 27 Mais
Christ, comme des citoyens resonsables[11]. Que j'ap-
prenne, en visite parmi vous ou bien absent, que vous
tenez bon d'un seul souffle, d'une seule conscience,
fidèles à l'Annonce, unis dans la lutte. Sans terreur 28 Sans
aucune des adversaires, qui vous croient perdus
quand, à vos yeux, vous êtes sauvés. Tout ça vient de
Dieu, et vous a été offert gratuitement par le Christ, 29 et vous
non seulement croire en lui mais aussi souffrir pour
lui. Supporter le même combat, comme le mien dont 30 Supporter
vous avez été témoins et dont vous entendez parler
maintenant.

Si le Christ console 2, 1 Si
si l'amour encourage
si le Souffle est amitié[12]
s'il y a cœur et compassion.

Oh vous rendez ma joie pleine comme ça : 2 Oh
Conduisez-vous d'un seul amour, d'une seule
conscience.

Adoptez une seule conduite.
3 Rien Rien par rivalité, rien pour la gloire, abaissez-vous les
uns devant les autres. Pensez qu'autrui vous surpasse.
4 Chacun Chacun doit s'inquiéter pour autrui, jamais pour
5 et soi, et votre conduite commune, la même que celle de
Christ Jésus,

6 Lui-même Lui-même forme de Dieu[13]
n'a pas pourchassé[14]
l'égalité avec Dieu

7 lui-même lui-même s'est vidé[15]
a pris forme d'esclave
est devenu copie humaine[16]

reconnu comme tel
à sa figure humaine
et pareil aux hommes

8 lui lui très bas, très soumis
jusqu'à l'extrême mort[17]
mort en croix

9 pour pour quoi Dieu l'a fait très haut
et gratifié du nom[18]
le plus haut des noms

10 pour pour qu'au nom de Jésus
tout genou plie au ciel
sur terre et sous terre

11 pour pour reconnaître en toute langue
Seigneur Jésus Christ
gloire du Dieu Père

Mes chers amis, toujours obéissants, non seulement 12 Mes chers
en ma présence mais maintenant plus encore en mon
absence. Devenez les ouvriers de votre propre salut,
avec crainte et tremblement. C'est Dieu qui est en vous 13 C'est
l'ouvrier de la volonté et de l'exécution à son bien-
veillant service.
Tout ça sans murmurer, sans protester. 14 Tout
Vous deviendrez inaccusables et limpides — enfants 15 Vous
de Dieu sans défaut parmi une génération qui sinue et
qui se tord, dans laquelle vous brillez comme des astres
dans l'univers. Vous tenez bon au langage de vie. C'est 16 Vous
ma fierté jusqu'au jour du Christ. Non je n'aurai pas
couru pour rien, je ne me serai pas dépensé pour rien.
Et même s'il arrive que je serve de libation[19], sacrifié 17 Et même
au service de votre fidélité.

Ma Joie
Joie avec vous tous
Votre joie 18 Votre
Joie avec moi

L'espoir que me donne encore le Seigneur Jésus? 19 L'espoir
Vous envoyer très vite Timothée pour avoir de vos
nouvelles et m'encourager. Non, je n'ai personne 20 Non
d'autre qui partage les mêmes sentiments, capable de
s'inquiéter sincèrement pour vous. Tous recherchent 21 Tous
leurs propres intérêts et non ceux de Jésus Christ. Lui 22 Lui
vous savez ce qu'il a fait: comme un enfant avec son
père, il s'est fait esclave de l'Annonce. Oui, je compte 23 Oui
bien vous l'envoyer dès que je verrai plus clair sur

24 Mais mon sort. Mais je reste convaincu par le Seigneur que
je viendrai très vite moi-même.
25 J'ai cru J'ai cru aussi nécessaire de vous envoyer Épaphro-
dite, frère, compagnon, ami au combat, que vous avez
26 Il se envoyé à mon service quand j'étais dans le besoin. Il
se languissait de vous tous, et s'inquiétait car vous
27 Oui avez appris qu'il était malade. Oui, malade à en mou-
rir. Mais Dieu a eu pitié de lui, de lui mais aussi de
moi pour ne pas m'infliger tristesse sur tristesse.
28 Très Très vite, je vous l'envoie afin qu'à sa vue, de nou-
veau, vous éprouviez de la joie, et que moi je sois
moins triste.
29 Accueillez-le 30 Il a frôlé Accueillez-le dans la joie, avec le Seigneur. Respec-
tez des hommes comme lui. Il a frôlé la mort en tra-
vaillant pour le Christ. Il a risqué sa vie pour vous
remplacer à mon service.

3, 1 Ah mes Ah mes frères, quelle joie dans le Seigneur.
Vous écrire ces choses ne me coûte rien, et pour
vous c'est une assurance.
2 Attention Attention aux chiens[20].
Attention aux mauvais ouvriers.
Attention à la mutilation[21].
3 La circoncision La circoncision, c'est nous.
Notre culte, nous le rendons par le Souffle de Dieu.
Notre fierté, c'est Christ Jésus. Et non la confiance dans
notre condition charnelle.
4 Oh Oh je pourrais trouver de quoi être confiant moi
aussi dans notre condition. Et si quelqu'un d'autre
pense mettre toute sa confiance dans notre condition
5 Circoncis charnelle, moi bien davantage encore. Circoncis le

huitième jour, Israélite de naissance, de la tribu de
Benjamin, Hébreu d'Hébreux, et Séparé[22] selon la
Loi. Le zèle? J'ai pourchassé l'Assemblée[23]. La justice 6 Le zèle
par la Loi? J'ai été irréprochable.
Mais tous ces plus que j'avais, je les ai perdus pour 7 Mais
le Christ. Oui, j'ai tout perdu devant la supériorité 8 Oui
qu'il y a à connaître le Christ Jésus Seigneur. Pour lui
j'ai tout perdu. À mes yeux ce fut des ordures, pour
gagner Christ. Être reconnu à travers lui, non plus sur 9 Être
ma propre justice, issue de la Loi, mais sur la confiance
au Christ, la justice issue de Dieu, confortée par cette
confiance. Pour le connaître, lui et la puissance de son 10 Pour
relèvement[24], connaître le partage de ses souffrances,
se conformer à sa mort. Pour atteindre, si je le peux, 11 Pour
le relèvement, celui des morts.
Oh je n'ai toujours rien à quoi m'accrocher, je n'ai 12 Oh
toujours pas atteint mon but. Je suis toujours en train
de pourchasser quelque chose, de vouloir attraper
quelque chose, ayant été rattrapé moi-même par
Christ Jésus.
Mes frères, non je pense n'avoir rien attrapé du 13 Mes frères
tout. Ou une chose: avec l'oubli de tout ce qui est der-
rière moi, et le vibrant désir d'aller en avant, je pour- 14 je pourchasse
chasse ce qui me vaudra la récompense de l'appel de
Dieu par Jésus Christ, venu des hauteurs.
Si nous tous avons atteint notre but, nous devons 15 Si nous
nous conduire en conséquence. Et si votre conduite
est autre, Dieu vous dévoilera tout ça également. Mais 16 Mais
suivons les mêmes traces, où que nous en soyons.
Imitez-moi, frères, suivez la conduite de ceux parmi 17 Imitez
nous qui sont un modèle. Beaucoup se conduisent en 18 Beaucoup

effet, comme je vous l'ai dit et le redis maintenant en
19 Leur fin pleurant, en ennemis de la croix du Christ. Leur fin:
ils se perdront. Leur dieu, tout ce qu'ils avalent. Leur
gloire, leur sexe. Leur conduite est terre à terre.

20 Nous Nous voici, et ce qui fait de nous des citoyens[25] se
trouve dans le ciel. Du ciel, nous attendons impatiem-
21 qui ment le sauveur, le Seigneur Jésus Christ, qui trans-
formera notre corps de misère pour le conformer au
corps de sa splendeur, avec l'énergie avec laquelle il
peut tout se soumettre.

4, 1 C'est C'est pourquoi, mes chers frères tant désirés, vous
ma joie, ma couronne. Tenez bon dans le Seigneur,
vous si chers.

2 Je demande Je demande à Évodias, et demande à Syntychè de
vivre en accord dans le Seigneur.

3 Oui Oui, toi aussi, je te demande, Syzygos, vrai compa-
gnon, de venir en aide à celles qui dans l'Annonce ont
lutté avec moi et avec Clément, et d'autres compa-
gnons dont le livre de Vie[26] garde les noms.

4 Joie Joie dans le Seigneur.
Joie toujours.
Je redis : Joie.

5 Que Que tout le genre humain apprenne votre douceur.
Le Seigneur vient.

6 N'ayez N'ayez aucun souci. Ce que vous voulez, dites-le à
Dieu par la prière, la supplication avec action de
7 La paix grâces. La paix de Dieu, qui surpasse toute intelli-

gence, protégera vos cœurs et vos pensées dans le
Christ Jésus.
Ce qui est vrai, noble, juste, pur, agréable, ce que la 8 Ce qui
vertu et la louange demandent que nous disions, pre-
nez tout ça en compte. Et pratiquez tout ce que vous 9 Et pratiquez
avez appris, reçu, entendu et vu avec moi. Le Dieu de
paix sera avec vous.

Ma joie est immense avec le Seigneur. Vos pensées 10 Ma joie
pour moi ont refleuri. En réalité, vous pensiez bien à
moi mais vous ne trouviez pas l'occasion de l'exprimer.
Ce ne sont pas les privations qui me font dire ça. J'ai 11 Ce ne
appris à me contenter de ce que j'ai, en toute situation.
Je sais vivre avec rien, et je sais aussi avoir beaucoup. 12 Je sais
J'ai toujours su, en toutes circonstances, être ou rassa-
sié ou affamé, ou recevoir beaucoup ou n'avoir rien.
Je suis capable de tout avec celui qui me rend fort. 13 Je suis
Mais vous avez bien fait de prendre part à ma 14 Mais
détresse. Vous savez bien, vous les Philippiens, qu'au 15 Vous
commencement de l'Annonce, quand j'ai quitté la
Macédoine, aucune Assemblée à part la vôtre ne m'a
pourvu en dons ou en recettes. Une fois, non par deux 16 Une fois
fois déjà, vous m'avez envoyé à Thessalonique ce dont
j'avais besoin. Oh je ne recherche pas les dons mais 17 Oh
tout ce qui peut faire fructifier ce que vous avez. Pour 18 Pour
le moment j'ai tout ce qu'il me faut, et même davan-
tage. J'ai été comblé en recevant ce que vous avez
confié à Épaphrodite, un délicieux parfum, un
agréable sacrifice qui plaît à Dieu. C'est mon Dieu qui 19 C'est
comblera tous vos besoins, selon sa richesse dans
l'éclat de Christ Jésus.

20 À Dieu À Dieu, et notre Père, l'éclat : éternités des éternités. Amen.

21 Saluez Saluez tous ceux qui font confiance à Christ Jésus.
22 Tous Et les frères qui sont avec moi vous saluent. Tous ceux qui font confiance vous saluent, surtout ceux de la maison de César[27].
23 La faveur La faveur du Seigneur Jésus Christ accompagne votre souffle.

# COLOSSIENS

## *LETTRE AUX COLOSSIENS*

# INTRODUCTION

Colosses est une ville du sud de la Phrygie, à 180 km à l'est d'Éphèse. Selon les Actes des apôtres, Paul a traversé au moins deux fois la région (Ac 16,6 et 18,23), mais il ne s'est arrêté ni à Colosses ni dans les villes voisines de Laodicée et Hiérapolis (Col 4,13). On sait que ces villes ont abrité une population juive importante (Cicéron, *Pro Flacco* 28), cependant la communauté chrétienne à laquelle Paul écrit semble plutôt composée de païens.

La communauté fut fondée par un certain Épaphras. Celui-ci partage maintenant la captivité de Paul et lui parle de la situation des chrétiens ; ils se maintiennent bien dans l'amour et le Souffle (voir 1,8) mais doivent affronter de nouveaux défis. En particulier, ils ne doivent pas se laisser subjuguer par les spéculations autour des êtres intermédiaires, anges ou esprits, ni à plus forte raison compter le Christ parmi eux. L'hymne aux Colossiens, peut-être antérieure à la lettre, chante la réponse de Paul : Christ est seul créateur et seul sauveur. À ceux qui pensent être introduits à la connaissance des mystères et obtenir par maintes observations le salut, Paul fait part du seul mystère qui sauve : le Christ qui obtient le salut par la croix et dans l'histoire.

Jamais Paul n'a poussé aussi loin la réflexion : il présente un Christ aux dimensions du cosmos, dominant toutes les puissances intermédiaires, anges ou esprits. En lui habite la plénitude de la divinité : il est Dieu et récapitule par sa croix le désir de la création d'entrer dans le monde de Dieu. Dans ce même mouvement, Paul comprend les chrétiens comme déjà ressuscités, « réveillés » et assis avec le Christ, « à la droite de Dieu » (Col 3,1). Ils doivent, comme tels, se dépouiller du vieil homme et de ses vices (3,5-8) pour revêtir l'homme nouveau (3,12). Il s'agit désormais d'établir de justes rapports dans l'Assemblée, faits de respect et d'estime entre époux, entre parents et enfants, entre maîtres et esclaves (3,1 – 4,6).

Paul a sans doute écrit la Lettre aux Colossiens durant sa captivité romaine, dans les années 60-61. On sait en effet que la ville de Colosses disparaît dans un grand tremblement de terre en 61. Les personnes qu'il salue longuement en conclusion sont pratiquement les mêmes que dans le billet à Philémon, qu'il a écrit alors qu'il était également en prison. La lettre s'achève par la recommandation de faire lire la lettre dans les villes voisines et de lire en retour la lettre venant de Laodicée. Dommage qu'on n'ait trouvé trace de cette dernière (voir 4,16) ; nous en saurions sans doute davantage sur les « philosophies creuses » et l'hérésie colossienne (voir 2,6) !

Paul, envoyé[1] de Christ Jésus par volonté de Dieu 1, 1 Paul
et Timothée le frère
à ceux de Colosses[2], saints et confiants 2 à ceux
frères par Christ
à vous la faveur et la paix de Dieu notre Père.

Nous remercions[3] Dieu, Père de notre Seigneur 3 Nous
Jésus Christ, vous êtes toujours dans notre prière, car 4 car
nous avons appris que vous vous fiez à Christ Jésus, et
que vous aimez tous les saints, en vertu de l'espoir qui 5 en vertu
vous est destiné dans le ciel, avant que ne vous l'ap-
prenne le langage vrai de l'Annonce parvenue jusqu'à 6 parvenue
vous, qui donne des fruits et se développe dans le monde
entier comme chez vous, depuis le jour où vous avez
appris et tout compris vraiment de la faveur de Dieu,
enseignés par Épaphras[4], notre cher compagnon de 7 enseignés
peine, votre fidèle serviteur du Christ, qui nous a 8 qui
rendu visible votre amour dans le Souffle[5].
Oui, nous aussi, depuis le jour où nous l'avons 9 Oui
appris, toujours nous prions pour vous et nous deman-
dons que vous soyez pleins de la connaissance de sa

volonté, avec toute la sagesse et l'intelligence du Souffle,
10 pour marcher pour marcher d'une allure digne du Seigneur, pour lui
plaire en tout, faire tout ce qui est bon pour donner du
11 être fruit, grandir par la connaissance de Dieu, être dynami-
sés par la puissante force de son éclat, pour n'être que
résistance et patience.

12 remerciez Avec joie remerciez le Père qui vous a rendus capables de partager l'héritage des saints dans la lumière.

13 Il nous Il nous a extirpés
du pouvoir de la nuit
il nous a transférés
dans le royaume du Fils
son amour

14 délivrance délivrance[6]
pardon des fautes[7]

15 image image[8] de Dieu l'invisible
premier-né de toute création

16 en en lui tout fut créé
dans le ciel et sur la terre
le visible et l'invisible
trônes, seigneuries
autorités, pouvoirs

tout fut créé
par lui et pour lui

17 c'est c'est lui en amont de tout
la cohésion de tout

c'est la tête du corps 18 c'est
le corps de l'Assemblée[9]

c'est le commencement
le premier-né des morts
au premier rang de tout

son plaisir[10] 19 son plaisir
faire tout habiter en lui
et par lui 20 et
tout réconcilier pour lui

paix par le sang de sa croix
sur terre et dans le ciel.

Et vous hier, penser et commettre le mal faisait de 21 Et
vous des étrangers, des ennemis[11], maintenant il vous 22 maintenant
a réconciliés dans son corps de chair, par la mort,
pour vous faire tenir devant lui saints et sans tache,
inaccusables, mais uniquement si vous restez inébran- 23 mais
lables dans la confiance, sur vos fondations, sans vous
écarter de l'espoir, cette Annonce[12] que vous avez
entendue, criée à toute créature sous le ciel, et dont je
suis devenu, moi Paul, le serviteur.

Aujourd'hui ma joie est de souffrir pour vous. 24 Aujourd'hui
Je réalise dans ma chair ce qui manque aux épreuves
du Christ, pour son corps, qui est l'assemblée, dont je 25 dont
suis devenu, moi, serviteur, attaché à l'ordre de Dieu
dont j'ai reçu la charge pour vous, pour réaliser la
parole de Dieu — mystère[13] caché depuis des âges et des 26 mystère
générations et maintenant dévoilé à ses saints à qui Dieu 27 à qui Dieu

a voulu faire connaître tout le riche rayonnement
de ce mystère chez les autres peuples : c'est Christ
28 et c'est parmi vous, ce rayonnement espéré, et c'est notre
annonce pour mettre en garde chacun, instruire chacun en toute sagesse, pour rendre chacun parfait dans
Christ.

29 C'est C'est bien pour ça que je travaille si dur moi aussi,
que je lutte avec son énergie qu'il me dispense puissamment.

2, 1 Oui Oui, je veux que vous sachiez quel dur combat je
livre pour vous et pour ceux de Laodicée, comme pour
2 que leurs tous ceux qui n'ont pas vu mon visage en chair, que
leurs cœurs en soient stimulés, étroitement liés dans
l'amour, pour le plein épanouissement de l'intelligence,
3 dans pour connaître le mystère de Dieu : Christ, dans lequel
tous les trésors de la sagesse et de la connaissance
sont cachés.

4 Je dis Je dis ça pour que personne ne vous abuse par de
5 Oui beaux discours. Oui, je suis peut-être absent physiquement mais mon souffle est avec vous, et je constate
avec joie que vous êtes en ordre et que vous vous en
remettez fermement au Christ.

6 Oui Oui, comme vous avez reçu le Christ Jésus le Sei-
7 vos racines gneur, poursuivez avec lui, vos racines et vos fondations, c'est lui, et vous êtes affermis par cette confiance
qu'on vous a apprise, débordants de reconnaissance.

8 Attention Attention à ne pas vous laisser ravir par la philosophie, vaine supercherie dans la tradition des hommes et
9 en qui du système de ce monde, et non pas de Christ en qui il
10 et vous y a réellement toute la plénitude de la divinité, et vous

êtes comblés en lui, qui est la tête de toute autorité et
pouvoir, en qui vous avez aussi été circoncis non pas 11 en qui
d'une circoncision humaine et manuelle mais de la circoncision du Christ[14], le dénuement de tout votre corps charnel.

Avec lui mis au tombeau 12 Avec
par l'immersion du baptême[15]

Avec lui réveillés
par la foi
dans la force de Dieu
qui l'a réveillé des morts

Morts vous-mêmes 13 Morts
par votre déchéance
dans la chair de votre prépuce
il vous a fait vivre avec lui
toute notre déchéance acquittée

L'accusation écrite contre nous 14 L'accusation
effacée des décisions
abrogée
clouée sur la croix

Autorités et pouvoirs 15 Autorités
mis à nu
exhibés en public
traînés dans le cortège triomphal[16]
par la croix.

Non, que personne ne vous juge sur la nourriture[17], 16 Non
la boisson, sur les fêtes, les nouvelles lunes ou le sab-

17 rien bat — rien que l'ombre de ce qui vient, mais le corps
est du Christ.
18 Ne vous Ne vous laissez pas frustrer par ceux qui se com-
plaisent en dévotions au culte des anges, par humilité,
qui s'abîment dans ce qu'ils ont vu, et deviennent des
19 qui ne baudruches par le seul fait de penser à la chair[18], qui
ne tiennent pas à la tête d'où part, venant de Dieu, la
croissance de tout le corps, doté d'attaches et de liga-
ments articulés.
20 Si vous Si vous êtes morts avec Christ au système de ce
monde, pourquoi rester soumis à des règles comme si
vous viviez dans ce monde ?
21 Ne prends Ne prends rien, ne goûte rien, ne touche à rien de
22 de tout tout ce qui se décompose à l'usage même, selon les
23 qui passent enseignements et les prescriptions des hommes qui pas-
sent pour de la sagesse : humilité de culte affichée,
ascèse du corps, c'est sans valeur contre l'avidité de la
chair.

3, 1 Réveillés Réveillés avec le Christ, recherchez ce qui est élevé,
là où se trouve le Christ, assis à la droite de Dieu.
2 Inquiétez Inquiétez-vous de ce qui est élevé et non de ce qui
est sur terre.
3 Oui Oui, vous êtes morts et votre vie reste cachée avec
le Christ en Dieu.
4 Quand Quand le Christ, votre vie, sera révélé, alors vous
aussi avec lui vous serez révélés avec éclat.

5 Faites Faites mourir les membres qui vous retiennent à la
terre : débauche[19], impureté, passion, mauvais désirs,
6 tout ce qui et la cupidité, idolâtrie — tout ce qui attire la colère

de Dieu, et dont relevait votre conduite hier, c'était 7 et dont
votre vie.

Maintenant, vous aussi repoussez tout : colère, 8 Maintenant
fureur, méchanceté, calomnie, obscénité de vos paroles,
pas de mensonges entre vous, vous avez enlevé en 9 pas de
même temps que ses pratiques le vêtement du vieil
homme, et passé le vêtement de l'homme neuf, entiè- 10 et passé
rement renouvelé pour accéder à la connaissance, à
l'image de celui qui l'a créé, où il n'y a plus[20] ni Grec 11 où
ni Juif, ni circoncis ni incirconcis, barbare, Scythe,
esclave, homme libre, mais uniquement Christ, tout et
en tous.

Comme des élus de Dieu, saints et chers aimés, pas- 12 Comme
sez le vêtement d'amour et de compassion, de bonté,
d'humilité, de douceur, de patience,

supportez-vous les uns les autres 13 supportez
acquittez-vous
quand l'un reproche quelque chose à l'autre
comme le Christ vous a acquittés
c'est à votre tour,
et placez par-dessus tout l'amour 14 et placez
ce lien parfait.

Et que la paix du Christ domine dans vos cœurs, 15 Et que
vous y avez aussi été appelés en un seul corps, et soyez
reconnaissants.

Que le langage du Christ habite parmi vous avec 16 Que
richesse ; instruisez-vous et reprenez-vous les uns les
autres avec sagesse, par des psaumes, des hymnes, des
chants inspirés, que la reconnaissance vous fasse

17 Et, quoi chanter à Dieu de tout votre cœur. Et, quoi que vous
puissiez dire ou faire, que ce soit au nom du Seigneur
Jésus, remerciant par lui Dieu le Père.

18 Vous Vous les femmes, soyez soumises à vos hommes,
comme il convient dans le Seigneur.
19 Vous Vous les hommes, aimez vos femmes, sans aigreur
contre elles.
20 Vous Vous les enfants, obéissez en tout à vos parents,
c'est ce qui est bon dans le Seigneur.
21 Vous Vous les parents, n'exaspérez pas vos enfants de
peur qu'ils ne se découragent.
22 Vous Vous les esclaves, obéissez en tout à vos maîtres de
chair, non pas comme sous l'œil vigilant du maître,
pour plaire aux hommes, mais avec un cœur simple et
23 Quoi dans la crainte du Seigneur. Quoi que vous puissiez
faire, travaillez avec courage comme si c'était pour le
24 sachant Seigneur et non pour les hommes, sachant que vous
recevrez du Seigneur l'héritage en récompense, soyez
25 celui les esclaves du Seigneur Christ — celui qui est injuste
sera payé pour son injustice, avec impartialité.
**4**, 1 Vous Vous les maîtres[21], soyez justes et équitables avec
les esclaves, sachant que vous aussi vous avez un
maître dans le ciel.

2 Persévérez Persévérez dans la prière, veillez avec elle en action
3 priant de grâces, priant en même temps pour nous aussi,
pour que Dieu nous ouvre une porte du langage,
pour exprimer le mystère du Christ pour lequel j'ai été
4 et que en prison, et que je le dévoile comme il me faut en
parler.

Conduisez-vous avec sagesse envers ceux qui ne 5 Conduisez
sont pas des vôtres, en profitant de chaque occasion.
Que votre langage soit toujours bienveillant, 6 Que
avec un peu de sel pour répondre à chacun comme il
faut.

Tychique[22], cher frère, fidèle serviteur et compagnon 7 Tychique
de peine dans le Seigneur, vous donnera de mes nou-
velles, je vous l'ai envoyé pour ça précisément, que vous 8 je vous
ayez de nos nouvelles et qu'il vous console, et avec 9 et avec
Onésime, cher frère fidèle, qui est des vôtres, ils vous
apprendront ce qui se passe ici.
Aristarque, mon compagnon de prison, vous salue, 10 Aristarque
ainsi que Marc, le cousin de Barnabas, à propos de
qui vous avez reçu des instructions — s'il vient chez
vous, recevez-le —, et Jésus, appelé aussi Justus, les 11 et Jésus
seuls circoncis à travailler avec nous pour le royaume
de Dieu, ils ont été pour moi une consolation.
Épaphras, de chez vous, vous salue, esclave de Christ 12 Épaphras
Jésus, qui toujours se bat pour vous en priant, pour
que vous restiez parfaits en accord avec toute volonté
de Dieu. Je témoigne pour lui, il prend beaucoup de 13 Je témoigne
peine pour vous et tous ceux de Laodicée, et ceux de
Hiérapolis.
Luc, cher médecin, vous salue, ainsi que Démas. 14 Luc
Saluez les frères de Laodicée, ainsi que Nymphas et 15 Saluez
l'Assemblée qui se réunit dans sa maison.
Et quand vous aurez lu la lettre chez vous, faites en 16 Et quand
sorte qu'elle soit lue également dans l'Assemblée de
Laodicée, et inversement lisez à votre tour chez vous
celle de Laodicée.

17 Dites Dites à Archippe de bien veiller à accomplir le ser-
vice dont il est chargé dans le Seigneur.
18 C'est C'est moi, Paul, c'est ma main qui vous salue, et
souvenez-vous de ma prison.

La faveur[23] vous accompagne.

# THESSALONICIENS

## *LETTRES AUX THESSALONICIENS*

1 Thessaloniciens
*Première lettre aux Thessaloniciens*

2 Thessaloniciens
*Seconde lettre aux Thessaloniciens*

# INTRODUCTION

La Première lettre aux Thessaloniciens est le plus ancien document chrétien connu. Elle est adressée à l'Assemblée des Thessaloniciens, une communauté chrétienne habitant la capitale de la Macédoine, par ses trois missionnaires fondateurs, Paul, Silvain et Timothée. Contrairement aux autres lettres authentiques de Paul, le «nous» rédactionnel prédomine, bien que Paul apparaisse clairement comme l'auteur principal (2,18 ; 3,5 ; 5,27).

Le séjour à Thessalonique des trois envoyés, dans le cadre d'une campagne missionnaire en Macédoine et en Grèce (Ac 16,11 – 18,18), a pu couvrir l'été et l'automne de l'an 50, en tout cas il fut plus long que les «trois sabbats» dont parlent les Actes en 17,2. À la suite de quelques remous provoqués par leur activité, Paul et ses compagnons durent quitter précipitamment la ville. Rendu à Athènes et «n'y tenant plus», le trio décide que Timothée sera dépêché à Thessalonique pour s'enquérir de la situation (1 Th 3,1-2). Pendant que celui-ci effectue son aller-retour de quelque onze cents kilomètres, Paul part fonder la communauté de

Corinthe. C'est là que Timothée viendra faire son rapport et de là que Paul et ses compagnons, vers la mi-51, soulagés par la ténacité des Thessaloniciens, expédieront la première lettre chrétienne rédigée.

Quant à la seconde lettre, son authenticité est débattue. À première vue, la rédaction paulinienne semble indiscutable : mêmes expressions, style semblable, adresses et formules similaires, sans parler du salut final écrit de la main même de Paul (3,17). Mais les apparences sont trompeuses. Alors que la Première lettre vibre de l'attente de la venue du Seigneur Jésus, la seconde présente un scénario visant non seulement à écarter l'opinion selon laquelle ce jour serait déjà présent (2,2), mais même à repousser l'échéance (2,3-12). De plus, sous couvert d'imitation de la première, la seconde la discrédite de fait, recommandant aux Thessaloniciens de ne pas se laisser abuser par une lettre écrite prétendument par Paul (2,2), mais qui ne porterait pas sa marque autographe (3,17). Elle se présente donc comme l'authentique lettre de Paul aux Thessaloniciens.

Si les observations qui précèdent sont justes, il faut situer la rédaction de cette missive au plus tôt vers la fin du Ier siècle. Elle émane d'un auteur qui trouve dangereux le recours que certains font à des déclarations anciennes de Paul, car ce recours les empêche de tirer les conséquences du retard de l'avènement de Jésus. La vie chrétienne s'étire dans l'histoire, aussi est-ce le temps de la persévérance, du travail et de l'attachement aux traditions. La fidélité à Paul exige que l'on mette de côté ce qu'il a écrit jadis pour comprendre les choses de façon nouvelle, dût-on pour cela couper tout lien avec quiconque refuse de suivre les directives données dans cette Seconde lettre (3,14). L'intention de l'auteur était louable mais non sans danger, puisque le présent ne se comprend pas si l'on perd le passé de vue. Aussi la tradition n'exauça-t-elle qu'un de ses deux vœux : elle retint sa lettre mais se refusa à écarter la première.

# 1 Thessaloniciens
## *Première lettre aux Thessaloniciens*

Paul, Silvain[1] et Timothée 1, 1 Paul
à l'assemblée[2] des Thessaloniciens qui trouve
son origine en Dieu le
Père et le seigneur[3] Jésus, christ.
À vous, faveur[4] et paix !

À tout instant, et pour l'ensemble d'entre vous, nous 2 À tout
rendons grâce à Dieu et gardons sans cesse dans nos
prières votre souvenir en mémoire. Nous nous remé- 3 Nous
morons aussi, devant notre Dieu et Père, le dynamisme
déployé par votre confiance[5], les travaux résultant de
votre amour et de la ténacité acquise grâce à votre
espérance en notre seigneur Jésus[6], christ.
Enfin, nous n'ignorons pas, frères et sœurs aimés 4 Enfin
de Dieu, que vous avez été choisis par lui : car ce 5 car
n'est pas seulement sous forme de paroles que votre
Annonce[7] s'est parmi vous répandue, mais aussi, le
Souffle saint la soutenant puissamment, par toute
une multitude de manifestations. En effet, vous savez
comment nous avons agi pour vous lorsque nous nous
trouvions en votre compagnie. Et vous-mêmes, 6 Et vous

accueillant la parole dans l'allégresse du Souffle saint,
et ce malgré bien des vicissitudes, vous nous avez imi-
7 Ainsi tés, nous et le seigneur. Ainsi, pour les croyants de
Macédoine et d'Achaïe, êtes-vous devenus l'exemple à
8 Et pas suivre. Et pas seulement, d'ailleurs, pour ceux de
Macédoine et d'Achaïe : à partir de chez vous, en effet,
c'est de tous côtés qu'a résonné la parole du seigneur
et que votre confiance en Dieu s'est répandue. Dès
9 Ces croyants lors, que pourrions-nous encore ajouter ? Ces croyants
ne racontent-ils pas à notre propos comment nous
sommes venus chez vous et de quelle façon, abandon-
nant les idoles pour servir le Dieu vivant et véritable,
10 dans vous vous êtes tournés vers ce Dieu dans l'attente de
son fils Jésus qui viendra des cieux, qu'il a ressuscité
des morts et qui nous protège de la colère à venir ?

2, 1 Quelles Quelles furent les circonstances qui ont marqué
notre venue chez vous, et les fruits qu'a portés cette
2 Vous n'avez visite, vous-mêmes le savez bien, frères. Vous n'avez
pas oublié les souffrances et insultes qu'à Philippes
nous avons endurées et subies. Mais, au milieu de ces
combats difficiles, aiguillonnés par notre Dieu, nous
avons pris la liberté d'exposer devant vous l'Annonce
3 Dans de Dieu. Dans nos exhortations, nous tournons le dos
à l'imposture ou l'immoralité et ne cherchons pas
4 Ayant à ruser avec vous. Ayant victorieusement surmonté
l'épreuve imposée par Dieu afin que nous soit confiée
l'Annonce, nous nous exprimons en conséquence,
sans nous soucier de plaire aux hommes, mais bien à
5 Jamais ce Dieu qui éprouve nous cœurs. Jamais non plus,
vous le savez et Dieu en est témoin, nous n'avons eu à

votre égard un seul mot de flatterie ni la moindre
arrière-pensée cupide. Pas davantage, chez vous ou 6 Pas
chez d'autres, n'avons-nous recherché la plus petite
satisfaction d'amour-propre. Alors qu'après tout[8], en 7 Alors
qualité d'envoyés du christ, nous aurions pu faire peser
sur vos épaules tout le poids de notre autorité, bien au
contraire, comme une mère nourrit ses enfants et leur
prodigue tous ses soins, nous n'avons eu qu'indul-
gence pour vous. Si vaste était notre tendresse à votre 8 Si vaste
endroit, et tant vous nous étiez devenus chers, qu'en
plus de l'Annonce nous vous aurions bien confié notre
existence même ! De nos labeurs, de nos sueurs, frères, 9 De nos
vous vous souvenez. Nuits et jours, tandis que nous vous
proclamions l'Annonce de Dieu, nous nous sommes
exténués à la tâche afin de ne devenir un poids mort
pour aucun d'entre vous. Vous êtes témoins, Dieu est 10 Vous êtes
témoin, de ce que notre comportement à votre égard,
vous les croyants, fut saint, juste, en un mot : irrépro-
chable. Comme un père le fait pour ses enfants, vous 11 Comme
le savez aussi, nous ne vous avons pas ménagé encou- 12 nous ne
ragements et réconfort et avons supplié chacun d'entre
vous de mener une vie digne de ce Dieu qui vous
appelle en son règne et à sa gloire.

Voilà pourquoi, quant à nous, nous ne cessons de 13 Voilà
rendre grâce à Dieu de ce que, une fois répercutée la
parole que nous tenions de Dieu, vous l'avez accueillie
non comme une quelconque parole humaine, mais bien
pour ce qu'elle est en réalité, c'est-à-dire une parole de
Dieu qui, en vous les croyants, déploie tout son dyna-
misme : n'avez-vous pas en effet, frères, commencé à 14 n'avez-vous
imiter les assemblées de Dieu en Judée, issues du

christ, Jésus ? De la part de vos propres compatriotes,
n'avez-vous pas souffert vous aussi des mêmes mau-
vais traitements qu'à ces assemblées ont infligés les
15 Ces gens-là Juifs ? Ces gens-là ont mis à mort le seigneur Jésus ainsi
que les prophètes. Ils nous ont persécutés et ne plai-
sent pas à Dieu. Ils sont les ennemis du genre humain,
16 nous empêchant nous empêchant de parler de leur libération aux nations
et tombant ainsi continuellement dans les pires erre-
ments[9]. Mais il fallait en finir et elle s'est abattue sur
eux, la divine colère !

17 Et voici Et voici que nous, frères, momentanément privés
de votre présence, loin des yeux mais près du cœur,
voici que nous avons ressenti le vif désir et l'extrême
18 Nous urgence de revoir vos visages. Nous avons donc voulu
venir jusqu'à vous (moi-même, Paul, je l'ai plus d'une
fois souhaité), mais, à chaque reprise, l'Adversaire[10] a
19 Quelle contrecarré ce projet. Quelle est, en effet, notre plus
grande espérance, notre plus grande joie, quel serait
le couronnement de notre fierté, si ce n'est de vous
retrouver en présence de notre seigneur Jésus lors de
20 Oui sa venue ? Oui, c'est vous, c'est bien vous qui repré-
sentez notre gloire et notre joie !

3, 1 Aussi Aussi, n'y tenant plus et demeurant seuls à Athènes,
2 à vous avons-nous pris plaisir à vous déléguer Timothée,
notre frère et collaborateur de Dieu dans l'Annonce
du christ, le chargeant de la mission de vous affermir
3 de telle et conforter dans votre confiance, de telle sorte que
personne parmi vous ne se laisse ébranler par ces
épreuves. Car vous savez bien que tel est notre lot :
4 quand quand nous étions près de vous, nous vous avions pré-

dit que nous aurions à affronter ce genre de périls, et
c'est bien ce qui est arrivé, vous ne l'ignorez pas. Voilà 5 Voilà
pourquoi, à bout de patience, j'ai envoyé Timothée
vérifier l'état de votre confiance. Pourvu que déjà, me
disais-je, le Tentateur ne vous ait pas mis à l'épreuve et
qu'ainsi tout notre travail n'ait pas été réduit à néant !
Et puis non ! Timothée, en effet, vient de nous reve- 6 Et puis
nir de chez vous, porteur d'heureuses nouvelles concer-
nant votre confiance et votre amour ! Il rend compte
que vous gardez toujours de nous un excellent souve-
nir et que se révèle réciproque notre aspiration à vous
revoir. Nous avons trouvé dans ce récit, frères, et dans 7 Nous avons
le maintien de votre confiance, un réconfort au milieu
de toutes nos angoisses et de nos afflictions. Nous revi- 8 Nous revivons
vons en quelque sorte, puisque vous tenez bon dans le
seigneur ! Pour toute l'allégresse dont vous nous rem- 9 Pour
plissez devant notre Dieu, comment pourrions-nous
jamais assez le remercier à votre sujet ? Nuits et jours, 10 Nuits
nous le supplions instamment d'être à même de revoir
le visage de chacun et chacune d'entre vous et de pou-
voir ainsi combler les dernières lacunes de votre
confiance.
Que Dieu lui-même, notre Père, et le seigneur Jésus 11 Que Dieu
aplanissent la route nous menant jusqu'à vous ! Qu'en 12 Qu'en
ce qui vous concerne, le seigneur vous fasse abonder
et surabonder d'amour aussi bien les uns pour les
autres qu'envers tous vos prochains, amour qui soit
comparable à celui qui nous lie à vous ! Et ainsi, lors 13 Et ainsi
de la venue de notre seigneur Jésus avec tous ses saints,
qu'il affermisse vos cœurs et les rende irréprochable-
ment saints aux yeux de notre Dieu et Père !

4, 1 De plus De plus, frères, si vous avez reçu notre enseignement
sur la façon de cheminer qui plaît à Dieu et si d'ores et
déjà c'est selon cet enseignement que vous progressez,
nous vous incitons et encourageons par le seigneur
2 Vous Jésus à en faire davantage encore ! Vous savez bien
quelles sont les prescriptions du seigneur Jésus aux-
3 Votre quelles nous vous avons soumis. Votre sanctification,
telle est la volonté de Dieu ! Par conséquent, fuyez la
4 et que prostitution[11] et que chacun de vous apprenne à utili-
ser avec ménagement et sainteté le corps[12] qui lui
5 sans appartient, sans se laisser entraîner par le désir fréné-
tique s'emparant des nations qui ne connaissent pas
6 Que Dieu. Que personne, en ce domaine, ne supplante son
prochain ou ne prenne avantage sur lui ! De tout cela,
nous l'avons dit et démontré, le seigneur tire ven-
7 Car geance. Car ce n'est pas à la débauche que le seigneur
8 Ainsi nous a appelés, mais bien à la sanctification. Ainsi
celui qui repousse une telle injonction ne rejette-t-il
pas seulement un homme, mais bien le Dieu qui vous
a fait don de son Souffle saint.

9 À propos À propos de l'amour fraternel, vous n'avez nul
besoin qu'on vous écrive : vous avez personnellement
10 et le faites appris[13] de Dieu à vous aimer les uns les autres et le
faites, en effet, à l'égard de tous vos frères de la Macé-
doine. Mais, là encore, nous vous engageons, frères,
11 mettant à progresser davantage, mettant un point d'honneur
à vivre paisiblement, à ne vous occuper chacun que
de vos propres affaires et, comme nous vous y avons
12 Ainsi vivement incités, à travailler de vos mains. Ainsi, aux
yeux des observateurs étrangers, mènerez-vous une

existence honorable et n'aurez-vous besoin de per-
sonne.
Nous ne souhaitons pas, frères, que vous demeuriez 13 Nous
plus longtemps dans l'ignorance au sujet de ceux qui
s'endorment de leur dernier sommeil. Ne vous affligez
pas[14] comme le font ceux qui sont dépourvus d'espé-
rance ! Puisque nous croyons que Jésus est mort et, de 14 Puisque
cette mort, s'est relevé, sachons que, par l'entremise
de[15] celui-ci, Dieu emmènera avec lui ceux qui se sont
ainsi endormis. Voilà la parole du seigneur[16] que nous 15 Voilà
avons à vous transmettre : nous, les vivants, qui serons
encore là pour la venue du seigneur, nous ne devan-
cerons pas ceux qui se seront endormis. Quand reten- 16 Quand
tira l'ordre clamé par l'archange, quand claironnera
la trompette de Dieu, le seigneur lui-même, en effet,
descendra du ciel et, par l'intermédiaire du christ, les
morts se relèveront les premiers. Puis nous alors, les 17 Puis
vivants, qui en arrière serons là encore, tous ensemble
nous les rejoindrons et par des nuées[17] serons empor-
tés afin, dans les cieux, de rencontrer le seigneur.
Ainsi serons-nous éternellement avec lui. Puissent de 18 Puissent
telles perspectives servir à vous réconforter les uns les
autres !

À propos des temps, à propos des moments, vous 5, 1 À propos
n'avez pas davantage, frères, besoin qu'on vous écrive.
Vous savez vous-mêmes fort bien que c'est en pleine 2 Vous
nuit, comme un voleur, que vient le jour du seigneur.
Avec la soudaineté de contractions faisant se tordre 3 Avec
une femme enceinte, c'est sur des hommes s'imaginant
en paix et en sécurité que s'abattra cette catastrophe à

4 Mais laquelle ils ne pourront pas se soustraire. Mais vous,
frères, vous n'êtes pas plongés dans les ténèbres et ce
5 En effet jour ne vous surprendra pas comme un tel voleur. En
effet, nous ne sommes pas, nous, des noctambules, nous
ne rôdons pas, nous, dans les ténèbres : tous, vous êtes
6 Par enfants de la lumière, tous fils du jour ! Par conséquent,
ne dormons pas comme les autres, veillons et restons
7 la nuit sobres : la nuit ronflent ceux qui dorment, la nuit trin-
8 Nous quent ceux qui s'enivrent ! Nous, en revanche, qui
sommes diurnes, restons tempérants, revêtons le plas-
tron de la confiance et de l'amour et mettons le casque
9 Dieu de l'espérance de la libération. Dieu ne nous a pas
réservés pour sa colère, mais bien pour que nous obte-
nions la libération grâce à notre seigneur Jésus, christ,
10 lui qui lui qui est mort pour nous afin que, éveillés ou endor-
11 C'est mis, nous vivions en union avec lui. C'est pourquoi il
est nécessaire de vous réconforter mutuellement et de
vous édifier les uns les autres, ainsi que déjà vous
savez le faire.

12 À l'égard À l'égard de ceux qui, établis par le seigneur pour
veiller sur vous, se saignent aux quatre veines et recti-
13 d'avoir fient vos erreurs, nous vous demandons, frères, d'avoir
la plus haute estime et, pour tout ce qu'ils accomplis-
sent, de les considérer avec amour. Soyez en paix entre
14 nous vous vous, nous vous y exhortons, frères, remettez dans
le droit chemin les égarés, réconfortez les pusilla-
nimes, soutenez les malades, soyez patients envers
15 faites chacun, faites en sorte également que personne ne
rende le mal pour le mal et, entre vous comme à
l'égard des autres, soyez constamment à la recherche
16 Montrez de ce qui est bon. Montrez toujours un visage riant,

ne cessez jamais de prier, rendez grâce en tout : telle 17 ne
est, par le christ Jésus, la volonté de Dieu à votre sujet. 18 rendez
Ne bâillonnez pas le Souffle, ne faites pas preuve de 19 Ne 20 ne
mépris envers les prophéties, examinez toutes choses, 21 examinez
n'en retenant que le beau, et abstenez-vous de toute 22 et abstenez
espèce de mauvaise action.

Que le Dieu de paix lui-même vous sanctifie entiè- 23 Que
rement, et qu'esprit, âme, corps[18], tout votre être se
révèle impeccable pour la venue de notre seigneur
Jésus, christ ! Celui qui vous appelle est fidèle et c'est lui 24 Celui
qui veillera à vous garder ainsi irréprochables. Frères, 25 Frères
priez aussi pour nous. D'un saint baiser saluez tous les 26 D'un
vôtres. Que cette lettre, je vous le demande instam- 27 Que
ment par le seigneur, soit lue à tous les frères !

Que la faveur de notre seigneur Jésus, christ, soit 28 Que
avec vous !

# 2 Thessaloniciens

## *Seconde lettre aux Thessaloniciens*

Paul, Silvain et Timothée 1, 1 Paul
à l'assemblée des Thessaloniciens qui trouve
son origine en Dieu
notre Père et le seigneur Jésus, christ.
Faveur et paix soient sur vous 2 Faveur
de la part de Dieu le Père
et du seigneur Jésus, christ!

Songeant à vous, nous nous devons, frères et sœurs, 3 Songeant
et ce n'est que justice, de rendre grâce à Dieu : votre
confiance, en effet, est en extraordinaire expansion et
chacun d'entre vous déborde d'amour pour les autres.
C'est pourquoi, parmi les assemblées de Dieu et au 4 C'est
milieu de toutes les persécutions et épreuves dont
vous êtes victimes, nous-mêmes sommes fiers de vous,
de votre ténacité et de votre confiance, signe indiscu- 5 signe
table du juste jugement de Dieu qui vous verra dignes
de ce règne de Dieu en vue duquel vous aussi subissez
de telles souffrances. Cette justice de Dieu aura pour 6 Cette
conséquence, à ceux qui vous les infligent, d'imposer
d'identiques tourments et, à vous qui les endurez, 7 et, à vous

d'accorder le repos en notre compagnie le jour où,
avec les messagers de sa puissance, le seigneur Jésus
8 Au milieu se révélera du haut du ciel. Au milieu d'une flamme
incandescente, il tirera vengeance de ceux qui ne
connaissent pas Dieu[1] et de ceux qui n'obéissent pas à
9 Leur l'Annonce de notre seigneur Jésus. Leur ruine éternelle,
tel sera le châtiment de ceux-là ! Ils seront privés de la
présence du seigneur et de la gloire de sa toute-puis-
10 le jour sance, le jour où il viendra pour être glorifié parmi ses
saints et faire l'émerveillement de tous les croyants,
puisque notre témoignage fut reçu par vous. Oui : ainsi
11 Dans en sera-t-il ce jour-là ! Dans cette intention, à chaque
instant nous aussi prions pour vous afin que notre
Dieu vous rende dignes de son appel et que, par sa
puissance, il fasse pleinement aboutir toute aspiration
à faire le bien et toute réalisation de votre confiance.
12 De cette De cette façon, la personne[2] même de notre seigneur
Jésus sera par vous glorifiée, et vous par lui, cela en
conformité avec la faveur de notre Dieu et du seigneur
Jésus, christ.

**2**, 1 Au sujet Au sujet de la venue de notre seigneur Jésus, christ,
et, auprès de lui, de notre rassemblement[3], nous vous
2 faites le demandons, frères, faites en sorte de ne pas trop
vite perdre tout sens critique et de ne pas trop facile-
ment être alarmés par une manifestation du Souffle,
une parole ou un écrit[4] censé venir de nous et voulant
faire croire que le jour du seigneur serait déjà arrivé.
3 Ne laissez Ne laissez personne, autrement dit, vous tromper à ce
propos de quelque manière que ce soit.

Auparavant, en effet, doit venir l'apostasie et se

révéler le hors-la-Loi, le fils de la perdition, l'universel 4 l'universel
opposant, celui qui se rebelle contre tout ce qui s'ap-
pelle Dieu ou objet de culte, et va jusqu'à s'asseoir en
personne dans le sanctuaire de Dieu[5], s'autoproclamant
dieu. Vous n'avez pas oublié, n'est-ce pas, que lorsque 5 Vous
j'étais auprès de vous je vous mettais déjà en garde
contre tout cela ? Et désormais vous savez ce qui le 6 Et désormais
retient encore, de telle sorte qu'il ne se révélera qu'au
moment opportun. Oui, déjà est à l'œuvre le mystère 7 Oui
de l'illégalité ! Mais que celui qui, maintenant, le retient
encore soit seulement écarté et alors se révélera le 8 et alors
hors-la-Loi que le seigneur balaiera du souffle de sa
bouche et anéantira par la manifestation de sa venue.
Quant à sa foudroyante arrivée à lui, le hors-la-Loi, 9 Quant
aiguillonnée par l'Adversaire, elle aura été accompa-
gnée de toutes sortes de signes, prodiges mensongers
et ruses pernicieuses destinés à ceux qui, dépourvus 10 et ruses
de l'amour de la vérité leur ayant permis de lui échap-
per, seront ainsi voués à leur perte. Et voilà pourquoi 11 Et voilà
Dieu les soumet à une dynamique les égarant[6] et les
rendant crédules à ces prodiges mensongers, de telle 12 de telle
sorte que soient condamnés tous ceux qui, rebelles à
la vérité, se seront complu dans l'injustice.

Quant à nous, nous devons sans cesse rendre grâce 13 Quant
à Dieu à votre sujet, frères aimés du seigneur, parce
que Dieu a choisi de faire de vous les premiers fruits[7]
à être sauvés par le Souffle qui sanctifie et la confiance
en la vérité : c'est à quoi, par notre Annonce, il vous a 14 c'est
appelés afin que vous entriez en possession de la gloire
de notre seigneur Jésus, christ. Voilà pourquoi, frères[8], 15 Voilà
il faut que vous vous accrochiez, et mainteniez ferme-

ment les traditions que, de vive voix ou par écrit, vous
16 Que avez apprises de nous. Que notre seigneur Jésus,
christ, lui-même, ainsi que Dieu notre Père qui nous a
aimés et, par faveur, accordé encouragement éternel
et heureuse espérance réconfortent vos cœurs et les
affermissent en toute bonne œuvre et en toute bonne
parole !

3, 1 Enfin Enfin, frères, priez pour nous, afin que la parole du
seigneur, comme c'est déjà le cas chez vous, vole de
2 afin l'un à l'autre et soit glorifiée, afin également, puisque
tous n'ont pas confiance, que nous soyons délivrés
de tout ce que le genre humain recèle d'égarés et de
3 Mais méchants. Mais fidèle est le seigneur : il vous récon-
4 Nous fortera et vous gardera du mauvais. Nous avons, par
le seigneur[9], entière confiance en vous, sachant que
vous accomplissez déjà ce que nous vous incitons vive-
ment à faire, et que vous continuerez dans cette voie.
5 Que Que le seigneur oriente vos cœurs vers l'amour de
6 Par Dieu et la résistance du christ ! Par le seigneur Jésus[10],
christ, nous vous pressons, frères, de garder vos dis-
tances envers quiconque parmi vous mènerait une
existence désordonnée et ne se conformerait pas à la
7 De quelle tradition reçue de nous. De quelle façon nous imiter,
vous-mêmes le savez bien : en votre sein, nous n'avons
8 loin pas mené une telle existence désordonnée et, loin de
nous comporter en parasites, nous nous sommes, au
contraire, ne mesurant ni notre travail ni notre labeur,
nuits et jours éreintés à la tâche afin de n'être un bou-
9 Non let pour aucun d'entre vous. Non, certes, que nous
n'en n'aurions pas eu le pouvoir, mais nous enten-

dions être pour vous un modèle à imiter, d'où ce pré- 10 d'où
cepte que nous vous engagions fermement à suivre
quand nous étions en votre compagnie: qui ne veut
travailler, que celui-là ne mange pas non plus! Or il 11 Or
est revenu à nos oreilles qu'il en est parmi vous qui
mènent une existence désordonnée et que leur désœu-
vrement n'empêche cependant pas d'œuvrer à tort et
à travers. Ceux-là, nous les exhortons[11] vivement et les 12 Ceux-là
encourageons par le seigneur Jésus, christ, à travailler
dans la sérénité et à ne manger que le pain qu'ils
auront eux-mêmes mérité.

En ce qui vous concerne, frères, ne vous lassez 13 En ce
jamais de faire le bien. Et si quelqu'un ne se confor- 14 Et si
mait pas au contenu de cette lettre, prenez-en note et,
à sa grande honte, cessez toute relation avec lui. Ne le 15 Ne le
traitez pourtant pas en ennemi et corrigez-le comme
un frère.

Que le seigneur de la paix vous donne lui-même 16 Que le
cette paix en tout temps et de toutes les manières pos-
sibles! Le seigneur soit avec vous tous! Ce salut est bien 17 Ce salut
de ma main à moi[12], Paul, et les caractères de mon
écriture authentifient toutes mes lettres.

Que la faveur de notre seigneur Jésus, christ, soit 18 Que la
avec vous tous!

# LETTRES PASTORALES

1 Timothée
*Première lettre à Timothée*

2 Timothée
*Seconde lettre à Timothée*

Tite
*Lettre à Tite*

# INTRODUCTION

Elles sont trois à avoir été écrites à peu près à la même période et par le même auteur — ou groupe de rédacteurs —: la Première lettre à Timothée, la Seconde lettre à Timothée et la Lettre à Tite. Les trois sont dites Lettres pastorales car elles contiennent des instructions à l'adresse des responsables des communautés. Nous leur accordons une même introduction parce qu'elles sont discutées ensemble.

Ces lettres sont souvent mal aimées, sinon totalement mises de côté. Pour leur rendre justice, il ne faut pas se fier à leur apparence. Elles ont été rédigées sur le tard, à la fin du siècle, loin de l'enthousiasme des débuts, alors que les problèmes s'accumulaient. Elles paraissent sérieuses, sévères même, tout à leur responsabilité de veiller sur la maison, de protéger l'héritage, d'assurer l'avenir, de défendre un comportement digne de la famille, d'encourager à suivre les règles d'usage. Ces lettres se disent de Paul mais sont d'un autre. Elles prétendent se destiner à un seul, qu'au début elles nomment Timothée ou Tite, mais, à la fin, les trois saluent un groupe. Quand on leur fait confiance, cependant, elles s'écartent pour laisser entrevoir leur auteur.

L'auteur des Pastorales vivait deux ou trois décennies après la mort de Paul, dans un milieu tributaire de l'activité et de la pensée de ce grand fondateur de communautés. Le temps passe, même Timothée et Tite, devenus figures plus grandes que nature parce que formés par Paul, doivent laisser la place à d'autres. Comment préparer l'avenir ? Impossible pour eux de s'en remettre purement et simplement à l'héritage laissé par leur maître. La situation a changé. Des idées neuves circulent, dangereuses selon l'auteur, parce qu'elles menacent le tissu communautaire et sont contraires aux intuitions du fondateur. Les croyants doivent avoir à leur tête des dirigeants capables à la fois de fidélité aux traditions et d'adaptation aux temps nouveaux. On a besoin que soient inventés une nouvelle façon de dire le Christ, son épiphanie, de nouveaux mots pour exprimer la foi, sans que cela remette en cause la façon chrétienne de vivre. Le temps est donc venu de tirer du trésor communautaire à la fois du neuf et du vieux. Être fidèle à Paul dans une culture en mouvement. Oser dire comment il verrait les choses. Et c'est ce que fait l'auteur. Adoptant la voix d'un Paul vénéré, passant par les figures prestigieuses de Timothée et Tite, se fondant sur des traditions pauliniennes bien connues, il entreprend d'écrire ce qu'à son avis les temps exigent. Certes, il n'a ni le souffle de Paul, ni son style inimitable, ni la profondeur de sa pensée. Mais comment lui reprocher d'avoir répondu aux attentes des siens, qui ont reconnu dans ses

Lettres pastorales l'écho de la voix de leur Paul bien-aimé ?

Comme le vocabulaire de ces trois lettres est assez unifié, les notes sur la traduction se retrouvent surtout dans la Première lettre à Timothée.

# 1 Timothée
## *Première lettre à Timothée*

Paul, envoyé de Christ[1] Jésus 1, 1 Paul
comme l'ont imposé Dieu[2] notre libérateur
et Christ Jésus notre espoir
à Timothée, véritable enfant[3] de la confiance[4]. 2 à Timothée

Faveur[5], compassion et paix
de Dieu Père
et de Christ Jésus notre seigneur[6].

Oui, je partais pour la Macédoine et je t'ai encouragé 3 Oui
à rester à Éphèse, pour que tu presses certains[7] de ne
pas enseigner quelque chose d'autre, ni se concentrer 4 ni se
sur des mythes et d'interminables généalogies ouvertes
à tous les débats, au lieu de s'occuper de l'intendance
des choses de Dieu[8], l'intendance de la confiance...
On doit faire pression pour aimer d'un cœur ouvert, 5 On doit
d'une bonne conscience, et d'une confiance qui ne soit
pas comédienne, dont certains se sont écartés en se 6 dont
perdant en bavardages, qui se veulent spécialistes de 7 qui
la Loi[9] sans rien comprendre de leurs propres discours
ni de leurs affirmations.

8 Nous Nous savons bien que la Loi est belle quand son
9 oui recours est légitime, oui nous savons que la Loi ne
s'applique pas au juste mais aux sans-loi et aux insou-
mis, aux impies et aux égarés, à ceux qui ne respectent
rien, qui salissent tout, à ceux qui tuent père et mère,
10 les prostitués les assassins, les prostitués, les sodomites, à ceux qui
font commerce du genre humain, menteurs, parjures,
et à tout ce qui s'oppose à ce qu'il est sain d'apprendre,
11 conformément conformément à l'Annonce[10] de l'éclat[11] du Dieu heu-
reux, Annonce qui me fut confiée.

12 Je remercie Je remercie celui qui m'a rendu fort, Christ Jésus
notre seigneur, qui m'a rendu fidèle et m'a mis à son
13 moi service, moi qui fus d'abord calomniateur, persécu-
teur, insolent.

Mon ignorance et mon incroyance ont fait de moi
14 la faveur un objet de compassion, la faveur de notre seigneur a
surabondé avec confiance et amour, l'amour par
Christ Jésus[12].

15 Parole Parole fidèle[13], digne de tout consentement :
Christ Jésus est venu dans le monde libérer des éga-
rés[14], moi-même le premier d'entre eux.

16 Oui Oui, je devins pour cette raison objet de compas-
sion afin qu'à travers moi, le premier, Christ Jésus
montre toute sa patience et fasse un exemple pour
ceux qui lui feront confiance sur la voie d'une vie pour
toujours[15].

17 Au roi Au roi des temps
incorruptible, invisible
seul Dieu
honneur et éclat

pour tous les temps
oui vraiment[16]

Je te confie la tâche de faire pression, enfant Timo- 18 Je te
thée, selon les prophéties[17] qui ont conduit jusqu'à toi
pour te permettre de livrer le bon combat, avec foi et 19 avec foi
bonne conscience — ce qu'ont rejeté certains, naufra-
gés de la foi, parmi eux Hyménée[18] et Alexandre[19], que 20 parmi
j'ai livrés au Séducteur[20] pour qu'ils soient corrigés
d'avoir blasphémé.

J'encourage avant tout à supplier, à prier, à inter- **2**, 1 J'encourage
céder, à faire des actions de grâces pour l'humanité
entière, pour les rois et tous ceux qui ont autorité, 2 pour les
afin de mener une vie quiète et calme, avec dévotion[21]
et dignité. Voilà ce qui est beau, et accepté, devant 3 Voilà
notre libérateur, Dieu, qui veut que tout le genre 4 qui veut
humain soit libéré et accède à la reconnaissance de la
vérité.

Oui un seul Dieu 5 Oui
un seul médiateur
de Dieu et de l'humanité

Un homme Christ Jésus
qui s'est lui-même donné en rançon pour tous 6 qui
témoignage aux temps convenus
Pour quoi je fus posé moi héraut et envoyé 7 Pour

Je dis la vérité, je ne mens pas
moi qui enseigne aux nations
confiance et vérité

8 Je veux Je veux donc que les hommes prient partout, en
levant des mains saintes, sans colère ni discussion.
9 Et que Et que les femmes s'apprêtent avec décence, res-
pect et discrétion, pas de tresses ni d'or ni de perles ou
10 mais de vêtements coûteux, mais uniquement de belles réa-
lisations — ce qui convient aux femmes qui entendent
servir Dieu.
11 Que Que la femme apprenne dans la quiétude et la dou-
ceur.
12 Je n'attends Je n'attends d'une femme ni enseignement ni auto-
13 Adam rité sur un homme mais quiétude. Adam a bien été
14 et ce formé le premier, puis Ève, et ce n'est pas Adam qui
fut séduit mais la femme qui, dupée, passa à la faute.
15 Mais Mais elle sera libérée par la maternité, à condition que
les femmes demeurent dans la foi, l'amour et la sanc-
tification, avec discrétion.

3, 1 Parole Parole[22] fidèle : Si quelqu'un ambitionne la veille
épiscopale, c'est bien.
2 Il faut Il faut donc que le veilleur soit inattaquable[23],
homme d'une seule femme, sobre, modéré, décent, qu'il
3 ne soit aime l'étranger, soit capable d'enseigner, ne soit pas
porté sur le vin, pas violent mais raisonnable, paci-
4 qu'il conduise fique, détaché de l'argent, qu'il conduise sa maison
avec beauté et qu'il s'assure la docilité de ses enfants
5 comment avec dignité (comment pourrait-il prendre soin de
l'assemblée[24] de Dieu s'il ne sait pas conduire sa
6 qu'il propre maison ?), qu'il ne soit pas néophyte, de peur
que bouffi d'orgueil il ne tombe sous le jugement de
7 Il faut l'Accusateur[25]. Il faut aussi que les autres à l'extérieur

lui rendent un beau témoignage de peur qu'il ne tombe
en disgrâce, dans le piège de l'Accusateur.
De la même façon, les servants devront être distin- 8 De la
gués, n'avoir qu'une parole, ne pas être trop portés
sur le vin, ni âpres au gain, et tenir au mystère de la 9 et tenir
confiance avec une conscience claire (ils seront 10 ils seront
d'abord mis à l'essai et ne serviront que s'ils sont inac-
cusables).
De la même façon, les femmes[26] seront distinguées, 11 De la
n'accuseront pas, seront toujours sobres et fidèles.
Que les servants soient hommes d'une seule femme, 12 Que
qu'ils conduisent leurs enfants et leurs propres mai-
sons avec beauté. Car ceux qui ont servi avec beauté 13 Car
gagnent un rang magnifique et gagnent en liberté par
la confiance, la confiance dans Christ Jésus.

Je t'écris tout ça dans l'espoir de venir vers toi rapi- 14 Je
dement pour que, si je tarde, tu saches comment il faut 15 pour
se conduire dans la maison de Dieu, qui est l'assem-
blée de Dieu vivant, colonne et support de la vérité.
Oui, il est grand le mystère de la dévotion. 16 Oui

Lui divulgué dans une chair
justifié par le Souffle[27]
vu des messagers
crié aux nations
cru dans le monde
élevé avec éclat.

Le Souffle dit en termes sûrs que dans les derniers 4, 1 Le Souffle
temps certains s'éloigneront[28] de la confiance, s'atta-

cheront à des souffles trompeurs et à ce qu'enseignent
2 dans les démons, dans une comédie de menteurs, marqués
3 s'opposant au fer dans leur propre conscience, s'opposant au
mariage, refusant les nourritures créées par Dieu pour
le partage avec actions de grâces entre les croyants et
4 parce que ceux qui reconnaissent la vérité : parce que toute créa-
ture de Dieu est belle, rien n'est à rejeter, pris en
5 car action de grâces, car sanctifié par la parole de Dieu et
la prière.

6 Propose Propose tout ça aux frères et tu feras un beau servi-
teur du Christ Jésus, nourri des paroles de la confiance
7 mais et du beau savoir que tu as suivi de près, mais évite les
mythes de ceux qui salissent tout, et les histoires de
8 car bonnes femmes, exerce-toi à la dévotion car l'exercice
physique ne sert pas à grand-chose, la dévotion seule
est utile, promesse de vie, aujourd'hui et demain.
9 Parole Parole fidèle et digne de tout consentement.
10 Oui Oui, c'est pour ça que nous nous fatiguons et lut-
tons, parce que nous espérons dans le Dieu vivant, le
libérateur de toute l'humanité, surtout de ceux qui
font confiance.
11 Fais Fais pression en faveur de tout ça et dispense ton
savoir.

12 Que Que personne ne méprise ta jeunesse.
Deviens un exemple pour ceux qui font confiance,
en parole et en conduite, avec amour et droiture.
13 Jusqu'à Jusqu'à ce que je vienne, attache-toi à la lecture, à
l'encouragement et à l'enseignement.
14 Ne néglige Ne néglige pas en toi la grâce des dons qui te fut

accordée d'après une prophétie[29] accompagnée de
l'imposition des mains par le groupe des anciens.

Mets toutes ces choses en pratique, prends-les à 15 Mets
cœur, et que tous puissent voir tes progrès.

Prends soin de toi et de l'enseignement, et persé- 16 Prends
vère, car de cette façon tu te libéreras toi-même et
ceux qui t'entendent.

Ne critique pas[30] un vieillard mais encourage-le 5, 1 Ne
comme un père, et les jeunes comme s'ils étaient des critique
frères.

Les vieilles femmes comme des mères, les jeunes 2 Les vieilles
filles comme des sœurs, avec droiture.

Respecte les veuves[31], les vraiment veuves. 3 Respecte

Si une veuve a des enfants ou des petits-enfants, 4 Si
qu'ils apprennent d'abord à remplir leurs devoirs chez
eux et à payer de retour leurs parents, c'est ce que
Dieu accepte.

Une veuve vraiment veuve, qui reste seule, espère 5 Une veuve
en Dieu et s'attache aux supplications et aux prières,
de nuit comme de jour. Au contraire, celle qui vit dans 6 Au contraire
les plaisirs vit mais elle est morte.

Fais pression en faveur de ces choses pour que tous 7 Fais
soient inaccusables. Si quelqu'un ne se soucie pas des 8 Si
siens, et surtout de ceux de sa maison, il abandonne la
confiance et devient pire qu'un incroyant.

On considérera comme veuve une femme d'au moins 9 On
soixante ans, femme d'un seul mari ; connue pour ses 10 connue
belles actions, elle doit avoir élevé des enfants, exercé

l'hospitalité, lavé les pieds des fidèles, secouru les
opprimés, accompli de bonnes choses.
11 Mais Mais évite les jeunes veuves, elles traitent le
12 et christ avec désinvolture, elles veulent se remarier, et
encourent encourent d'être jugées pour avoir nié la confiance
13 et comme première, et comme elles sont désœuvrées, elles
apprennent à courir les maisons, non seulement désœuvrées mais bavardes et se mêlant de tout, parlant de
choses qu'il ne faut pas évoquer.
14 Je veux Je veux donc que ces jeunes se marient, aient des
enfants, conduisent une maison, n'offrent à l'adversaire
15 car aucune occasion d'être insultées, car déjà quelques-
unes se sont détournées pour suivre l'Opposant[32].
16 Si Si une femme qui fait confiance a des veuves chez
elle, qu'elle les secoure et que l'assemblée soit déchargée pour secourir les veuves vraiment seules.

17 Que Que les anciens[33] qui dirigent avec beauté soient
jugés dignes d'un double honneur, surtout ceux
18 car qui prennent de la peine pour parler et enseigner, car
l'Écriture dit : « Bœuf[34] foulant le grain tu ne museleras pas. » Et encore : « Digne est l'ouvrier de son
19 Contre salaire. » Contre un ancien n'admets pas d'accusation,
excepté sur le dire de deux ou trois témoins[35].

20 Les égarés Les égarés, confonds-les aux yeux de tous pour faire
peur aussi aux autres.
21 Je t'adjure Je t'adjure devant Dieu, Christ Jésus et les messagers
choisis[36] de garder ces choses sans préjugé, d'agir
avec impartialité.
22 N'impose N'impose jamais les mains hâtivement[37] à quelqu'un,

et ne partage pas les erreurs des autres, garde-toi
droit.
Ne bois plus seulement de l'eau mais sers-toi un 23 Ne bois
peu de vin pour ton estomac et tes malaises fréquents.
On peut voir les erreurs de certaines personnes 24 On peut
avant même le jugement, et pour d'autres on ne les
verra qu'après, de même pour la beauté des actions 25 de même
qu'on voit clairement et qui ne sauraient rester
cachées.

Pour ceux qui sont sous le joug de l'esclavage[38], 6, 1 Pour
leurs propres maîtres seront dignes d'honneur pour
ne pas faire injurier le nom de Dieu et l'enseignement.
Ceux dont les maîtres ont confiance ne les méprise- 2 Ceux
ront pas d'être des frères, mais deviendront de meil-
leurs esclaves encore puisque ceux qui reçoivent leurs
services ont confiance et sont tant aimés.
Enseigne ces choses et encourage.

Si quelqu'un enseigne autre chose et ne s'approche 3 Si
pas des saines paroles de notre seigneur Jésus Christ
et de l'enseignement conforme à la dévotion, c'est un 4 c'est
aveugle, un ignorant, un malade ergoteur qui pinaille
sur chaque mot, ce qui provoque jalousie, rivalité,
injures, suspicions, disputes infinies entre personnes à 5 disputes
l'intelligence tordue, privées de la vérité, et qui ne
pensent la dévotion que pour en profiter. Mais on pro- 6 Mais
fite infiniment de la dévotion en s'autolimitant[39].
Oui, nous n'avons rien apporté au monde et nous 7 Oui
n'en pouvons rien emporter.
Le couvert et le gîte nous suffiront. 8 Le couvert

9 Et ceux Et ceux qui veulent s'enrichir tombent dans un piège
éprouvant, dans de multiples désirs fous et néfastes qui
précipitent l'humanité à la ruine et à la perte.
10 Oui Oui, la racine de tous les maux c'est l'amour de
l'argent, et pour leur avidité certains se sont égarés de
la confiance et se sont eux-mêmes percés de nombreuses
souffrances.
11 Toi Toi, homme de Dieu, fuis ces choses mais poursuis
justice, dévotion et confiance, amour, résistance et
douceur.
12 Livre Livre la belle lutte de la confiance, empare-toi de la
vie éternelle, pour laquelle tu as été choisi et tu as
consenti ton beau consentement[40] devant beaucoup de
témoins.
13 Je te presse Je te presse devant Dieu, celui qui donne vie à toutes
les choses, et Christ Jésus, celui qui a témoigné du beau
14 garde consentement devant Ponce Pilate, garde le commandement
sans tache, inaccusable jusqu'à l'épiphanie[41]
15 que de notre seigneur Jésus Christ, que montrera aux temps
appropriés l'heureux[42] et seul Gouvernant, le Roi des
16 le seul rois et le Seigneur des seigneurs, le seul ayant l'immortalité,
qui habite l'inaccessible lumière, que personne
n'a vu ni ne peut voir, à qui appartiennent honneur et
pouvoir toujours.
Oui vraiment.

17 Les riches Les riches de ce temps, presse-les de ne pas être
arrogants et de ne pas mettre leur espoir dans l'incertitude
de la richesse mais en Dieu, celui qui nous procure
18 de faire tout avec richesse et, pour en jouir, de faire le bien
et de s'enrichir par de belles réalisations, d'être géné-

reux, de partager, de thésauriser à leur profit une belle 19 de
fondation pour l'avenir, afin qu'ils s'emparent de la thésauriser
vie pour toujours.
Ô Timothée, garde le dépôt, en te détournant des 20 Ô Timothée
sales verbiages, et des objections de la prétendue
science dont certains font profession et s'égarent de la 21 dont
confiance.

La faveur vous accompagne[43].

# 2 Timothée
## *Seconde lettre à Timothée*

Paul[1], envoyé de Christ Jésus par le désir de Dieu 1, 1 Paul
selon la vie promise, la vie par Christ Jésus
à Timothée, enfant chéri. 2 à Timothée

Faveur, compassion et paix
de Dieu Père
et de Christ Jésus notre seigneur.

Je remercie Dieu, que je suis tout à fait conscient de 3 Je remercie
servir[2] depuis le temps de mes ancêtres, quand toujours
je me souviens de toi dans mes prières, nuit et jour, me 4 me languissant
languissant de te voir au souvenir de tes larmes, pour
être plein de joie quand je me souviens de ta confiance, 5 quand
une confiance sans comédie au fond de toi, qui habita
d'abord ta grand-mère Loïs et ta mère Eunikè[3], et qui
j'en suis sûr est aussi au fond de toi.

Pour cette raison je t'invite à réveiller en toi le sou- 6 Pour
venir[4] de la grâce du don de Dieu qui est en toi par l'im-
position de mes mains[5].

Non, Dieu ne nous a pas donné un souffle de 7 Non

lâcheté[6] mais de puissance, d'amour et de maîtrise
de soi.
8 Sois Sois sans honte du témoignage à rendre à notre sei-
gneur ou de moi, son prisonnier.
Souffre plutôt avec moi pour l'Annonce, conformé-
9 qui nous ment à la puissance de Dieu qui nous a libérés et qui
nous a appelés d'un saint appel non sur nos réalisations
mais sur son propre objectif et la grâce qu'il nous a
accordée à travers Christ Jésus avant même les temps
10 grâce pour toujours, grâce divulguée aujourd'hui à travers
la manifestation de notre libérateur, Christ Jésus

la mort anéantie
la vie éclairée
par l'Annonce qui rend indestructible.

11 Voilà Voilà pour quoi je fus fondé héraut et envoyé et
12 pour enseignant, pour quoi aussi je souffre de tout mais
sans honte.
Je sais en qui j'ai eu confiance et je suis sûr qu'il est
capable de garder mon dépôt[7] jusqu'à ce jour-là.
13 Prends Prends exemple des saines paroles que tu as enten-
dues de moi avec confiance et amour, l'amour de
14 Garde Christ Jésus. Garde ce beau dépôt par le Souffle saint,
le Souffle qui habite en nous.

15 Tu sais Tu sais bien qu'en Asie tous se sont détournés de
moi, parmi eux Phygélos et Hermogène.
16 Que Que le seigneur accorde toute sa compassion à la
maison d'Onésiphoros, qui m'a souvent rafraîchi et n'a
17 au pas eu honte de mes chaînes ; au contraire, en arrivant
18 Que à Rome, il m'a vite cherché et trouvé. Que le Seigneur
lui fasse trouver la compassion auprès du seigneur ce

jour-là ; quant aux services qu'il a rendus à Éphèse, toi
tu les connais encore mieux.

Oui, toi, enfant, trouve la force dans la grâce, la 2, 1 Oui
grâce à travers Christ Jésus, et ce que tu as appris de 2 et ce que
moi sur l'attestation de nombreux témoins, confie-le à
des hommes fidèles qui seront aptes à en enseigner
d'autres.

Souffre comme un beau soldat de Christ Jésus. 3 Souffre
Jamais un soldat en service ne se mêle des affaires de 4 Jamais
la vie courante s'il veut plaire à celui qui l'a enrôlé.

Même chose pour un compétiteur, qui n'est pas cou- 5 Même
ronné s'il n'a pas participé à la compétition dans les
règles.

Le cultivateur qui s'est fatigué doit le premier rece- 6 Le cultivateur
voir sa part des fruits.

Comprends ce que je dis car le seigneur te donnera 7 Comprends
l'intelligence de tout.

Souviens-toi[8] de Jésus Christ relevé des morts, issu 8 Souviens
de la semence de David, selon mon Annonce qui me 9 qui
fait souffrir jusqu'aux chaînes comme un malfaiteur,
mais la parole de Dieu n'a pas de chaînes.

Pour ça j'endure tout, pour ceux qui ont été choisis 10 Pour
afin qu'eux aussi atteignent la libération, la libération
par Christ Jésus, rayonnant pour toujours.

Parole fidèle[9]. 11 Parole

si nous sommes morts avec
    nous vivrons avec
si nous tenons 12 si nous
    nous régnerons aussi avec

si nous abandonnons
lui aussi nous abandonnera
13 si nous si nous n'avons plus confiance
lui reste fidèle
car s'abandonner lui-même il ne le peut.
14 Rappelle Rappelle cela et adjure devant Dieu de ne pas te disputer sur des mots, ça ne sert à rien et c'est catastrophique pour ceux qui l'entendent.
15 Efforce Efforce-toi de te présenter à Dieu en homme estimé qui ne rougit pas d'être ouvrier, taillant droit la parole de la vérité.
16 Détourne Détourne-toi des sales verbiages qui les enfonceront
17 leur parole davantage dans l'impiété, leur parole affamée comme
18 qui la gangrène. Parmi eux, Hyménée[10] et Philétos, qui se
sont égarés de la vérité en prétendant que la résurrection a déjà eu lieu et qui renversent la confiance de certains.
19 Pourtant Pourtant la solide fondation de Dieu tient bon, ayant pour sceau :
« Le Seigneur[11] a connu les siens. »
Et : « Que reste loin de l'injustice quiconque nomme le nom de Dieu. »
20 Dans Dans une bonne maison, il n'y a pas seulement des ustensiles en or ou en argent mais aussi en bois et
en argile, les uns pour les grandes occasions, les
21 Si donc autres pour l'ordinaire. Si donc quelqu'un se purifie
de ces choses, il sera un ustensile pour les grandes occasions, sanctifié, bien utile au maître, prêt à tout bon travail.

Fuis les passions de la jeunesse mais poursuis jus- 22 Fuis
tice, confiance, amour, paix avec ceux qui invoquent
le seigneur d'un cœur net.
Quant aux folles et stupides interrogations, évite- 23 Quant
les, tu sais bien qu'elles ne créent que des disputes. Un 24 Un esclave
esclave du seigneur ne doit pas se disputer mais doit
être apaisant avec tous, capable d'enseigner, patient,
ne corriger les opposants qu'avec douceur, si jamais 25 ne corriger
Dieu leur permettait de changer et de reconnaître la
vérité, une fois dessoûlés et revenus du piège dans lequel 26 une fois
l'Accusateur les avait capturés pour son propre désir.

Sache que dans les derniers jours se tiendront des 3, 1 Sache
temps difficiles[12] car chacun n'aimera que soi-même, 2 car
n'aimera que l'argent, sera suffisant, arrogant, calom-
niateur, rebelle avec ses parents, ingrat, profanateur,
sans cœur, impitoyable, accusateur, sans discipline, 3 sans cœur
sauvage, ennemi du bien, traître, téméraire, fou d'or- 4 traître
gueil, aimera le plaisir plus qu'il n'aimera Dieu; en 5 en apparence
apparence dévoué, il aura abandonné la puissance de
la dévotion. Détourne-toi aussi d'eux.
Ils font partie de ceux qui se glissent dans les mai- 6 Ils font
sons et font prisonnières des femmelettes chargées
d'erreurs, en proie à divers désirs, et qui apprennent 7 et qui
toujours sans jamais atteindre la reconnaissance de la
vérité.
De la même façon que Iannès et Iambrès[13] se sont 8 De la
opposés à Moïse, eux aussi s'opposent à la vérité,
hommes à l'intelligence tordue, perdus pour la
confiance. Mais ils n'avanceront pas plus car tous ver- 9 Mais
ront leur folie comme celle de ces deux-là.

10 Toi Toi, tu as suivi de près mon enseignement, ma
conduite, mon objectif, ma confiance, ma patience,
11 mes persécutions mon amour, ma résistance, mes persécutions[14], mes
souffrances telles qu'elles m'arrivèrent à Antioche, à
Ikonion et à Lystra. Quelles persécutions j'ai endu-
rées ! Et de toutes le Seigneur m'a délivré.

12 Et tous Et tous ceux qui veulent vivre avec dévotion par
13 Mais Christ Jésus seront persécutés de la même façon. Mais
les hommes mauvais et imposteurs n'avanceront que
pour le pire, à la fois égareurs et égarés.

14 Toi Toi, limite-toi à ce que tu as appris et dont tu es
15 et que convaincu, sachant de qui tu l'as appris, et que depuis
que tu es un enfant tu connais les saintes lettres[15], celles
qui ont le pouvoir de te rendre sage pour te libérer par
la confiance, la libération par Christ Jésus.
16 Toute Toute Écriture[16] est insufflée par Dieu et utile pour
enseigner, pour convaincre, pour redresser, pour édu-
17 afin quer à la justice, afin que quiconque est de Dieu se
trouve prêt, équipé pour tout bien à réaliser.

4, 1 Je t'adjure Je t'adjure devant Dieu et Christ Jésus, qui doit juger
vivants et morts, par sa manifestation et son règne,
2 crie crie la Parole, interviens à temps et à contretemps,
confonds, reprends, encourage et enseigne avec
patience.
3 Oui Oui, il arrivera qu'ils ne supporteront plus le sain
enseignement mais leurs propres passions les déman-
geront de tout écouter et de multiplier les savoirs ;

et ils se détourneront de l'écoute de la vérité, se tour- 4 et ils
neront vers les mythes.

Toi, au contraire, reste sobre toujours, souffre, agis 5 Toi
comme annonceur, remplis ton service.
Moi je sers déjà de libation, et le temps de mon 6 Moi
départ arrive. J'ai lutté la belle lutte, j'ai fini la course, 7 J'ai
j'ai gardé confiance. Pour le reste, m'est réservée la 8 Pour
couronne de la justice que me rendra le seigneur ce jour-là, le juste juge, non seulement à moi mais aussi à tous ceux qui auront aimé sa manifestation.

Efforce-toi de venir vite vers moi car Démas[17] m'a 9 Efforce
abandonné, par amour de cette époque, et s'en est allé 10 car
à Thessalonique ; Kreskès[18] part en Galatie ; Tite en
Dalmatie. Luc[19] est le seul resté avec moi. Prends 11 Luc
Marc[20], et amène-le avec toi car il m'est bien utile pour le service.
J'ai envoyé Tychique[21] à Éphèse. 12 J'ai envoyé
Le manteau que j'ai laissé à Troas, chez Karpos[22], 13 Le manteau
apporte-le en venant, avec les livres, surtout les parchemins[23].
Alexandre[24] le forgeron a montré beaucoup de 14 Alexandre
méchanceté contre moi, le seigneur lui rendra selon ses
œuvres, toi aussi garde-toi de lui car il s'est fortement 15 toi aussi
opposé à nos paroles.

Dans ma première défense[25], personne ne m'a 16 Dans
assisté mais tous m'ont abandonné. Que cela ne leur
soit pas compté. Mais le seigneur m'a été présent et 17 Mais
m'a fortifié afin que par moi le cri soit rempli et que

toutes les nations entendent, et j'ai été délivré de la
gueule du lion[26].

18 Le seigneur Le seigneur me délivrera de toute réalisation mau-
vaise et me libérera pour son règne du haut des cieux.
À lui l'éclat pour les âges des âges.
Confiance.

19 Embrasse Embrasse Prisca[27] et Aquilas, et la maison d'Onési-
20 Érastos phoros. Érastos[28] est demeuré à Corinthe, j'ai laissé
21 Efforce Trophime[29] à Milet, malade. Efforce-toi de venir avant
l'hiver. Euboulos et Poudès, et Linos et Claudia et tous
les frères t'embrassent.

22 Le seigneur Le seigneur accompagne ton souffle.
La faveur vous accompagne.

# Tite

## *Lettre à Tite*

Paul, esclave de Dieu **1**, 1 Pau.
envoyé[1] de Jésus Christ
pour la confiance[2] de ceux que Dieu a choisis
et la reconnaissance de la vérité
la vérité selon la dévotion
dans l'espoir de la vie éternelle 2 dans
que Dieu qui ne ment pas a promise
avant même les temps pour toujours[3]
(il a divulgué sa parole aux temps qui conviennent 3 il a
dans le cri qui me fut confié
comme l'imposa Dieu notre libérateur[4]).
À Tite véritable enfant de la foi commune 4 À Tite
faveur[5] et paix de Dieu Père
et de Christ Jésus notre libérateur.

Je t'ai laissé en Crète pour que tu mettes de l'ordre[6] 5 Je t'ai
dans ce qui reste à faire et que tu établisses dans
chaque ville des anciens, selon ma recommandation, à 6 à condition
condition que chacun d'eux soit inaccusable, homme
d'une seule femme, avec des enfants qui font confiance,
innocent de gaspillage ou d'insoumission, oui le veil- 7 oui

leur épiscopal doit être inaccusable comme régisseur
de Dieu, ni entêté ni coléreux, ni porté sur le vin, ni
8 mais violent, ni âpre au gain, mais il doit aimer l'étranger,
aimer le bien, être modéré, juste, saint, maître de soi,
9 attaché attaché à la parole de la confiance conformément à
l'instruction pour pouvoir exhorter par le sain ensei-
gnement et confondre les contradicteurs.

10 Oui Oui, il y a beaucoup d'insoumis[7], de gens qui par-
lent pour ne rien dire, d'imposteurs, surtout parmi les
11 qu'il circoncis, qu'il faut bâillonner car ils renversent des
maisons entières en enseignant ce qu'il ne faut pas, et
12 L'un pour un honteux profit. L'un des leurs, leur propre
prophète, a dit :

«Crétois[8] toujours menteurs,
méchantes bêtes,
ventres paresseux.»

13 Ce témoignage Ce témoignage est vrai. Alors confonds-les sévère-
14 qu'ils ne ment pour les rendre sains dans la confiance, qu'ils ne
s'approchent pas des mythes juifs[9] et des commande-
ments de ceux qui se détournent de la vérité.

15 Tout Tout ce qui est pur va aux purs, mais rien n'est pur
pour ceux qui se sont avilis et pour les incroyants[10] qui
16 Ils admettent ont avili leur conscience et leur intelligence. Ils
admettent reconnaître Dieu mais l'abandonnent par
leurs réalisations, ils sont abjects, rebelles et perdus à
toute bonne réalisation.

2, 1 Toi Toi, parle de ce qui convient[11] à l'enseignement
sain.

Que les vieux soient sobres, distingués, modérés, 2 Que
sains de confiance, d'amour et de résistance. Que les 3 Que
vieilles aussi aient une sainte conduite comme il se
doit, qu'elles n'accusent personne ni qu'elles ne soient
trop esclaves du vin, qu'elles enseignent le bien pour 4 pour
entraîner les plus jeunes à aimer leur homme, à aimer
leurs enfants, à être modérées, droites, laborieuses, 5 à être
bonnes, dociles avec leur homme, pour ne pas faire
injurier la parole de Dieu.

Exhorte aussi les jeunes à être toujours raison- 6 Exhorte
nables, et donne-toi en exemple de belles réalisations : 7 et
enseignement intègre, distinction, parole incontesta- 8 parole
blement saine, pour confondre l'opposant qui n'aura
rien de mal à dire contre nous.

Que les esclaves soient soumis à leurs maîtres, 9 Que
qu'ils soient toujours agréables, qu'ils ne contredisent
jamais, qu'ils ne détournent rien et montrent au 10 qu'ils ne détournent
contraire une totale confiance pour faire honneur à
l'enseignement, celui de Dieu notre libérateur.

Oui, la grâce de Dieu s'est montrée, libératrice pour 11 Oui
toute l'humanité, et nous corrige pour nous faire aban- 12 et nous
donner l'impiété et les convoitises de ce monde, pour
nous faire vivre avec modération, justice et dévotion
dans ces temps, et attendre l'espoir joyeux et que se 13 et attendre
montre le rayonnement[12] de notre grand Dieu, et de
notre libérateur Jésus Christ qui s'est donné pour nous, 14 qui s'est
pour nous racheter[13] de toute illégalité, et purifier pour
lui un peuple spécial, dévoué à de belles réalisations.

15 Parle Parle comme ça, encourage et confonds avec devoir.
Que personne ne te méprise.

3, 1 Rappelle Rappelle-leur d'être soumis aux autorités et aux
puissances, d'obéir à l'autorité, d'être prêts à de bonnes
2 de n'injurier réalisations, de n'injurier personne, d'être pacifiques,
raisonnables, de montrer de la douceur devant tout le
3 car genre humain, car nous étions nous aussi autrefois
fous, rebelles, égarés, esclaves des passions et des plai-
sirs divers, nous menions une vie méchante et jalouse,
nous étions détestables, nous nous haïssions les uns
4 mais les autres, mais quand se sont montrés la bonté et
5 ce ne fut l'amour de Dieu notre libérateur pour l'humanité, ce
ne fut pas d'après ce que nous-mêmes avions réalisé
avec justice mais d'après sa propre compassion qu'il
nous a libérés, dans un bain de renaissance et de
6 qu'il renouvellement, Souffle saint[14] qu'il a versé avec pro-
fusion sur nous, par Jésus Christ notre libérateur,
7 pour pour que, justifiés par sa faveur, nous devenions héri-
tiers selon la vie pour toujours espérée.
8 Parole Parole fidèle.
Je veux que tu sois toujours affirmatif pour que ceux
qui ont fait confiance à Dieu aient à cœur de mener de
belles réalisations, de belles choses utiles à l'humanité.
9 Quant Quant aux[15] folles interrogations, généalogies et
disputes, querelles d'interprétation de la Loi, détourne-
10 Celui t'en car elles sont inutiles et vides. Celui qui est intolé-
rant, après un premier puis un deuxième avertissement,
11 tu sais évite-le, tu sais bien qu'il s'est perverti et égaré, et s'est
condamné lui-même.

Quand j'aurai envoyé Artémas[16] près de toi, ou 12 Quand
Tychique, efforce-toi de venir près de moi à Nikopolis,
car là j'ai pensé bon de passer l'hiver. Occupe-toi avec 13 Occupe-toi
soin du départ de Zénas[17], l'homme de loi, et d'Apol-
los[18] pour qu'ils ne manquent de rien. Que les nôtres 14 Que
aussi apprennent à exceller dans de belles réalisations
pour les besoins urgents, et pour qu'ils ne soient pas
stériles.

Tous ceux qui sont avec moi t'embrassent. 15 Tous
Embrasse ceux qui nous aiment avec confiance.

La faveur avec vous tous.

# PHILÉMON

## *LETTRE À PHILÉMON*

# INTRODUCTION

La Lettre à Philémon est la plus brève de la correspondance qui nous est parvenue de Paul. Elle ressemble à ces billets que l'on échangeait dans l'Antiquité, sur papyrus, pour transmettre une information ou solliciter un service. Elle présente néanmoins les marques du protocole épistolaire des grandes épîtres pauliniennes : l'adresse (v. 12), la salutation (v. 3), une longue prière d'action de grâces (v. 4-7) et une conclusion (v. 22-25) encadrent le corps de la lettre. il s'agit d'une lettre publique de recommandation, dont les signataires sont Paul et Timothée, comme dans la Lettre aux Philippiens et la Seconde lettre aux Corinthiens. Le cerce des destinataires comporte, outre Philémon, sa sœur Apphia, un collaborateur de Paul nommé Archippe, et l'Église qui se rassemble dans la maison de Philémon. L'apôtre associe à sa démarche Épaphras, son compagnon de captivité, ainsi que ses collaborateurs Marc, Aristarque, Démas et Luc (v. 23.24). L'objet de la lettre est une affaire privée, dont on perçoit, au nombre des personnes prises à témoin, qu'elle doit être traitée comme une affaire regardant toute la communauté. Onésime, un esclave, a causé un dommage à son maître, Philémon (v. 15.18) ; il s'est réfugié auprès de l'apôtre en prison, où il s'est converti à l'Évangile (v. 10). Paul se fait son avocat en le renvoyant à son maître muni de la présente lettre. Le remboursement que propose l'apôtre (v. 18) indique peut-être qu'Onésime a volé Philémon ou, plus simplement, représente un dédommagement pour son absence ; il était courant qu'un esclave s'enfuie pour échapper à la colère du maître. Quoi qu'il en soit, la requête de Paul trahit de l'embarras : en accordant refuge à un esclave en fuite, l'apôtre a commis un acte répréhensible.

La requête de Paul dépasse cependant largement une demande de réintégration d'esclave. Philémon est pressé de recevoir Onésime « comme un frère bien-aimé » (v. 16). On comprend dès lors que l'Église qui se réunit chez Philémon soit prise à témoin : c'est dans le cadre de cette communauté que la fraternité nouvelle d'Onésime et de Philémon va se déployer, et sans doute l'un et l'autre auront-ils besoin de la communauté pour s'accueillir comme frères alors que, socialement, ils demeurent maître et esclave. La Lettre à Philémon est typique de la théologie paulinienne : l'appartenance au Christ doit permettre aux croyants d'inventer de nouveaux comportements, dans cet espace de liberté qu'est l'Église. On ne parle pas encore, ici, de transformer la société.

D'où Paul écrit-il ? Puisqu'il se trouve en prison (v. 1.9), la lettre peut avoir été envoyée de Rome, de Césarée ou d'Éphèse. Onésime et Archippe sont de

Colosses, selon la Lettre aux Colossiens (4,9.17). Compte tenu de sa proximité géographique, Éphèse représente un lieu vraisemblable pour la rédaction de la lettre, qui daterait alors du séjour de l'apôtre dans cette ville (entre 52 et 55).

Paul, prisonnier du Christ Jésus, et Timothée, le 1 Paul
frère, à notre cher collaborateur Philémon, à la sœur 2 à la
Apphia, à notre compagnon d'armes Archippe, à l'as-
semblée dans ta maison[1]. Grâce et paix pour vous de 3 Grâce
la part de Dieu notre Père et du Seigneur Jésus Christ.

Sans cesse je remercie mon Dieu en rappelant ton 4 Sans
nom dans mes prières car j'entends parler de ton 5 car
amour et de ta foi pour le Seigneur Jésus et pour tous
les saints. Que notre foi commune soit efficace et nous 6 Que
fasse discerner tout le bien que nous pouvons faire
pour le Christ. Ton amour m'a donné beaucoup de joie 7 Ton
et de consolation, frère, car grâce à toi le cœur des
saints[2] a été apaisé. C'est pourquoi, ayant toute fran- 8 C'est
chise dans le Christ pour t'ordonner ce qui est bon,
par amour je te supplie davantage. 9 par

Moi, Paul, vieux comme je suis, et qui plus est pri-
sonnier du Christ Jésus, je te supplie au sujet d'Oné- 10 je te
sime, mon enfant engendré dans les chaînes. Il te fut 11 Il te
jadis inutile[3] mais il nous sert bien aujourd'hui, toi et
moi. Je te l'ai renvoyé, lui qui fait partie de moi[4]. Je 12 Je te 13 Je souhaitais
souhaitais le garder à mes côtés pour qu'il me serve à

14 mais je ta place dans les chaînes de l'Évangile, mais je n'ai
rien voulu décider sans ton avis : que le bien que tu
pourras faire ne vienne pas d'une contrainte, mais
15 Peut de ta volonté. Peut-être n'a-t-il été éloigné de toi que
momentanément, afin que tu le reçoives pour toujours,
16 non non plus comme un esclave mais comme plus qu'un
esclave, comme un frère bien-aimé. Il l'est tellement
pour moi, il le sera plus encore pour toi, humaine-
ment et devant le Seigneur[5].

17 Si tu Si tu es de mon côté, reçois-le comme si c'était moi.
18 Mais Mais s'il t'a fait du tort ou te doit quelque chose, porte
19 moi cela à mon compte : moi, Paul, je l'ai écrit de ma main[6],
c'est moi qui te rembourserai. Sans parler du fait que
20 Oui toi aussi tu m'es redevable, et de toi-même. Oui, frère,
fais-moi plaisir dans le Seigneur, apaise mon cœur
21 Je t'écris dans le Christ. Je t'écris, certain de ton obéissance,
sûr que tu feras encore plus que ce que je te demande.

22 En En même temps, prépare-moi un logement : j'espère
23 Épaphras que, par vos prières, je vous serai rendu. Épaphras,
24 ainsi mon codétenu dans le Christ Jésus, te salue ainsi que
Marc, Aristarque, Démas et Luc, mes collaborateurs.
25 Que la Que la grâce du Seigneur Jésus Christ soit avec vous.

# NOTES

## ROMAINS

1. ESCLAVE DE CHRIST JÉSUS Empruntée à la réalité socio-économique du Ier s., la métaphore de l'esclavage compose un récit de salut où les forces cosmiques sont quasi personnifiées. Esclave d'un sinistre maître appelé Péché *(hamartia)*, l'« Humain » en est affranchi par un nouveau maître plus puissant, Jésus Christ. Par sa mort, celui-ci a affronté Mort, homme de main de Péché, et nous a libérés de l'esclavage en nous rachetant (pour libérer un esclave, il fallait payer une rançon à son ancien maître). Or, si l'esclave affranchi est libre, il est encore redevable à son libérateur, son « Seigneur », qu'il sert dorénavant. Quant au mot « christ », il tire son origine du verbe hébreu *mashah*, qui signifie « frotter, oindre ». *Mashah* se réfère surtout à l'action d'introniser un roi en l'oignant d'huile. Le titre royal et purement judéen de *mashîah* (« celui qui a été oint ») est, dans la Nouvelle Alliance, appliqué à Jésus ressuscité et fait seigneur. Assez rapidement, comme on le voit dans les lettres de Paul, ce titre qui désignait une fonction royale a tendance à devenir un nom propre.

2. ENVOYÉ Le terme grec *apostolos* (qui donne en français « apôtre, apostolat ») a le sens de « délégué, envoyé ». Dans la Nouvelle Alliance, il désigne les personnes mandatées pour prêcher le message chrétien et convient particulièrement aux Douze, qui ont accompagné Jésus et ont été témoins des événements de son ministère. Paul est « envoyé de Christ Jésus par le vouloir de Dieu » (1 Co 1,1). La traduction traditionnelle « apôtre » est conservée ici dans l'Évangile de Luc et dans les Actes des

apôtres. Dans les autres textes, notamment les épîtres pauliniennes, le terme « envoyé » a été préféré.

3. ANNONCE Le terme grec *euaggelion* désigne une nouvelle exceptionnelle, tel l'avènement d'un nouvel empereur. La Nouvelle Alliance, influencée à la fois par l'œuvre de la Septante et par la terminologie du culte impérial, parle à son tour de « bonne nouvelle » : celle de la libération des pauvres voulue par Dieu, ou celle effectuée dans l'ensemble de l'événement Jésus Christ.

4. ÉCRITS SACRÉS Litt. : « Écritures saintes ». Le corpus de la Bible juive, encore en formation au Ier s., mais ayant déjà un statut spécial.

5. SOUFFLE SAINT Dans l'ordre de la nature, la *ruah* désigne le souffle du vent ; appliquée à Dieu, elle nomme l'ensemble de ses pouvoirs d'action, surtout celui de créer la vie. L'équivalent grec *pneuma* recouvre le même éventail de sens. Les traducteurs de la Nouvelle Alliance ont jugé bon de traduire le plus souvent *pneuma* par « souffle », qui rend à la fois l'éventail sémantique et l'aspect dynamique qu'il contient.

6. APÔTRE Voir note 2.

7. NATIONS Le mot grec *ethnos*, qui signifie « groupe, multitude, peuple, nation », désigne traditionnellement les païens, ou non-juifs. Deux mots sous-tendent son utilisation dans la Septante ou la Nouvelle Alliance : *gôy* et *'am*. Un *gôy* est une entité politiquement autonome, située sur un territoire distinct ; l'unité raciale et la dimension religieuse n'en sont pas une composante nécessaire, au contraire de *'am*, qui signifie « peuple », uni par un dieu. Ainsi les Hébreux se considéreront-ils comme le peuple (*'am*) de Yhwh, et leur expérience séculaire de la menace de leurs voisins donnera une connotation péjorative au mot *gôy*. La Septante choisira le mot *laos* pour traduire *'am*, tandis que le mot *gôy* sera rendu par *ethnos*. Dans la présente traduction, *ethnos*, au singulier ou au pluriel, est traduit par « nations, nations étrangères, peuple, autres peuples, païens, non-juifs ».

8. ÉCOUTE DE LA FOI Litt. : « en vue de l'obéissance de la foi » ou encore : « en vue de l'obéissance qu'est la foi ». En grec, le mot *pistis* (« foi ») regroupe plusieurs champs sémantiques (entre autres ceux de « confiance », de « fidélité » et d'« adhésion »)

d'ordre relationnel plutôt qu'intellectuel (« croire »). La *pistis* est mouvement (voir 1,17), une adhésion confiante. Elle s'appuie sur l'obéissance fidèle de Jésus et la prend pour modèle, à la suite de l'écoute de l'Annonce. Le grec *hypakoè* (« l'écoute ») renvoie à l'attitude de l'esclave qui reconnaît et écoute, dans tous les sens du terme, la voix de son maître. En Rm 10,14-17, le texte montrera le lien entre proclamation *(akoè)* de l'Annonce, adhésion et obéissance *(hypakoè)*. L'écoute qui débouche sur l'obéissance est un fil conducteur majeur de la lettre (5,19 ; 6,19 ; 10,16 ; 15,18 ; 16,26).

9. LE JUSTE... Citation ambiguë de Ha 2,4 (le texte de référence hébreu dit : « Le juste vivra par la fidélité de Dieu », le texte grec [Septante] dit : « Le juste par sa foi vivra »). Le juste qui vit, c'est d'abord Jésus, puis quiconque se rattachant à son expérience.

10. VOIR CLAIREMENT... MANIFESTE Même mot grec *(phaneros)* ; 1,19-23 exploite le registre de la « vision ».

11. C'EST [...] INDÉCENCE L'anthropologie paulinienne (d'inspiration stoïcienne) n'est pas celle du XXe siècle. Il s'agit d'illustrer les conséquences chaotiques du refus de Dieu, non de réfléchir sur l'homosexualité.

12. REMPLIS [...] ADEPTES Catalogue de vices de la morale stoïcienne qui marque une insistance rhétorique.

13. CHANGEMENT Réorientation qui s'inscrit dans la durée et dans l'action, bien plus que passage d'une religion à une autre (conversion).

14. DÉVOILEMENT ULTIME traduit *apocalypsis*. Il faut distinguer la révélation présente de la colère et de la justice de Dieu (1,18 et 3,21), de la Révélation à venir, qui mettra fin à l'Histoire.

15. MAIS TOI Paul interpelle directement un juif imaginaire et fait allusion au Décalogue (v. 22-23).

16. CAR LE NOM... Citation de Is 52,5 faite hors contexte : l'oracle prophétique ne concerne pas Israël mais les nations païennes qui l'ont dispersé. Par le nombre des citations et comme catalyseur de la réflexion théologique, Isaïe est important dans la Lettre aux Romains.

17. QUELLE [...] PÉCHÉ Paul soulève une série d'objections sous forme de questions, auxquelles il apporte des réponses lacunaires — mais qui seront reprises dans les chap. 6-7 et 9. Ces objections sont présentées ici comme un dialogue imaginaire où un disciple interroge son maître.

18. PAROLES *(logia)* désigne les écrits sacrés (voir 1,2 et 3,4).

19. QUE DIEU SE RÉVÈLE DANS SA VÉRITÉ 3,1-9 est construit autour d'une citation de Ps 51,4 et exploite le paradoxe au cœur du psaume : David confesse sa faute (son homicide et son adultère), mais étrangement, il ne s'agit pas tant de justifier le pécheur que de justifier Dieu. Si Dieu ne pardonne pas, il est injuste !

20. FAUT-IL PRÉSENTER UNE DÉFENSE ? La traduction habituelle (« Sommes-nous avantagés ? ») répète Rm 3,1 et constitue un tour de force grammatical, car le verbe n'est pas à la voix active, mais passive. La traduction retenue permet de conserver le sens moyen (Quelle sera notre défense ?) et le sens passif (Sommes-nous désavantagés, sur la défensive ?). L'argumentation du dialogue lie les deux sens : les humains, dans leur procès avec Dieu, sont-ils désavantagés ? (v. 3-7). Les missionnaires chrétiens, calomniés, peuvent-ils se sortir de ce mauvais pas de manière décisive ? (v. 8).

21. IL N'EST PAS DE JUSTE [...] CRAINTE DE DIEU Ce florilège de citations de l'Écriture (Ps 14,1-3 ; Ps 5,10 ; Ps 140,4 ; Ps 10,7 ; Is 59,7.8 ; Ps 36,2), création paulinienne ou emprunt à la prédication primitive, conclut toute l'argumentation depuis Rm 1,18 et construit l'image d'un être inhumain.

22. FIDÉLITÉ DE JÉSUS CHRIST Génitif subjectif, ou encore : « fidélité en Jésus Christ » (génitif objectif).

23. INSTRUMENT DE PARDON *(hislatèrion)* est sujet à débat, mais l'image porteuse est celle de la célébration du Yom Kippour (jour du Pardon), où le grand prêtre d'Israël, en utilisant le symbole du sang, renouvelle l'alliance avec Dieu (voir Lv 16). Il ne s'agit pas d'un geste sacrificiel mais d'un rituel de réconciliation.

24. OÙ DONC [...] PÈRE Continuité du dialogue de 3,1-9, mais les rôles sont inversés : Paul interroge maintenant un disciple imaginaire pour conclure son exposé.

25. QUE [...] CHAIR Déjà, dans l'Antiquité, les copistes n'étaient pas certains de saisir le sens du texte qu'ils transcrivaient. Certains manuscrits omettent le verbe «trouver»: «Que dirons-nous donc à propos d'Abraham?» (c'était jadis la traduction retenue). Les manuscrits que nous préférons conservent le verbe «trouver», mais, outre notre traduction, on peut aussi comprendre: «Que dirons-nous: aurions-nous trouvé qu'Abraham soit notre ancêtre selon la chair?» Bref, deux thèmes sont présents dans la question et dans tout le chapitre: 1) la justice d'Abraham ne doit rien à ses actes humains (à la chair) mais à sa foi en Dieu; 2) Abraham n'est pas l'ancêtre seulement des juifs selon la race, il est l'ancêtre de tous les croyants par sa fidélité, qui annonce celle de Jésus.

26. ABRAHAM DONNA... Citation de Gn 15,6 (qui sera reprise en Rm 4,22, tandis que Gn 15,5 sera cité en Rm 4,18). Le chap. 4 est un commentaire de Gn 15 sous l'angle de la confiance d'Abraham envers la promesse divine de faire de lui l'ancêtre d'un peuple pluriel.

27. HEUREUX CEUX... Citation de Ps 32,1.2, qui s'accroche à celle de Gn 15,6 par le verbe *logisthènai* («être compté, calculé»). C'est une prière où David confesse son péché, sa confiance en Dieu et la fidélité de celui-ci (voir aussi Rm 3,4).

28. JE T'AI... Deux citations, respectivement de Gn 17,5 et Gn 15,5 (cette dernière formant inclusion avec la citation de Gn 15,6 en Rm 4,3).

29. PUR AMOUR traduit ici le mot grec *agapè*, qui renvoie à la profonde affection et qui se distingue du verbe *phileô*, employé pour des liens d'amitié.

30. AINSI TOUS ONT PÉCHÉ À partir d'une traduction latine, Augustin a lu: «en qui (Adam) tous ont péché», ce qui est l'ancrage de sa théologie du péché originel. Le texte grec est plutôt l'affirmation véhémente d'une intuition: mort et péché sont liés, l'universalité de la première sous-entend l'universalité du second. Constat et non explication de la manière dont se transmet le mal.

31. SURDITÉ... ÉCOUTE Litt.: «désobéissance... obéissance». Il s'agit de faire ressortir le jeu de mots autour de la racine de l'écoute *(parakoè... hypakoè)*. Voir 1,5.

32. PLONGÉS PAR LE BAPTÊME Suivant le sens originel grec, baptisés, les croyants sont noyés et donc associés au destin du Christ : noter l'accumulation de verbes accompagnés de la préposition « avec ».

33. FORCE ÉCLATANTE Voir 1 Co, note 20.

34. QUE SOIT ANÉANTI NOTRE CORPS ACQUIS AU PÉCHÉ Ici, le mot « corps » désigne toute la personne humaine esclave du personnage Péché. Cet esclave doit mourir pour acquérir sa liberté. Il ne faut pas associer le péché aux activités corporelles.

35. N'EXERCE PLUS... SON POUVOIR SOUVERAIN Litt. : « n'exerce plus sa seigneurie ». Le jeu de mots implicite avec le titre christologique par excellence, chez Paul : « le Seigneur » sera repris en 6,14 à propos du péché et en 7,1 à propos de la Loi.

36. DANS VOTRE CORPS MORTEL Dans la suite de 6,8, on pourrait aussi comprendre : « dans votre corps mort ».

37. DES VIVANTS REVENUS DE LA MORT Litt. : « des vivants sortis d'entre les morts ». L'expression établit un parallèle avec le Christ réveillé d'entre les morts, au v. 9.

38. DON DE DIEU Litt. : « charisme de Dieu ». Périphrase qui développe étymologiquement le caractère gracieux et gratuit du don. Voir Rm 1,11.

39. ELLE VIT Une ambiguïté subsiste pour identifier le sujet du verbe « vivre » : est-ce la Loi ou la personne humaine *(anthrôpos)* ? Le texte semble permettre une double lecture : 1) aux v. 2.3, la Loi-mari exerce sa domination sur la femme jusqu'à la mort du mari ; 2) aux v. 4.6, le chrétien mort en association au Christ échappe au pouvoir de la Loi (c'est la reprise de la métaphore de 6,1-11).

40. À TRAVERS LE CORPS DU CHRIST Expression difficile, rendue ici de manière littérale, qui prolonge la métaphore associative de 6,1-11.

41. QU'EST-CE À [...] LOI DU PÉCHÉ Certains ont vu dans ce passage la naissance de la subjectivité « moderne ». Il semble pourtant que ce texte décrive simplement la situation de l'humain avant le Christ, lorsqu'il était placé sous le régime de la Loi : ce régime est bon et permet de démasquer le péché,

mais il est impuissant à libérer l'humain de la domination de ce maître tyrannique.

42. TU NE CONVOITERAS PAS Citation tronquée de Ex 20,17 et Dt 5,21 (neuvième et dixième commandements du Décalogue). Certains y voient, à la suite de Rm 5,12-21, une allusion à l'interdit de Gn 2,17. Ou encore un résumé de tout le Décalogue.

43. FIT DE MOI UN MORT Litt. : « me tua ».

44. SERVITEUR... ESCLAVE Le même mot grec *(doulos)* est traduit par deux mots français pour marquer la nuance entre l'esclavage et l'affranchissement. Voir 1,1.

45. DÉSORMAIS Fait écho au « désormais » de 3,21. L'ensemble du chap. 8 est une section qui décrit la vie insufflée par le Christ. Reprenant 6,1-11 et la métaphore de l'esclavage (6,12 – 7,25), le texte y articule, à partir de 8,22, une nouvelle métaphore : l'enfantement.

46. LOGIQUE DU SOUFFLE Litt. : « loi *(nomos)* du Souffle ». L'expression est parallèle à la « Loi de Dieu » de 7,25.

47. CELUI QUI A FAIT SE RÉVEILLER JÉSUS Le grec ajoute « d'entre les morts », répétition qui marque l'insistance mais a été omise pour alléger la traduction. La racine hébraïque *qûm* a le sens de « se lever, se tenir debout ». Pour la traduire, la Septante a utilisé deux verbes au sens très voisin : *anistèmi* et *egeirô*. Les auteurs de la Nouvelle Alliance les ont repris en leur conservant leur sens commun ou en les appliquant parfois au réveil, au lever de la résurrection. Dans ce contexte de la résurrection, la Nouvelle Alliance préfère le verbe *egeirô*, mais opte pour le nom *anastasis*.

48. RÉVÉLATION DES FILS DE DIEU Lointain écho du dévoilement de la justice de Dieu (1,17) et de sa colère (1,18). Un même mot grec *(apokalypsis)* est traduit par deux mots français, « révélation » et « dévoilement ».

49. CELUI QUI L'Y A SOUMISE L'identité de ce personnage est énigmatique.

50. À CAUSE DE... Citation de Ps 44,23, accusation portée contre Dieu qui revient deux fois dans le psaume : les dispersés d'Israël aux prises avec la persécution se rappellent les inter-

ventions passées de Dieu en faveur de leur peuple et s'interrogent sur son inaction présente, le pressant de les délivrer. L'utilisation du psaume dans le contexte de Rm 8,31-35 et 8,37-39 va à contre-courant du mouvement originel du psaume.

51. QUE CELUI [...] ÂGES La syntaxe du v. 5 est compliquée. La bénédiction est-elle la conclusion de l'énumération des traits caractéristiques de l'élection d'Israël et s'adresse-t-elle à Dieu, comme nous le pensons? Ou bien se rattache-t-elle au dernier terme de l'énumération, le Christ, comme certaines traductions le proposent? Dans ce dernier cas, on aurait une des seules affirmations explicites de la divinité du Christ dans toute la littérature paulinienne. En tant que juif monothéiste du Ier s., il est plutôt probable que Paul s'adresse à Dieu (comme en 1,26 et 11,36).

52. C'EST EN ISAAC... Citation de Gn 21,12, récit où Dieu privilégie Isaac et lui accorde sa promesse, sans abandonner pour autant son demi-frère Ismaël. Les citations de ce paragraphe renvoient à la saga des patriarches et des matriarches d'Israël: Abraham et Sara, Isaac et Rébecca, Ésaü et Jacob (celui-ci étant l'ancêtre éponyme d'Israël).

53. CONVOQUÉE Le verbe grec *kaleô* — et ses dérivés — est très important dans la Lettre aux Romains, et particulièrement en 9-11. Il connote l'idée de rassemblement et de nomination, au double sens de mission et de réception d'un nom.

54. AU MOMENT... Citation de Gn 18,10, récit chronologiquement antécédent à celui de Gn 21,12, cité en Rm 9,7. Si Isaac a pu être porteur de la promesse (voir v. 7), c'est qu'il fut lui-même l'objet de la promesse (v. 9). Gn 18 montre l'hospitalité d'Abraham envers son visiteur divin et son intercession auprès de celui-ci en faveur des habitants de Sodome (explicitement mentionné en Rm 9,29).

55. LE PLUS GRAND [...] LE PLUS PETIT Citation de Gn 25,23, récit qui évoque la rivalité fraternelle (mais jamais fratricide) des jumeaux Jacob et Ésaü, et ce dès le sein maternel.

56. J'AI AIMÉ JACOB ET J'AI HAÏ ÉSAÜ Citation de Ml 1,2.3, discours prophétique où s'exprime la haine séculaire entre deux peuples, Israël et Édom, par ancêtres — Jacob et

Ésaü — interposés. Alors que l'identité d'Israël est menacée, Malachie réaffirme la conviction du choix d'Israël par Dieu, mais, cette fois, en durcissant le rejet de l'autre (le récit de la Genèse n'évoquait jamais la haine de Dieu envers Ésaü). À l'époque de Paul, Édom et Ésaü désignent, en langage codé, l'Empire romain.

57. JE PRENDS... Citation de Ex 33,19, un récit où Dieu se manifeste dans tout son éclat à Moïse (théophanie). Après l'épisode du veau d'or (Ex 32), il s'agit d'un signe de miséricorde de la part de Dieu vis-à-vis d'un peuple qui a rompu ses engagements d'alliance (alliance qui sera par ailleurs renouvelée en Ex 34). Moïse joue, en Ex 33, le rôle d'un intercesseur entre Dieu et son peuple.

58. IL NE S'AGIT [...] DE DIEU Litt.: «Il ne s'agit ni de celui qui veut, ni de celui qui court, mais de celui qui fait miséricorde, Dieu.» Verset difficile. Trois participes sont énumérés. Les deux premiers peuvent se rapporter à l'humain et s'opposer au troisième: les événements ne dépendent ni du vouloir ni de l'agir humain, mais de Dieu. Les trois participes peuvent encore se rapporter à Dieu: Dieu n'est pas tant celui qui veut ou qui agit que celui qui fait miséricorde.

59. VOILÀ... Citation de Ex 9,16, récit de la série des dix désastres qui s'abattent sur l'Égypte lorsque celle-ci refuse de libérer les esclaves hébreux. Le texte paulinien évoque donc la sortie d'Égypte, qui est prélude à l'élection d'Israël et qui confirme la promesse faite aux patriarches.

60. PUISQUE [...] ÉCLAT Raisonnement inachevé qui peut s'appliquer soit aux Israélites idolâtres du désert, envers lesquels Dieu montre sa patience alors qu'il révèle son éclat à Moïse (9,15), soit aux Égyptiens, que Dieu supporte avant de se manifester avec éclat lors de la traversée de la mer (9,17). De plus, la phrase en suspens invite le lecteur à compléter la comparaison: «alors...»

61. J'APPELLERAI... Citation de Os 2,25 suivie par Os 2,1b, oracle de réconciliation qui s'adressait originellement à Israël mais que Paul applique ici aux nations païennes, par définition des «non-peuples». «J'appellerai» rend le verbe *kaleô*, traduit ailleurs par «convoquer».

62. QUAND... Citation de Os 2,1 insérée à l'intérieur de Is 10,22.23 (les deux oracles ayant en commun l'expression «sable de la mer»). Phrase ambiguë: jugement d'Israël en même temps qu'espoir.

63. SI LE SEIGNEUR... Citation de Is 1,9, porteuse d'espoir pour Israël.

64. SABAÔT Simple transcription de *Tseva'ôt*; le pluriel *Tseva'ôt* est le plus souvent utilisé en opposition à un nom divin, principalement *Yhwh*. Signifiant, selon les emplois, «Yhwh puissances», «Yhwh est puissance», «Yhwh des puissances», le mot a été d'abord employé dans le contexte de la guerre sainte. Avec les prophètes, il prend un sens plus large et désigne le pouvoir que Dieu exerce sur la création.

65. SEMENCE Nous traduisons habituellement *sperma* par «descendance», mais, ici, la métaphore exige que nous conservions le premier sens du mot.

66. VOICI... Citation de Is 28,16 fusionnée avec Is 8,14 (les deux oracles ont en commun le mot «rocher»). Is 28,16 étant positif envers Israël et Is 8,14 étant négatif, le résultat du travail rédactionnel de Paul est porteur d'ambivalence.

67. POUR EUX En grec, le pronom «eux» n'a aucun référent dans la phrase; le lecteur est obligé de remonter au collectif «Israël» de 9,31 pour identifier le groupe visé.

68. ZÈLE JALOUX Dédouble un même mot grec *(zélos)*. Les deux sens de «jalousie» et de «zèle» sont présents dans les chap. 10-11.

69. LA FIN DE LA LOI Le grec *telos*, comme le français «fin», a une double portée, ici non précisée: le but et le terme d'une chose.

70. L'HOMME [...] ELLE Citation de Lv 18,5 qui insiste sur la Loi comme possibilité de vie.

71. NE DIS PAS... Citation de Dt 30,12-14 où Moïse interpelle le peuple d'Israël. Or, dans le texte paulinien, le Christ remplit la même fonction que la Loi dans le texte du Deutéronome.

72. CETTE HISTOIRE-LÀ traduit *rhèma*, qui désigne une parole, une rumeur, un récit fondé sur un événement.

73. QUICONQUE... Citation de Is 28,16, reprise partielle de Rm 9,33 formant inclusion avec Rm 9,30.

74. ÉCOUTÉ Voir note 8.

75. COMME... Citation de Is 52,7. En association avec la citation de Is 53,1 au verset suivant, le lecteur est renvoyé à tout un texte du prophète Isaïe (Is 52,7 – 53,1). Chez Isaïe, l'Annonce était destinée à Israël et les nations n'y comprenaient rien. En Rm 10, l'Annonce est reçue par les nations et Israël n'y comprend rien.

76. TOUS N'ONT PAS ÉCOUTÉ L'ANNONCE Litt.: «Tous n'ont pas obéi à l'Annonce.» Jeu de mots entre le grec *akoè* (proclamation: «écoutez», ou audition: «écoute») et le mot dérivé *hypakouô* («obéir»). On retrouve ici le lien entre Annonce, foi et obéissance.

77. SUR TOUTE... Citation de Ps 19(18),5, mais sans introduction. L'ensemble du psaume insiste sur l'éclat de Dieu, sa fidélité et sa capacité à pardonner les faux pas.

78. JE VOUS MÈNERAI... Citation de Dt 32,21. Extrait du dernier discours de Moïse, où le législateur entrevoit la suite de l'histoire de l'Alliance, lorsque Israël sera entré en Canaan: l'infidélité du peuple rendra Dieu jaloux; celui-ci, pour ramener son peuple, suscitera sa jalousie en se tournant vers les nations. Derrière le refus d'Israël et l'Annonce portée aux païens, le texte entrevoit l'action d'un Dieu fidèle envers son peuple. La jalousie est le thème clé de 10,18 – 11,15.

79. J'AI ÉTÉ [...] REBELLE Citation de Is 65,1.2, qui s'adresse chez le prophète à Israël, dans la même ligne que Dt 32. Or Paul applique le v. 1 aux nations païennes (Rm 10,20) et le v. 2 à Israël (Rm 10,21).

80. SEIGNEUR... Citation de 1 R 19,10, au cœur du récit où le prophète Élie, fuyant la colère de Jézabel, se réfugie dans le désert, à l'Horev. Là, après avoir clamé son zèle jaloux de Dieu (1 R 19,10, non cité) et son désespoir (1 R 19,10), il assiste à une manifestation de Dieu (théophanie).

81. JE ME SUIS... Citation de 1 R 19,18, qui est la réponse ironique au désespoir d'Élie, dans le même récit. Malgré la tourmente, il demeure sept mille fidèles. Or, un peu plus loin,

en 1 R 20,15, l'armée d'Achab qui comprend tous les guerriers d'Israël compte... sept mille hommes. Le reste s'identifie avec la totalité d'Israël.

82. DIEU LEUR... Fusion de deux citations, Dt 29,3 et Is 29,10. Dans son contexte, Dt 29,3 est une invitation à contempler la Terre promise et à devenir conscient du don de Dieu, à voir. Mais en Rm 11,8, rapproché de Is 29,10, qui mentionne l'esprit de torpeur d'Israël, Dt 29,3 voit sa portée inversée, comme si la phrase s'adressait à un peuple qui demeure au désert et refuse d'entrer en Terre promise, à Israël qui refuse d'entendre l'Annonce et de voir.

83. QUE LEUR TABLE... Citation de Ps 69(68), 23.24, qui est une imprécation contre les ennemis d'Israël. Or l'argumentation de Rm retourne l'imprécation contre Israël.

84. FAUX PAS traduit *paraptôma*. Le mot relève d'abord du vocabulaire sportif mais a aussi une connotation religieuse (comme au chap. 5, où nous l'avons traduit par «faute»).

85. JUSQU'À CE QUE SOIT ENTRÉE DANS LA FIDÉLITÉ Litt.: «jusqu'à ce que soit entrée». Le verbe grec *(eiserchomai)* implique un mouvement. Bien que «fidélité» *(pistis)* ne soit pas dans le texte, le sous-entendre donne une cohérence au verset, en lien avec la dynamique de la foi (voir Rm 1,17).

86. VIENDRA... Citation qui fusionne Is 59,20.21 et Is 27,9, oracles prophétiques qui proposent un scénario apocalyptique pour la restauration d'Israël: après que celui-ci aura fait pénitence, le Seigneur s'élancera de Jérusalem pour conquérir les nations; par un mouvement inverse, celles-ci entreront à Jérusalem pour reconnaître la suzeraineté d'Israël. Or, le scénario paulinien, tout en renvoyant à celui d'Isaïe, diverge sur trois points: les païens ne sont pas châtiés, ils sont sauvés avant Israël, et celui-ci tarde à faire pénitence. Encore une fois, l'argumentation paulinienne renverse la logique du texte scripturaire qu'il cite.

87. JE VOUS [...] PARFAITE Là où l'injustice transformait l'homme en un monstre sans visage (voir 3,11-18), les chrétiens retrouvent un corps noble, dans leur personne et dans leur communauté. Remplis du Souffle (chap. 8), ceux qui adhèrent au Christ sont capables de discerner l'action appropriée.

88. PERSONNES Litt.: «corps» *(sôma)*. Utilisé aussi en 12,4.5 pour désigner la communauté, le corps du Christ.

89. PENSEZ JUSTE ASSEZ POUR PENSER SAGEMENT Jeu de mots autour du verbe *phroneô* («penser, faire des plans», d'où: «se comporter»), que l'on retrouvera en 12,16, formant ainsi une inclusion.

90. AYEZ ENTRE VOUS UN COMPORTEMENT ÉGAL, UNE MÊME PENSÉE L'unique verbe *phroneô*, dans cette expression, signifie tout à la fois la communion de pensée et une attitude exempte de discrimination. Voir 12,3.

91. À MOI... Citation de Dt 32,35, un chapitre déjà cité en Rm 10,19.

92. SE SOUMETTE... Jeu de mots intraduisible, car derrière les mots «soumettre», «établies», «dresse», «ordre instauré» se profile la même racine verbale grecque, *tassô*.

93. TU NE COMMETTRAS [...] CONVOITERAS PAS Citation de Dt 5,17-19.21 et de Ex 20,13-15.17 (décalogue).

94. TU AIMERAS... Citation de Lv 19,18 (règle d'or).

95. FAIRE RÉVEILLER Le verbe *egeirô* désigne aussi la résurrection (faire lever quelqu'un de son sommeil).

96. NOUS SOMMES ENTRÉS DANS LA FIDÉLITÉ Variante pour le verbe «croire» *(pisteuô)*. Adhérer au Christ, c'est s'inscrire dans le sillage même de sa fidélité.

97. NOUS COMPARAÎTRONS Litt.: «se tenir debout». Il y a un jeu de mots difficilement traduisible avec 14,4, à partir de la même racine grecque *(histèmi)* : «il tient bon... il tiendra car le Seigneur a le pouvoir de le faire tenir... car il se tiendra debout au tribunal». Or, au verset suivant, il sera ironiquement question de ployer le genou.

98. JE VIS... Citation de Is 45,23, un serment qui prend ici une portée universaliste. La citation est à mi-chemin de l'argumentation de Rm 14,1 - 15,6.

99. LES INSULTES... Citation de Ps 69,10, un appel à l'aide que le juste oppressé et opprimé par ses ennemis lance vers Dieu. Pour la première fois depuis Rm 1,17, la citation peut s'appliquer directement au Christ.

100. POUR CONFIRMER [...] PÈRES Dans la structure des v. 8.9, cette phrase infinitive se rattache autant à ce qui précède qu'à ce qui suit, rendant la traduction difficile : si les promesses sont confirmées (voir 4,16), c'est parce que, dans un premier temps, le Christ a été serviteur de la circoncision, mais aussi parce que, dans un second temps, les nations non juives ont été l'objet (de par la fidélité du Christ) de la miséricorde de Dieu.

101. C'EST POURQUOI... Citation de Ps 18,50, action de grâces de David, que le Seigneur a délivré de Saül. Cette citation et les trois qui suivent ont en commun le mot « nations ».

102. NATIONS... Citation de Dt 32,43, chapitre déjà évoqué en Rm 10,19 et 12,19.

103. LE PEUPLE DU SEIGNEUR Litt. : « son peuple ».

104. VOUS TOUTES... Citation de Ps 117,1 — qui ne comprend que deux versets ! Le v. 2 (non cité) évoque la miséricorde et la vérité du Seigneur, nommées en ordre inverse en Rm 15,8.9.

105. VIENDRA... Citation de Is 11,10, tirée d'un chapitre qui décrit les qualités du messie, le caractère idyllique des temps messianiques, la restauration d'Israël et sa victoire sur les nations.

106. CONSACRANT À prendre au sens propre de « rendre sacré ». Le vocabulaire de ce verset est d'ailleurs cultuel : « servir », « consacrer », « offrande », « sanctifier ».

107. CEUX À QUI... Citation de Is 52,15, texte déjà évoqué en 10,15.16. Il s'agit de la dernière citation de Rm.

108. ASSEMBLÉE Quand ils rencontrent l'hébreu *qahal*, désignant l'assemblée du peuple convoquée en vue d'une action quelconque, les traducteurs de la Septante utilisent les termes *ekklèsia* et *synagôgè*. Dans le monde grec, *synagôgè*, c'est tout le peuple. Dans la Nouvelle Alliance, le terme désignera toujours, à part l'exception de Jc 2,2, une assemblée juive. *Ekklèsia*, en revanche, aura une double signification : assemblée des citoyens libres dans le monde grec, le terme désignera pour la Nouvelle Alliance tant l'ensemble de l'Église que telle communauté chrétienne particulière qui en est la manifestation locale. La pré-

sente traduction rend *synagôgè* par «assemblée» ou «synagogue», et *ekklèsia* par «assemblée», «église».

109. QUI SE FATIGUENT... QUI A TRAVAILLÉ Ces expressions traduisent le même verbe *(kopiaô)*.

110. À CELUI [...] AMEN Hymne conclusif que certains attribuent à l'éditeur final de la Lettre aux Romains.

## 1 CORINTHIENS

1. ENVOYÉ Ici, Paul se considère envoyé en mission non par une communauté — celle d'Antioche — mais par le Christ lui-même, dont il atteste la résurrection (voir 9,1). Voir Rm, note 2.

2. SOSTHÈNE Peut-être un collaborateur de Paul à Éphèse, qui lui sert de secrétaire, certainement connu des Corinthiens. Il n'a rien à voir avec le chef de la synagogue qui, à Corinthe, porte le même nom (voir Ac 18,17).

3. ASSEMBLÉE Ici, il s'agit du peuple convoqué par Dieu à Corinthe et le mot est d'habitude traduit par «Église». Les membres sont des «saints» car cet appel les met à part pour servir Dieu. Voir aussi Rm, note 108.

4. FAVEUR Le verbe hébraïque *hânan* signifie «se montrer favorable»; quant à *hèn*, c'est d'abord la grâce, au sens de ce qui attire dans la beauté, puis la faveur qu'accorde un supérieur à son subordonné. La Septante, pour traduire *hèn*, a surtout utilisé *charis*. Le verbe *chaïrô* veut dire «se réjouir»; la *chara*, c'est la joie, le plaisir qui se partage; la *charis*, c'est ce qui réjouit ou charme — la faveur d'un gouvernant, la sympathie, la gentillesse.

5. SON APPEL VOUS A FAIT PARTICIPER À SON FILS JÉSUS Litt.: «par qui vous fûtes appelés à la participation (ou à la communion) de son fils». Les croyants ont part au Christ, car ils sont membres de son corps.

6. CEUX DE CHLOÉ Une hypothèse voit en eux les employés d'une femme d'affaires commerçant entre Corinthe et Éphèse — elle ne paraît pas appartenir à la communauté chrétienne

de l'une ou l'autre de ces villes. Alors que Paul séjourne à Éphèse, c'est par eux que des rumeurs lui parviennent concernant les difficultés rencontrées par l'Assemblée de Corinthe.

7. CÉPHAS (Pierre) est connu des Corinthiens (voir 9,5), mais est-il venu à Corinthe ? Apollos, pour sa part, y a séjourné pendant que Paul était à Éphèse (Ac 19,1). Paul parle de lui dans sa lettre à plusieurs reprises (3,4-6.22 ; 4,6 ; 16,12). Selon Ac 18,24, ce chrétien d'origine juive, né à Alexandrie, « était un homme savant, versé dans les Écritures ».

8. IMMERGÉS PAR LE BAPTÊME Le verbe *baptô* signifie « tremper ». Sa forme intensive *baptirô* signifie « immerger, (se) plonger, couler, se noyer ».

9. ANNONCE Voir Rm, note 3.

10. SAGESSE... Paul recourt ici à une citation de Is 29,14.

11. CRI Le mot grec *kèrygma* (qui peut être transcrit par « kérygme » en français) désigne la « proclamation » officielle faite par le crieur public, le héraut.

12. LES AUTRES Le mot grec *ethnè* et sa traduction latine *gentiles* (les « gentils », selon la transcription française, peu compréhensible de nos jours) sont souvent rendus par « païens, nations païennes », pour que soit traduit le caractère souvent péjoratif du mot hébreu *gôyim*, qui est sous-jacent. Il s'agit des peuples qui ne sont pas juifs. Voir aussi Rm, note 7.

13. HUMAINEMENT Litt. : « selon la chair » ; c'est-à-dire que « du point de vue humain » — et de celui du sociologue... —, la communauté chrétienne de Corinthe a peu recruté dans les milieux cultivés, parmi les possédants et dans les familles qui ont un nom.

14. L'IMPORTANCE DE... Paul condense ici les v. 22 et 23 de Jr 9 : « Que le sage ne se félicite pas d'être sage, que le fort ne se félicite pas de sa force, que le riche ne se félicite pas d'être riche, mais qu'il se félicite, celui qui me comprend et me reconnaît, parce que je suis Yhwh qui donne l'amour, la justice et le droit sur la terre, c'est cela qui me plaît. »

15. MYSTÈRE La façon dont le projet divin se réalise historiquement avec Jésus Christ crucifié n'apparaît pas explicitement annoncé par l'Ancien Testament.

16. SOUFFLE Voir Rm, note 5.

17. VOUS VOUS EN REMETTIEZ À Le substantif *pistis*, utilisé ici, et le verbe *pisteuô* désignent le fait de s'en remettre totalement à quelqu'un d'autre, de se fier à lui. On traduit habituellement par « foi » et « croire ».

18. ADULTES Litt. : les « parfaits », les hommes faits, c'est-à-dire ici les chrétiens parvenus à maturité, distingués des « tout petits enfants selon Christ » (3,1).

19. DOMINATIONS DE CE TEMPS Ce sont les puissances astrales mauvaises (avec leurs « messagers ») auxquelles était assujetti ce monde-ci. L'action du Christ ressuscité réduit à rien leur influence — elles sont « désactivées », à l'abandon —, les détruit (voir 15,24).

20. RAYONNEMENT Dans la très grande majorité des cas, on a traduit *doxa* par « gloire, éclat, splendeur, rayonnement », reprenant toute la richesse de sens de l'hébreu *kavôd*. La *kavôd* désigne la « pesanteur » au sens physique et au sens social. Celui qui a du poids dans un milieu reçoit son dû en respect, réputation et honneurs. Particulièrement Dieu, dont la puissance se manifeste en rayonnement éclatant.

21. L'ŒIL... La citation est un montage de textes divers — Is 64,3 ; Jr 3,16 ; et un ouvrage non canonique, l'*Apocalypse d'Élie* —, certainement antérieur à Paul, et destiné à dire la félicité des élus dans le monde à venir.

22. ÊTRE ANIMÉ... ÊTRE INSPIRÉ Paul oppose ici « l'humain psychique » à « l'humain pneumatique, spirituel ». Le premier est l'homme laissé à ses seules forces naturelles, considéré dans sa seule existence physique, animée. Le second est celui qui est mû, inspiré par le Souffle même du Christ ressuscité. Voir aussi 15,44-46.

23. LES INTELLIGENCES... Citation de Is 40,13 d'après la Septante.

24. COMME À TRAVERS LE FEU L'image signifie ici que ce croyant est sauvé de justesse, comme on échappe à un incendie en traversant les flammes. Depuis Origène (IIIe s.), la tradition catholique a vu dans ce verset une attestation scripturaire de la doctrine du purgatoire.

25. IL EST BIEN ÉCRIT... Paul s'exprime ici au moyen de deux citations: Ps 93,11 et Jb 5,12.13 (d'après la Septante).

26. RIEN AU-DELÀ DE CE QUI EST ÉCRIT Cette phrase est bien difficile à interpréter. Serait-ce quelque proverbe invitant à rester dans la légalité? Mais quel sens prendrait-il dans le contexte? Certains exégètes préfèrent y voir quelques mots ajoutés par un copiste, indiquant que la négation a été écrite au-dessus du texte; ils omettent alors la phrase ou la mettent entre parenthèses.

27. EXHIBÉS... À LA MISE À MORT L'image est celle des gladiateurs dans l'arène, non celle de condamnés en justice.

28. NON-JUIFS traduit le grec *ethnè*. Voir note 12.

29. LA FEMME DE SON PROPRE PÈRE La rumeur a rapporté à Paul un genre d'inceste prohibé tant par la loi mosaïque (voir Lv 18,8) que par la loi romaine: en raison du respect dû au père, même après sa mort un homme ne peut épouser sa marâtre.

30. AU NOM DE NOTRE SEIGNEUR JÉSUS Certains relient cette expression à la suite du v. 4. Il paraît meilleur de la rattacher à ce qui précède: elle dévoile alors la justification christologique donnée par certains chrétiens de Corinthe à leur émancipation morale: c'est «au nom du Seigneur Jésus», au nom d'une liberté mal comprise, qu'avait agi l'incestueux.

31. ADVERSAIRE traduit *satanas*. Paul décrit un rite d'excommunication: l'incestueux doit être exclu de l'Église (voir déjà le v. 2) et retourner dans le monde qui est sous l'influence des forces du mal. Destiné d'abord à protéger la communauté, ce rite vise aussi la repentance du coupable. Voir aussi Ep, note 31.

32. OUI... Paul cite ici Gn 2,24 selon la version grecque.

33. FAUTE *Hamartia*, mot traditionnellement rendu par «péché» en français, est la traduction grecque de trois racines hébraïques. La première, *ht'*, a le sens de «rater sa cible, se tromper, faillir». Elle dit la conduite de l'insensé, conduite se traduisant par des gestes antisociaux ou des violations des normes de conduite édictées par Dieu, dans un mécanisme implacable d'autodestruction. La deuxième racine, *'wh*, a le sens de «tordre, courber, errer»; elle dit la transgression, tor-

sion de l'existence humaine, qui la détourne de son sens et y introduit, elle aussi, une semence de destruction. Quant à la troisième racine, *psh'*, elle signifie «se rebeller» traduisant un geste d'opposition aux normes établies, qui conduit au malheur.

34. MAIS IL Y A SA FEMME L'affirmation posée dans la seconde partie du v. 4 est une innovation considérable pour l'Antiquité. Les devoirs ne sont pas d'un seul côté.

35. PROFITES-EN Paul, suivant la traduction ici adoptée, introduit une exception dans le principe énoncé au v. 17 (rester dans l'état où l'on se trouve lorsque l'on devient croyant); c'est que l'esclave n'est pas libre de refuser l'affranchissement. D'autres exégètes comprennent à l'inverse: «Même si tu peux devenir libre, profite plutôt de [ta condition d'esclave]» (Osty).

36. ACHETÉS POUR UN PRIX Reprise de la métaphore utilisée en 6,20.

37. LE TEMPS EST COMPACTÉ En grec, l'image est celle du marin qui a cargué ses voiles: le temps propice au salut est désormais bref.

38. L'UN Paul paraphrase la profession de foi de la prière juive du *Shema'*: «Écoute, Israël! le Seigneur notre Dieu est le Seigneur Un» (Dt 6,4).

39. NE NOUS RAPPROCHERA PAS DE DIEU Avec certains manuscrits, d'autres traduisent à l'inverse: «ne nous fera pas comparaître en jugement devant Dieu». Mêmes problèmes dans la fin du v. 8. Mais ici et là, c'est toujours la même idée qui est soulignée: la nourriture n'a rien à voir avec la relation à Dieu.

40. UNE FEMME, SŒUR Paul aurait le droit de prendre une «sœur», c'est-à-dire une croyante, pour épouse, comme le font les autres envoyés.

41. TU NE MUSELLERAS... Citation de Dt 25,4.

42. CEUX QUI SONT SANS LOI Les non-juifs qui n'obéissent pas à la loi divine transmise par Moïse.

43. ILS FURENT... Citation de Nb 14,16.

44. DES TYPES Le mot grec *typos* signifie «modèle». Paul commence (v. 1-5) par prendre le modèle des ancêtres israélites lors de l'exode; «tous ont été immergés dans la nuée et dans la

mer» (voir Ex 14,19-22) — leur délivrance d'Égypte commença par une sorte de baptême —, et tous mangèrent et burent (Ex 17,1-7; Nb 20,2-13) — cela préfigure les deux sacrements qui façonnent les chrétiens, le baptême et l'eucharistie. Le récit dit bien qu'Israël passa «à pied sec», mais ce détail n'empêche pas Paul de fondre sa typologie sur l'Exode.

45. IL EST ÉCRIT... La citation est extraite du récit sur le veau d'or (Ex 32,6). Puis les v. 8-10 font successivement allusion à l'idolâtrie ainsi qu'à la débauche d'Israël au sanctuaire de Baal-Peor (Nb 25,1-9), aux serpents brûlants qui font périr les Israélites ayant mis Dieu à l'épreuve (Nb 21,5.6) et au fléau frappant les contestataires (Nb 17,6-15). Pour nommer ce fléau, Paul emprunte à Ex 12,23 la figure de l'Exterminateur, exécuteur des hautes œuvres.

46. OUI LA TERRE... L'affirmation de Ps 24(23),1 selon la Septante est utilisée par Paul pour abolir la distinction apportée par la Loi entre nourriture pure et nourriture impure.

47. L'HOMME [...] ANGES Les v. 8-10 sont parsemés d'allusions à Gn 1,23.26-28; 2,18-24.

48. UN SIGNE D'AUTORITÉ Il s'agit ici de l'autorité de la femme, et non de celle que le mari exerce sur sa femme. Cette dernière lecture est la bonne. Du port du voile découle pour la femme un pouvoir d'agir: elle prie et prophétise à haute voix dans le culte (11,5).

49. REÇU... TRANSMIS Ce vocabulaire technique de la tradition provient des rabbins. Voir encore 11,2; 15,3.

50. CECI... Les paroles du Seigneur bénissant le pain et la coupe sont à rapprocher de ce qu'on lit en Lc 22,19.20.

51. DISTINGUÉ LE CORPS Le corps eucharistique et le corps de l'Assemblée sont indissociables. Qui mange et boit en méprisant les pauvres de la communauté brise la communion du groupe assemblé pour le repas; il ne sait pas reconnaître que l'Assemblée est aussi le corps *(sôma)*. Voir aussi Ph, note 8.

52. SE SONT ENDORMIS «Bon nombre sont morts — ce qui ne signifie pas pour autant que notre jugement comme leur jugement soient définitivement scellés. Paul part d'une situation déplorable et de réalités objectives, la maladie et la mort, pour

mieux dire le comportement à avoir en la circonstance et donner un avertissement» (Charles Perrot).

53. EXPÉRIENCES SPIRITUELLES Paul oppose l'expérience antérieure des Corinthiens, lorsqu'ils étaient idolâtres, et leurs actuelles «expériences spirituelles», dues au Souffle de Dieu. Le mot (en grec *pneumatica*, voir encore 14,1) désigne ici des manifestations spectaculaires du Souffle: la prophétie et le parler en langues. Le terme «dons» (en grec *charismata*, utilisé en 12,4.9.28.30.31, d'où la transcription «charismes») recouvre une réalité bien plus vaste; une première liste en est donnée en 12,8-10. Paul refuse que les Corinthiens réduisent ces multiples «dons» aux deux seules «expériences spirituelles» dont ils sont friands.

54. DISCERNEMENTS DES SOUFFLES Cela est à éclairer par 14,29.32. Paul passe aisément du Souffle divin au souffle du prophète.

55. SI LE PIED... Paul reprend l'apologue, bien connu dans l'Antiquité, manifestant la solidarité des membres du corps. Un exemple en est donné par Tite-Live, qui place une «fable» semblable sur les lèvres de Menenius Agrippa: par là ce dernier persuade la plèbe romaine, qui s'était retirée sur le mont Aventin, de rejoindre les patriciens pour que vive la cité (II, 32).

56. CEUX QUE DIEU... Cette seconde liste de dons reprend en partie celle des v. 8-10. Elle mentionne d'abord trois fonctions majeures dans la communauté, soigneusement hiérarchisées. Puis elle nomme d'autres dons, dont les bénéficiaires ne portent pas encore de titres. À comparer avec la liste fournie en Rm 12,5-8.

57. ET DIVERSES LANGUES Ce don (voir déjà v. 10) est placé par Paul en fin de liste. Le «parler en langues» (glossolalie), qui n'est pas le parler dans une langue étrangère, est un langage inarticulé nécessitant un interprète pour faire sens (voir 14,5).

58. ESPOIR Le français rend le verbe grec *elpizô* par «espérer», et le substantif *elpis* par deux termes: «espoir» et «espérance». Nous avons choisi le premier même si la tradition théologique a préféré le second.

59. AMOUR Le terme grec *agapè* a été traduit dans la Vulgate latine par le terme *caritas*, lequel a donné en français

« charité ». C'est pourquoi les traductions anciennes rendent ainsi ce verset paulinien : « la foi, l'espérance et la charité ».

60. BARBARE Pour le Grec, le barbare est celui qui ne parle pas le grec et donc avec lequel on ne peut communiquer.

61. ADULTES Voir note 18.

62. JE PARLERAI... La citation est tirée non de la Loi au sens strict, mais de Is 28,11.12. La comparaison entre parler en langues et parler en langues étrangères porte sur l'intelligibilité de chacun et la nécessité de passer par des interprètes.

63. LES AUTRES Dans ce verset difficile à interpréter, l'expression « les incroyants » est ici rendue par « les autres ».

64. OUI, C'EST VRAI... Reprise de Is 45,14.

65. QUE LES FEMMES SE TAISENT Plusieurs arguments littéraires incitent aujourd'hui les biblistes à voir dans ces deux versets une interpolation postérieure contredisant l'enseignement de Paul, pour qui les femmes prient et prophétisent publiquement dans l'Assemblée (voir 11,2-16).

66. TRANSMIS... REÇU Voir note 49.

67. CHRIST [...] ENVOYÉS Paul cite substantiellement une profession de foi de l'Assemblée d'Antioche antérieure à l'an 40.

68. IL EST ÉVEILLÉ La formule de foi traditionnelle vise l'événement unique du matin de Pâques : « le Christ fut éveillé par Dieu ». Paul modifie le temps du verbe pour signifier l'actualité de cet événement : Christ a été réveillé et est aujourd'hui toujours vivant.

69. J'AI PERSÉCUTÉ Voir Ac 9,1-30 ; Ga 1,12-15.

70. NE SERONT PAS RELEVÉS Voir Rm, note 47.

71. ADAM... CHRIST Ici, comme dans les v. 45-49, le premier homme et l'homme nouveau (le Christ) seront chacun à la tête d'une humanité. En raison de leur lien au premier, tous les humains meurent. En raison de leur lien au second, les chrétiens recevront la vie.

72. QUAND IL VIENDRA Dans le grec hellénistique, le mot *parousia* désigne l'entrée solennelle du souverain dans une ville.

73. POUVOIRS, AUTORITÉS, PUISSANCES Comme en

2,6 il s'agit des puissances cosmiques mauvaises qui assujettissent l'humanité issue d'Adam.

74. PLACER... Le geste du Christ durant son règne céleste est exprimé par une citation de Ps 110(109),1.

75. OUI... Citation de Ps 8,7.

76. BAPTÊME POUR LES MORTS Les v. 29-32 contiennent des arguments *ad hominem* pour le relèvement des morts. Paul fait flèche de tout bois... Ici certains Corinthiens recevraient le rite baptismal à la place de gens décédés. Outre qu'on ne trouve aucune trace d'une telle pratique ni dans le Nouveau Testament ni dans le christianisme des premiers siècles, on se demande comment Paul n'aurait rien trouvé à dire contre une conception magique du sacrement, allant notamment à l'encontre de la doctrine de la justification par la foi!

77. CONTRE DES FAUVES Paul ne laisse entendre nulle part ailleurs qu'il se serait trouvé dans l'arène du cirque (voir 2 Co 11,23-33). Il utilise là une image connue de la littérature hellénistique. Ac 19,23-40 narre comment Paul eut à lutter à Éphèse.

78. ALORS... Citation de Is 22,13.

79. LES MAUVAISES... Citation d'un vers de *Thaïs*, comédie du Grec Ménandre.

80. DIRA QUELQU'UN Après avoir traité de la réalité du relèvement des morts, Paul, dans une seconde partie, aborde le «comment». Le genre littéraire de la discussion, telle qu'elle est pratiquée dans les écoles philosophiques, est encore largement présent. Les questions posées au v. 35 se retrouvent, en judaïsme, dans l'*Apocalypse syriaque de Baruch* 49-51 (vers l'an 100). Ce sont là les deux premiers «exposés» importants sur les corps éveillés d'entre les morts.

81. SANS MOURIR D'ABORD Les Corinthiens s'imaginent que, baptisés et croyants, ils ont déjà bénéficié du relèvement... D'une certaine façon, c'est leur propre mort à venir qu'ils ne veulent pas voir en face! C'est pourquoi Paul a rappelé dès le v. 3 que «Christ mourut».

82. AUTRE... DIFFÉRENT La biologie et la cosmologie de Paul n'ont rien à voir avec les nôtres... Elles servent d'exemples

pour souligner la différence entre le cadavre que l'on dépose en terre et le corps nouveau que Dieu donne lors du relèvement (v. 42-44).

83. CORPS ANIMÉ... CORPS INSPIRÉ Voir note 22. Il est frappant que, pour dire la totale nouveauté du corps relevé mû par le Souffle, Paul en vienne ainsi à faire « craquer » le langage !

84. LE PREMIER... Citation de Gn 2,7.

85. NON PAS D'ABORD... Certaines spéculations juives estimaient que l'homme parfait avait été fabriqué en premier (Gn 1) et « mis en réserve », puis qu'avait été façonné ensuite l'homme animé (Gn 2). Paul corrige : l'être animé est celui dont parle Gn 1 et 2 ; l'être mû par le Souffle est le Christ ressuscité.

86. ENDOSSER Pour cette image du vêtement, voir 2 Co 5,2 et note 24.

87. PAROLE ÉCRITE Elle est faite de deux citations : Is 25,8 et Os 13,14.

88. SAINTS Le titre désigne ici la communauté de Jérusalem. Pour cette collecte à laquelle Paul tient si fort, voir aussi Rm 15,25-31 ; 2 Co 8-9 ; Ga 2,10.

89. ASIE Le terme désigne Éphèse et sa province, comme l'Achaïe (au v. 15) désignait Corinthe et sa province.

90. AQUILAS ET PRISCA Sur ce couple fort actif auprès de Paul, voir Ac 18,2.18.26 et Rm 16,3-5.

91. MA MAIN Paul signe lui-même les derniers mots de la lettre qu'il a dictée.

92. VOUÉ À LA DESTRUCTION En 12,3, nous avions repris le terme grec : « anathème » ; ici, nous le traduisons.

93. MARANA THA Paul garde la formule liturgique araméenne, alors que Ap 22,20 la transpose en grec : « Viens Seigneur [Jésus] ».

# 2 CORINTHIENS

1. ENVOYÉ Voir 1 Co, note 1 et Rm, note 2.

2. TIMOTHÉE Rencontré par Paul à Lystra, au début de la grande mission, il fut circoncis car sa mère était une juive devenue chrétienne, puis il s'embarqua dans l'aventure missionnaire (Ac 16,1-3). Avec Silas, il a participé aux débuts de l'Assemblée de Corinthe (Ac 18,5).

3. NOTRE TOURMENT EN ASIE La province romaine d'Asie occupe tout l'ouest de l'Asie Mineure. Il est possible que Paul fasse allusion à un emprisonnement subi à Éphèse, capitale de cette province.

4. SAGESSE ORDINAIRE Litt.: «sagesse charnelle». L'adjectif a une valeur péjorative. Paul parle ainsi d'une telle sagesse en la qualifiant de «sagesse de ce monde qui est folie pour Dieu» (1 Co 3,19).

5. JOUR DE NOTRE SEIGNEUR JÉSUS Le jour final du jugement ultime (eschatologique), où se produira la «venue», la «parousie» du Seigneur Jésus.

6. CRIÉ Voir 1 Co, note 11.

7. SILVAIN est la forme latine du nom araméen *Silas*. Ce «prophète» chrétien de l'Église de Jérusalem (Ac 15,22-32) fut le compagnon de Paul lors du grand voyage missionnaire (Ac 15,40 – 17,10). Il a participé, avec Timothée, aux débuts de l'Assemblée de Corinthe (Ac 18,5).

8. AMEN La Nouvelle Alliance et la liturgie ont gardé, de l'hébreu, le mot *amen*. Appliqué à une chose, il dit qu'elle dure; à une personne, qu'elle est fiable et fidèle. Sous forme verbale, la racine signifie «faire, avoir confiance». À la fin d'une prière, *amen* invite à proclamer qu'en toute confiance on en fait sien le contenu. La racine grecque *pist-* a fondamentalement le même sens. Dans la Septante, elle renvoie, en plus, à une notion d'obéissance. Dans la présente traduction, pour rendre compte du grec et de l'hébreu sous-jacent, les termes utilisés pour traduire les mots issus de *pist-* couvrent un large éventail: «placer

sa confiance en, s'en remettre à, se fier à, croire, être fidèle, confiance, foi, fidélité».

9. DONNÉ L'ONCTION Le verbe grec ici utilisé est celui-là même qui a donné *christos*, «celui qui a reçu l'onction».

10. MARQUÉS D'UN SCEAU ET DONNÉ LES ARRHES Ces métaphores s'entendent du don du Souffle divin, reçu lorsque le croyant est agrégé à la communauté par le baptême. Ce Souffle représente les arrhes de la vie éternelle (voir 5,1-5).

11. UNE PORTE ME FUT OUVERTE Paul use deux fois de la même métaphore pour dire qu'une opportunité missionnaire s'est présentée à lui à Éphèse (1 Co 16,9) et à Troas, un port au nord-ouest de l'Asie Mineure (à une quinzaine de kilomètres de la Troie mise en scène par l'*Iliade*).

12. TABLETTES DE PIERRE Allusion aux tablettes de pierre sur lesquelles fut gravée la Loi, lors de l'alliance au Sinaï (Ex 24,12; Dt 9,10.11).

13. CŒURS HUMAINS Litt.: «cœurs de chair», expression tirée de Ez 36,26, où le prophète les oppose aux «cœurs de pierre». Paul fait en même temps référence à Jr 31,33 qui porte: «J'écrirai mes lois au fond de leur cœur»; par ce geste, Dieu conclura une «nouvelle alliance» (Jr 31,31) — expression reprise par Paul en 3,6.

14. ÉCLAT Dans les v. 7-11, Paul utilise ce mot clé pour établir que le service de la nouvelle Alliance est supérieur à celui de l'ancienne. Pour cela, il commence par faire allusion à Ex 34,29-30; puis il interprète que cet éclat du visage de Moïse était «désactivé», condamné à s'éteindre.

15. UN VOILE SUR SON VISAGE Paul prend en Ex 34,35 un trait du récit qu'il n'avait pas exploité ci-dessus: «Moïse se voilait la face»; et il l'interprète négativement: ce geste était destiné à ce que les Israélites ne voient pas la fin de cet éclat qui était «désactivé, vide».

16. LA LECTURE DE L'ANCIENNE ALLIANCE... MOÏSE EST LU Allusion à la lecture, faite à la synagogue, de la Tora, des cinq livres de la Loi transmise par Moïse.

17. ELLE EST DÉSACTIVÉE Le voile de Moïse est utilisé ici comme une métaphore de l'incapacité des juifs à percevoir

la splendeur de l'Évangile. Selon certaines traductions, c'est ce voile de l'incompréhension qui «est désactivé» et disparaît, lorsqu'on lit l'Écriture à la lumière du Christ. Notre traduction comprend que c'est l'ancienne Alliance : en effet, en Christ, la Loi est «désactivée» en tant que chemin menant au salut.

18. ON SE TOURNE VERS LE SEIGNEUR Certains comprennent le v. 16 comme une citation stricte de Ex 34,34 : «chaque fois que [Moïse] se tourne vers le Seigneur [Dieu]...» Nous y voyons une actualisation du texte de Ex 34,34.

19. ANNONCE Voir Rm, note 3.

20. CE TEMPS «Ce monde-ci» ou «ce temps-ci», actuel, s'oppose à «ce monde-là», «ce temps-là», à venir. Cette façon tranchée de parler des réalités eschatologiques provient de l'apocalyptique juive. En 1 Co 2,6, Paul mentionnait «les dominations de ce temps-ci» (voir note sur ce passage). Ici, il parle de Dieu ; cela a le même sens.

21. DE LA TÉNÈBRE... La citation qui suit semble mêler Gn 1,3 avec Is 9,1.

22. J'AI EU CONFIANCE... Citation de Ps 115,1a selon la Septante.

23. TENTE Ce terme désigne métaphoriquement le corps dans la littérature grecque ; on trouve le même usage en Sg 9,15.

24. PASSER SUR NOUS De l'image de la maison, on passe à celle du vêtement. Au v. 4, il semble que Paul désire endosser son corps nouveau par-dessus son corps actuel (voir aussi 1 Co 15,53.54).

25. ON NE NOUS RETROUVE PAS TOUT NUS Cette phrase, que les manuscrits grecs offrent avec des variantes et qui est diversement interprétée, vise le Jugement final. Certains comprennent «si toutefois nous devons être trouvés vêtus et non pas nus» (J. Murphy O'Connor dans *Nouvelle Bible de Jérusalem*).

26. DEVANT LA TRIBUNE DU CHRIST Lors du Jugement final.

27. ÊTRE UNE ÉVIDENCE Traduction usuelle «être à découvert».

28. QU'UN MOURÛT POUR TOUS Paul cite la confession de foi traditionnelle «Le Christ mourut pour nous» (voir

Rm 5,8), en substituant comme bénéficiaires «tous les humains» et comme sujet «Un». Le Christ est l'unique dont la mort procure le salut à tous. Second Adam, il est chef d'une nouvelle humanité (voir 1 Co 15,22).

29. À LA MANIÈRE HUMAINE Litt.: «selon la chair». L'expression ne se réfère pas ici au «Christ» — cela désignerait alors le Christ dans sa dimension humaine —, mais au verbe «considérons». La connaissance «à la manière humaine» n'est pas illuminée par la mort et la résurrection du Christ.

30. C'EST [...] PERSONNE Citation non de l'Écriture sainte, mais d'une formule de foi que Paul reçoit de la tradition chrétienne.

31. QUAND CE FUT... Citation de Is 49,8a selon la Bible grecque des Septante.

32. POUR ATTAQUER ET POUR SE DÉFENDRE Litt.: «celles de droite et celles de gauche». On tient de la main droite les armes offensives, de la gauche le bouclier.

33. CE N'EST PAS [...] PASSIONS Litt.: «Vous n'êtes pas à l'étroit en nous, mais vous êtes à l'étroit dans vos entrailles.» Les entrailles sont le siège des affections tant dans la Bible que dans la littérature grecque.

34. NE FAITES... On s'interroge sur l'origine du développement offert par 6,14 – 7,1 et sur son emplacement dans la lettre. D'une part, ces versets coupent curieusement l'invitation à se réconcilier avec lui adressée par Paul à ses lecteurs en 6,11-13, puis en 7,2.3. D'autre part, on note l'étroite affinité de ces versets avec les textes de Qoumrân. Certains font l'hypothèse d'un texte non paulinien recopié ici par Paul, voire d'une interpolation postérieure.

35. BÉLIAR Orthographié aussi «Bélial», qui signifie en hébreu «Vaut-rien». Nom porté par l'Adversaire principal de Dieu et des «fils de lumière» dans *Le Rouleau de la Guerre* découvert à Qoumrân.

36. COMME L'A DIT DIEU... Deux longues citations composites à partir de la Septante. La première mêle Lv 26,11.12 et Ez 37,27. Celle des v. 17.18 mêle d'abord (au v. 17) Is 52,11; Jr 51,45 et Ez 20,34.41, puis adapte 2 R(= 2 S) 7,14 et Is 43,6.

Ce patchwork de versets tirés de l'Écriture (nommé *testimonia* par les spécialistes) est probablement antérieur à Paul ; il s'en trouve de semblables à Qoumrân.

37. NOUS Litt. : « notre chair ». Voir aussi Ep, note 12.

38. DANS CETTE LETTRE Celle qui est mentionnée en 2,3.4.9.

39. OFFENSEUR C'est le personnage mentionné en 2,5-8.

40. SA PASSION Litt : « ses entrailles » ; voir note 33.

41. CRAINTE ET TREMBLEMENT Cette expression, tirée de la Bible grecque (Ex 15,16 ; Dt 2,25), a donné le titre d'un célèbre ouvrage de S. Kierkegaard.

42. DES SAINTS Quand elle n'est pas précisée (comme en 1,1), l'expression « les saints » se réfère souvent à la communauté chrétienne vivant en Judée (voir Ac 9,13 ; 2 Co 9,1.12 ; Rm 15,25.26.31).

43. QUI A PRIS... Citation de Ex 16,18 (récit de la manne).

44. NOUS NOUS [...] HOMMES Paul réécrit Pr 3,4 selon la Bible grecque.

45. LES ENVOYÉS DES ASSEMBLÉES Ces frères jouent ici le rôle des hiéropompes, l'escorte sacrée composée de notables des communautés juives, qui apportait l'impôt du Temple à Jérusalem.

46. SERVICE EN FAVEUR DES SAINTS Il s'agit toujours de la collecte pour la communauté de Jérusalem.

47. JE DIS QUE... Idée que l'on retrouve dans la littérature juive de sagesse (fréquemment dans les Proverbes), comme chez Aristote et Cicéron.

48. EN DISSÉMINANT... Citation de Ps 111,9 selon la Bible grecque. Le verset suivant se fait l'écho de Is 55,10 et de Os 10,12, toujours dans la version grecque.

49. AUX ORDRES DE LA CHAIR Litt. : « selon la chair ».

50. CELLE D'ÊTRES DE CHAIR Litt. : « dans la chair ». Notre traduction cherche à rendre le contraste établi par Paul entre les deux formules. Le texte grec joue sur le changement de préposition : le chrétien vit nécessairement « dans la chair », mais ne doit pas vivre « selon la chair ». Voir aussi Ep, note 12.

51. QUE L'ORGUEIL... Citation libre de Jr 9,22.23, déjà faite en 1 Co 1,31.

52. C'EST EN MOI UNE VÉRITÉ DU CHRIST Formule de serment.

53. ADVERSAIRE Litt.: «Satan», comme en 2,11. Paul reprend des légendes juives selon lesquelles, au paradis, pour tromper Ève, l'Adversaire se présentait en ange lumineux. Voir aussi Ep, note 31.

54. TRENTE-NEUF COUPS Litt.: «quarante moins un»; Dt 25,3 prévoit «au plus quarante coups»; les rabbins en suppriment un pour être certains de ne pas dépasser le chiffre maximum.

55. FLAGELLÉ La flagellation est un châtiment romain, infligé par les licteurs; Paul a été battu de verges à Philippes (Ac 16,22), mais on ne connaît pas les autres occasions. Il fut lapidé à Lystra, à l'instigation de juifs venus d'Antioche-de-Pisidie et d'Iconium (Ac 14,19). Ac 27 rapporte un naufrage de Paul postérieur à la rédaction de 2 Co.

56. À DAMAS L'incident rapporté dans les v. 32.33 se trouve narré, avec quelques différences, en Ac 9,23-25. Il serait à dater des années 37-40 de notre ère.

57. JUSQU'AU TROISIÈME CIEL Les traditions juive et chrétienne comptent habituellement sept cieux et n'ignorent pas le thème du voyage à travers ceux-ci. Le «troisième ciel» et le «paradis» sont synonymes. Le terme «paradis» renvoie d'abord au «jardin» d'Éden (Gn 2,8); dans la littérature apocalyptique (voir aussi Lc 23,43), c'est souvent la demeure où, dès leur décès, séjournent les justes avant le relèvement des morts. L'expérience extatique faite par Paul daterait environ de l'an 42 («quatorze ans» avant la rédaction de 2 Co 10-13) et elle est totalement distincte de la manifestation du Christ ressuscité (Ac 9,1-19; 1 Co 15,8; Ga 1,15.16), qui seule est fondamentale et qui n'est pas postérieure à l'an 36; cette expérience extatique est bien antérieure à la venue de Paul à Corinthe. Celui-ci n'en avait pas parlé aux chrétiens car cela n'appartient pas à l'Annonce. De manière significative, Paul parle ici de lui-même à la troisième personne.

58. UN ÉCLAT DE BOIS La traduction habituelle parle d'«écharde dans la chair». Que recouvre cette expression qui

est reprise par l'image d'un « ange de Satan » (litt.) chargé de souffleter Paul ? Serait-ce une épreuve psychologique (comme la difficulté de vivre sa sexualité) ou, plus vraisemblablement (voir Ga 4,13.14), quelque maladie physique récurrente (d'aucuns imaginent l'épilepsie, d'autres la malaria...). Ou bien cet « éclat de bois » est-il une illustration de la persécution dont Paul a fait souvent l'expérience ?

59. LES SIGNES DE L'ENVOYÉ Selon Mt 10,1.8, cela consiste à chasser les esprits impurs, guérir les malades, purifier les lépreux.

60. FRÈRE Vraisemblablement celui qui est mentionné en 8,22.

61. TOUTE PAROLE... Citation de Dt 19,15 selon la Septante.

62. LA FAVEUR [...] SOUFFLE SAINT Cette bénédiction finale à trois membres (le Seigneur Christ, Dieu, le Souffle saint) met l'accent avant tout sur la faveur et l'amour communiqués aux croyants, et sur la participation de ces derniers dans le Souffle saint. Elle est pourtant une pierre d'attente essentielle dans la foi trinitaire professée par l'Église postapostolique.

## GALATES

1. ENVOYÉ *Apostolos*, en grec, est l'« envoyé », le « chargé de mission ». Ce mot, transcrit en français, donne « apôtre » et désigne chez Paul le missionnaire chrétien témoin de la Résurrection. Voir aussi Rm, note 2.

2. ASSEMBLÉES Voir Rm, note 108.

3. ANNONCE Voir Rm, note 3.

4. NATIONS Voir Rm, note 7.

5. APÔTRES En ouverture, nous avions traduit par « envoyé ». Voir aussi 1,19.

6. GENS D'IMPORTANCE Jeu de mots avec les termes « notables » (v. 7) et « considérés » (v. 9), difficilement traduisible autour du même verbe grec *dokeô*.

7. IL S'ÉCARTA ET S'ISOLA Clin d'œil ironique à 1,1 et 1,15. Là où Paul avait été isolé par Dieu pour être envoyé *(apostellô)*, Pierre s'isole lui-même et s'écarte du bon chemin, se fourvoie *(hypostellô)*.

8. AINSI ABRAHAM [...] JUSTIFIER Citation de Gn 15,6 utilisée aussi en Rm 4,3 (voir aussi 3,8).

9. EN TOI SERONT BÉNIES TOUTES LES NATIONS Citation de Gn 12,3. Avec ces deux renvois au récit de la Genèse, Paul n'insiste pas sur l'alliance avec Israël (marquée par la circoncision et la naissance d'Isaac), mais sur la promesse, accueillie dans la confiance, d'une descendance innombrable et universelle.

10. MAUDIT SOIT... Citation de Dt 27,26 où s'insère une partie de Dt 28,58. Par le jeu des citations, l'argumentation exploite l'opposition malédiction — bénédiction.

11. LE JUSTE PAR LA FIDÉLITÉ VIVRA Citation de Ha 2,4 (voir aussi Rm, note 9).

12. CELUI... Citation de Lv 18,5.

13. MAUDIT... Citation de Dt 21,23. Là où la Septante emploie un participe parfait, qui indique une action dont l'efficacité se prolonge, Paul utilise un simple adjectif. Le raisonnement est ici tronqué.

14. PROMESSE ANNONCÉE *(epaggelia)*. En grec, il y a un jeu de mots entre «promesse» et «Annonce» (voir aussi Ga 3,16.18).

15. DE LA FIDÉLITÉ DE LA FOI Nous concluons ce paragraphe par un pléonasme qui rappelle au lecteur la plurivalence du champ sémantique de *pistis*: «croire, foi, fidèle, fidélité, confiance, avoir confiance, s'en remettre à, se fier à...».

16. ET À TA DESCENDANCE Citation de Gn 12,7, un récit où Dieu promet à Abraham de donner le pays de Canaan à sa «descendance».

17. SI L'ON HÉRITE À PARTIR DE LA LOI Jeu de mots intraduisible, recelant un paradoxe ou une ironie. En grec, l'héritage *(klèronomia)* a comme médiation la Loi *(nomos)*.

18. EN REGARD DES TRANSGRESSIONS En grec, le sens est ambigu: soit la Loi est donnée comme un secours, à cause

des dérives, soit elle révèle et provoque même les transgressions (voir Rm 7,7).

19. LA PROMESSE ANNONCÉE [...] SA FIDÉLITÉ Litt.: «la promesse qui se réclame de la foi de Jésus Christ». L'expression se décode à deux niveaux, selon la temporalité privilégiée. Au temps d'Abraham, la promesse a pour objet le Christ, mais au temps de Paul, la promesse est réalisée. Voir v. 23 et v. 25.

20. LE ZÈLE QU'ILS VOUS TÉMOIGNENT... ATTACHER [JALOUSEMENT]... ÊTRE L'OBJET DE VOTRE ZÈLE Variations sur un même verbe *(zèloô)*.

21. ALLIANCES En Ga 3,15.17, le même mot a été traduit par «contrat». L'allégorie est une relecture de Gn 21.

22. RÉJOUIS-TOI... Citation de Is 54,1, oracle de consolation à l'adresse de Jérusalem exilée. L'argumentation porte sur le contraste entre la logique des adversaires de Paul (figurée par Agar) et celle de l'apôtre (figurée par Sara, jamais nommée dans le texte).

23. CHASSE LA... Citation de Gn 21,10, récit de l'exil d'Agar et d'Ismaël dans le désert d'Arabie, au profit de Sara et d'Isaac. Ironiquement, dans la Genèse, c'est plutôt Sara qui persécute sa servante Agar et l'enfant qu'elle a eu d'Abraham.

24. IL SERAIT INTÉRESSANT [...] ÉMASCULATION Cette phrase est ironique. Les chrétiens qui prônent la circoncision devraient prendre conscience que leur geste équivaut à une mutilation (voir aussi 6,13.17).

25. TU AIMERAS... Citation de Lv 19,18 (cité aussi en Rm 13,9).

26. CIRCONCISION Paul oppose deux cicatrices, celle de la circoncision et celle de la croix: d'où tirez-vous votre fierté? (voir aussi 5,12).

## ÉPHÉSIENS

1. ENVOYÉ Voir Rm, note 2.

2. SAINTS désigne ceux que Paul appelle dans les autres lettres les «frères». Ce sont les croyants mis à part, initiés au

mystère chrétien, libérés de toute division et formant le temple saint (voir 2,21).

3. FAVEUR Voir 1 Co, note 4.

4. BÉNI... La bénédiction, d'inspiration biblique, reprend de l'Ancien Testament les images de l'alliance : « choisir, séparer, tirer au sort ». Dieu est béni car il a l'initiative du salut dont le Christ est le médiateur et « nous » les bénéficiaires.

5. NOUS Les nombreux pronoms (nous, vous) indiquent déjà une insistance propre à l'ensemble de la lettre ; Paul y développe une réflexion de nature ecclésiologique. Tandis que la Lettre aux Colossiens insiste sur le Christ, l'unique médiateur né avant toute créature, celle aux Éphésiens porte sur l'Église, les membres sauvés, issus de divers horizons ; ils forment une unique Assemblée dont le Christ est la tête.

6. ANNONCE... DÉLIVRANCE Voir Rm, note 3.

7. SOUFFLE Le *pneuma* en grec ou *rûah* en hébreu est celui du Dieu saint, déjà donné à ceux qui croient à l'annonce de la délivrance. Il marque celui qui le reçoit comme un « sceau », celui du baptême. La délivrance n'est donc pas à attendre pour la fin des temps mais elle est déjà acquise. La pensée de « Paul » sur ce point a beaucoup évolué depuis la Première lettre aux Thessaloniciens : par le baptême, les chrétiens participent à la vie du Christ qui est « monté » (1,3) « à la droite du Père » (1,21) « dans les hauteurs » (2,6 ; 4,8). Voir aussi Rm, note 5.

8. FAISONS CONFIANCE traduit *pisteuontas*.

9. RÉVEILLÉ Voir Rm, note 47.

10. COMBLE DE TOUT CE QUI SE COMBLE EN TOUS De même que le Père est entièrement en Christ (voir Col 1,19), de même le fils est entièrement dans l'Assemblée, qui est son corps aux dimensions de l'univers.

11. VOUS Le « vous » reste en suspens jusqu'au v. 5, où il est repris dans le « nous ». « Vous » désigne les païens, étrangers à la promesse faite aux pères, le « nous » est celui de l'auteur, issu du judaïsme, mais qui s'associe aux premiers en raison de la délivrance commune.

12. CHAIR *Basar* est un concept clé de la compréhension hébraïque de l'humain. Il désigne la chair, le corps, et même le «je» dans son individualité. C'est l'ensemble de la réalité physique de l'être humain, que l'on peut considérer sous l'aspect de la vie en l'appelant *nefesh*, de la conscience en le nommant *lèv* («cœur»), ou de la dépendance à Dieu en le disant *rûah* («souffle»). Quand les traducteurs de la Septante rencontrent *basar*, ils le traduisent le plus souvent par *sarx* («chair»), l'autre terme utilisé étant *sôma* («corps»). Dans les textes traduits de l'hébreu, le terme de *sôma* rendra bien compte de la totalité de l'être humain, mais dans les textes directement pensés en grec, le «corps» pourra être distingué de l'âme. Pour la Nouvelle Alliance, la chair n'est pas mauvaise en soi, mais elle est fragile et ne peut prétendre diriger la vie humaine sans le souffle de Dieu. Le corps, lui, désignera tout l'être humain mais aussi le corps collectif, la communauté des croyants. En reprenant à son compte le terme de *sôma*, la Nouvelle Alliance, sans le vouloir, allait ouvrir la porte au dualisme corps-âme qui prendra plus tard la place de la conception unifiée de l'être humain et relativiser la foi en la résurrection.

13. ÉVEILLÉS ET ASSIS AVEC LUI L'auteur va jusqu'à affirmer que tous sont non seulement morts et réveillés avec le Christ (voir Rm 6,1-11 ; Col 2,11-15) mais déjà assis avec lui dans les hauteurs ; ce qui est arrivé au Christ arrive désormais aux chrétiens.

14. DON DE DIEU L'auteur reprend ici une thèse qu'il a souvent défendue : le salut est un don de Dieu et ne dépend pas des mérites personnels.

15. NOUS SOMMES SON POÈME Le poème de la création (voir Gn 1) trouve ici aboutissement dans la figure de l'homme nouveau, le Christ. Le cœur du poème se trouve dans les v. 14-19 : c'est un chant à la paix dont le Christ par la croix est l'artisan. L'humanité, composée d'Israël et des païens, est définitivement réconciliée, il n'y a plus de haine ni de mur de séparation.

16. PAÏENS Voir Rm, note 7.

17. ALLIANCES «Nouveau Testament», ou «Nouvelle Alliance» traduisent *kainè diathèkè*. Si cette *diathèkè* est dite nouvelle, c'est évidemment par rapport à une autre, plus

ancienne. Pour la comprendre il faut donc revenir à la première, la *berît* hébraïque. Fondamentalement, *berît*, loin de la notion de contrat bilatéral, dit « lien », obligation promulguée par une volonté supérieure. Yhwh, en libérant son peuple d'Égypte et en lui donnant une terre, lui a imposé un cadre de vie régi par les directives de la *torâh*.

La Nouvelle Alliance se fonde sur la conviction qu'en Jésus Christ une nouvelle *diathèkè* a été instaurée, nouvelle mais aussi véritable *berît* où la souveraineté de Dieu s'est pleinement manifestée. Accepter le régime de la *diathèkè* nouvelle implique de vivre sa vie en mémoire du Christ.

18. DES DEUX C'est-à-dire Israël et les nations (voir Ez 37,22). Plusieurs images soulignent l'unité en marche : celle du corps couramment utilisée dans la pensée stoïcienne et par l'auteur ; celle du Temple saint dont les membres forment la nouvelle habitation de Dieu, et celle de la citoyenneté, idéal puissant dans les cités et l'Empire romain.

19. POUR VOUS, PAÏENS Paul est en prison à cause de l'Annonce faite aux païens (3,5). La phrase est inachevée, elle reprend au v. 14. L'incise prolonge une argumentation déjà développée dans la Lettre aux Colossiens (Col 1,21-29) : le mystère révélé à Paul est celui de Christ, nouvelle création, porteur de paix et de salut, dont l'annonce est confiée de façon inédite et sans limitation aux païens.

20. DANS LES TEMPS Le sens premier du mot grec *aiôn* est « force vitale », d'où découle celui de « durée de vie ». Dans les écrits des philosophes grecs, le mot en vient à signifier « éternité », en l'opposant au temps *(chronos)*, qui marque la vie sensible. Le mot *aiôn* peut désigner la fin du temps, la fin du monde, mais aussi le monde, l'époque.

21. L'HOMME INTÉRIEUR La prière de Paul achève le premier développement commencé avec la bénédiction. La nouveauté chrétienne s'enracine dans l'intériorité, c'est-à-dire dans le cœur de l'homme, qui est siège de l'alliance avec Dieu (voir Jr 31,31) mais elle ne peut se développer pleinement qu'avec l'ensemble des saints. L'un ne va pas sans l'autre ; la dimension personnelle ne remplace pas le lien communautaire.

22. À CELUI QUI PEUT... L'enseignement se termine par une doxologie, un chant de louange au Dieu dont l'acte créateur est sans fin et se déploie aujourd'hui dans « l'Assemblée et dans Christ Jésus », c'est-à-dire dans l'Assemblée par le Christ. Elle actualise le « chant de la gloire » pour lequel Dieu s'est choisi un peuple (voir 1,6.12.14).

23. DEMANDE C'est autant un encouragement qu'une exigence. L'auteur va s'employer à tirer des enseignements pour une vie à la mesure de « l'homme nouveau ». À peine commencée, la longue exhortation (chap. 4-6) est interrompue par un nouvel enseignement (v. 4-16) et reprendra au v. 17.

24. UNITÉ DU SOUFFLE L'unité demandée est celle que réalise le Souffle donné ; elle s'appuie sur la foi traditionnelle d'Israël en un seul Dieu (v. 6 ; voir Dt 6,4) qui est Père, Seigneur, Souffle et se déploie dans la confiance, l'espoir, l'amour (v. 2 et 16).

25. MONTÉ... Citation interprétée de Ps 68,19. Ce psaume, lui à la Pentecôte, était commenté à la synagogue pour indiquer le don de la Tora fait aux hommes depuis le ciel. L'auteur poursuit ici l'interprétation dans un sens ecclésiologique. La citation révèle le Christ, mort et ressuscité, qui « donne » des serviteurs pour annoncer, expliquer, encourager les « saints » à la manière dont « Paul » le fait. La liste ne comprend pas encore les « servants, anciens et veilleurs » (diacres, prêtres et évêques) qui structureront la communauté chrétienne un peu plus tard (voir Tt 1,5 et 1 Tm 3,18).

26. L'HOMME ACCOMPLI L'auteur indique ainsi la perspective du corps en croissance de l'Assemblée, et de chacun de ceux qui la composent : atteindre l'homme accompli qu'est le Christ.

27. OUI, VOICI... L'exhortation se fait plus précise ; elle s'appuie sur une série d'oppositions entre hier et aujourd'hui, les païens et ceux qui ont « appris le Christ », l'humanité ancienne et l'humanité nouvelle. L'auteur met à distance de façon apologétique l'hier des païens pour exhorter au choix d'une conduite nouvelle.

28. VOUS AVEZ APPRIS LE CHRIST Apprendre le Christ

c'est le connaître et apprendre de lui à vivre selon le vêtement nouveau, c'est-à-dire le baptême.

29. PARLEZ VRAI Selon la vérité de Jésus. Le renouveau touche tous les aspects de la vie : le cœur, la parole, les actes ; il concerne toutes les dimensions de l'homme.

30. EN COLÈRE Citation de Ps 4,5 selon la Septante.

31. DIVISEUR Si, dans le langage courant, diable et démons sont des entités inséparables, ils relèvent de deux traditions distinctes, la première portant sur les démons, la seconde sur satan. Le mot français « démon » vient du grec *daimôn*. À l'origine, les démons sont les esprits des morts. Au temps de la Nouvelle Alliance, on caractérisait ces mystérieuses entités moins par leur opposition à Dieu que par leur responsabilité dans beaucoup de maladies. Quant à satan, le mot, dans la première Alliance, désigne l'adversaire, le plus souvent au sens courant du terme. Seuls quelques textes le présentent comme un personnage de l'au-delà et il incarne alors auprès de Dieu l'aspect menaçant du pouvoir divin. Ainsi les épreuves qu'il inflige à Job pour éprouver sa fidélité à Dieu. C'est précisément à cause de cette fonction que s'est rapidement exprimée une tendance à le faire déchoir de sa position de serviteur de Dieu pour développer son rôle négatif, puis peu à peu d'opposant à Dieu. Entre ces deux extrêmes, il y a beaucoup de nuances, que les traductions cherchent à rendre par « accusateur, adversaire, diable, diviseur, négateur, opposant, provocateur, séducteur ».

32. OFFRANDE... Le registre des images — offrande, victime, parfum — reprend celui des sacrifices au temple. Les membres du corps forment le temple saint (voir 2,21) et sont appelés ainsi à « imiter » l'offrande de Jésus qui s'est livré par amour.

33. NUIT... LUMIÈRE L'opposition est courante dans le judaïsme du Ier siècle, notamment à Qoumrân et chez Jean. De nature apocalyptique, elle illustre ici le changement de vie auquel engage le baptême qui engendre des « fils de la lumière ».

34. TU DORS, ÉVEILLE-TOI... C'est la trace d'une hymne baptismale : le baptême est résurrection des morts, sortie de la nuit ou du sommeil, et illumination. La liturgie inspire ici les recommandations morales de Paul.

35. REMERCIEZ Remercier est l'aboutissement de l'exhortation, le critère ultime qui montre le discernement et le changement (v. 15 et suiv.).

36. SOYEZ SOUMIS... L'auteur aborde maintenant, comme dans la Lettre aux Colossiens, le chapitre des codes familiaux, les relations nouvelles qui doivent exister au sein de la famille ou entre maître et esclave.

37. LES FEMMES À LEURS MARIS L'amour réciproque entre époux se fonde sur l'amour du Christ pour l'Assemblée, son corps.

38. GRAND MYSTÈRE L'auteur commente de façon inattendue la citation qui précède, tirée de Gn 2,24. Il l'applique au mystère du Christ et de l'Assemblée.

39. CRAIGNE «Craindre» a le sens d'«aimer de tout son cœur» (Dt 6,5). La crainte du mari fait écho à la crainte du Christ (5,21).

40. HONORE TON PÈRE ET TA MÈRE Voir Ex 20,12. L'auteur reprend ici la loi biblique du respect des parents et de la promesse du bonheur qui y est attachée. Le père est celui qui a toute autorité sur ses enfants, comme dans la société romaine.

41. OBÉISSEZ [...] COMME AU CHRIST Le motif christologique, absent pour fonder l'obéissance des enfants vis-à-vis des parents, apparaît nettement ici dans le rapport maître-esclave. Les relations sociales — «selon la chair» — ne peuvent changer, mais elles ne sont plus déterminantes : tous agissent en référence au même maître, le Christ. Avec «crainte et tremblement» ; non de peur panique mais de peur de ne pas aimer de façon juste celui que le maître représente : le Seigneur.

42. ESCLAVES L'esclave ne peut espérer qu'un adoucissement de sa condition, plus rarement la liberté dans la société romaine. L'affirmation de Paul aux Galates selon laquelle il n'y a ni esclave ni homme libre (Ga 3,28) mettra encore longtemps avant d'entrer en application.

43. POUR LE RESTE... L'auteur prolonge maintenant ses encouragements de manière inédite. Au lieu de saluer longuement comme dans la Lettre aux Colossiens, il invite ses lecteurs à s'équiper pour le combat final, aux dimensions du cosmos.

44. REVÊTEZ La métaphore du vêtement évoquait jusque-là le baptême, c'est-à-dire la participation du baptisé à la victoire du Christ, jusqu'à siéger avec lui auprès du Père (2,6). L'auteur engage l'ensemble du corps des baptisés à prolonger cette victoire en revêtant l'armure, litt. : « la panoplie de Dieu ».

45. NOUS L'auteur se range aux côtés des lecteurs pour indiquer la dimension cosmique et eschatologique du combat, dans lequel sont impliquées toutes les forces mauvaises du ciel et de la nuit. La « récapitulation de tout » chantée dans la bénédiction (1,10) est celle du Christ et devient celle du corps tout entier, le corps christique de l'Assemblée.

46. PRENEZ SUR VOUS L'ARMURE [...] DU MAL Citations composites d'Isaïe (11,5 ; 59,10 ; 52,7 ; 40,3.9). Les armes équipaient le roi-messie ; elles doivent équiper maintenant le corps messianique tout entier. Les armes défensives — la justice et la vérité — permettront de résister aux assauts du mal.

47. ÉPÉE La seule arme offensive concédée est l'épée, qui est la parole de Dieu (voir He 4,12). L'auteur présente Paul comme celui qui doit porter le mystère de l'Annonce, l'évangile de paix, en toute occasion, même enchaîné (v. 20) ; d'où la représentation habituelle de Paul une épée à la main.

48. TYCHIQUE Seul collaborateur nommé. Le titre de serviteur (voir 3,7) et le rôle d'encouragement qui lui est dévolu en font l'équivalent de Paul lui-même. On a pensé qu'il pouvait être l'auteur de la lettre, actualisant la pensée du maître après sa disparition (vers 67 ap. J.-C.).

49. INCORRUPTIBLE Ce mot inattendu conclut les souhaits. Une dernière fois, l'auteur situe ses lecteurs au juste niveau : l'amour, indéfectible ou incorruptible, dont ils doivent faire preuve est celui du Christ, Seigneur ressuscité, qui unit tous les membres du corps en croissance (voir 4,2.16).

## PHILIPPIENS

1. TIMOTHÉE Collaborateur fidèle, choisi par Paul parce qu'il a sûrement aidé à la fondation de l'Église qui est à Philippes.

Paul associe Timothée à sa salutation, comme dans d'autres lettres (1 Th 1,1 ; 2 Th 1,1 ; 2 Co 1,1 ; Col 1,1 ; Phm 1). Il ne tarira pas d'éloges à son sujet (Ph 2,19-24) et le chargera de missions souvent délicates (1 Th 3,1 ; Col 4,17).

2. ESCLAVES Emploi unique du mot *douloi* au pluriel dans une salutation. Dans la Septante, ce terme est souvent utilisé en référence à quelqu'un choisi par Dieu pour être «serviteur» de son projet de salut, comme Moïse, Josué, David... Paul emploie ce terme dans le sens commun d'«esclave», montrant sa disponibilité totale à la volonté de son maître, et associe Timothée à cette attitude fondamentale. Voilà sa réponse à l'attitude de Christ, dont l'hymne du chap. 2 dira qu'il a pris «forme d'esclave».

3. VEILLEURS OU SERVANTS Le terme «veilleur», en grec *episkopos*, prend dans la Septante et dans le grec classique le sens général de «celui qui veille» sur un pays ou un peuple, incluant donc responsables d'État, conseillers, stratégies militaires... Peu utilisé dans le Nouveau Testament (5 fois: Ac 20,28; Ph 1,1; 1 Tm 3,2; Tt 1,7; 1 P 2,25), ce mot désigne celui qui accomplit un ministère de supervision, de «surveillance» dans la communauté. Dans la dernière référence, Jésus est lui-même décrit comme «le gardien et l'*episkopos* de nos âmes». Le terme «servants», en grec *diakonoi*, est utilisé par Paul pour qualifier le ministère chrétien (2 Co 3,6; 11,5; 11,23; Ep 3,7; Col 1,25). La fonction de *diakonos* signifie pour la communauté que toute mission confiée est vécue concrètement dans le service, à l'exemple du Christ.

4. LA FAVEUR ET LA PAIX Le terme *charis*, traduit ici par «faveur», introduit au cœur de la théologie de Paul. C'est gratuitement, sans travail ni mérite, que Dieu dans le Christ fait cadeau du salut et manifeste sa bienveillance. Le terme *eirènè*, traduit par «paix», signifie plus que l'absence de guerre. Il reprend la notion hébraïque du *shalôm*, dans le sens général de «bien-être», dont l'auteur est Yhwh seul.

5. ANNONCE Voir Rm, note 3.

6. ÉCLAT Voir 1 Co, note 20.

7. PRÉTOIRE Le mot grec *praitôrion*, dérivé du latin *praetorium*, désignant originellement le quartier de l'état-major d'un camp militaire. Voir l'introduction.

8. CONDITION CHARNELLE Voir Ep, note 12.

9. LEVER L'ANCRE traduit le grec *analuô*, signifiant aussi « mourir ».

10. CONFIANCE traduit *pistis*. Voir aussi 2 Co, note 8.

11. CITOYENS RESPONSABLES Traduction d'une forme verbale possédant uniquement deux occurrences dans le Nouveau Testament (voir Ac 23,1). Paul en transpose le sens dans le contexte propre aux Philippiens. Comme les citoyens sont responsables de la vie de la cité, ainsi les chrétiens sont responsables dans leurs relations au sein de la communauté.

12. SI LE SOUFFLE EST AMITIÉ Litt. : « s'il y a communion [ou participation] de Souffle ».

13. FORME DE DIEU Notion très débattue qui désigne dans un premier temps l'apparence à travers laquelle on peut reconnaître le trait de personnalité majeur de quelqu'un. Ici, le terme dépasse cette apparence extérieure. Le Christ était « en forme de Dieu », c'est-à-dire partageant la propre gloire de Dieu. C'est le caractère divin du Christ qui est affirmé ici. Voir He 1,3.

14. POURCHASSÉ Le terme fait allusion à l'attitude du Christ, qui refuse d'utiliser pour son propre avantage, c'est-à-dire de « pourchasser », la gloire qu'il partageait avec Dieu depuis le commencement.

15. VIDÉ Le verbe grec *kenoô*, « vider », a donné en français le mot « kénose », souvent repris par les commentateurs pour manifester le mouvement volontaire d'abaissement du Christ. Sans cesser d'être l'égal de Dieu, Christ s'incarne : c'est le premier mouvement de la kénose. Puis, par obéissance à la volonté de son Père, il meurt en croix : second mouvement scandaleux de la kénose. Par sa kénose, il manifeste pleinement l'amour de Dieu et son être profond.

16. COPIE HUMAINE L'expression induit une double réalité. Il dit l'identité : Christ devient totalement, véritablement semblable à tout être humain. Il dit aussi la différence, la singularité du chemin d'obéissance du Christ, qui conduit jusqu'à la mort sur la croix. La solidarité du Christ est totale avec tout homme mais lui seul vit son chemin d'obéissance « jusqu'à l'extrême », pour que tout homme ait la vie.

17. JUSQU'À L'EXTRÊME MORT La préposition porte une nuance de degré, elle n'est pas simplement l'expression d'un but temporel. Voir 2,30.

18. NOM Dieu donne à Jésus son propre nom : « Seigneur », en grec *kyrios*, terme que la Septante utilise pour qualifier le Dieu d'Israël, Yhwh. Voir Is 42,8 : « Je suis le Seigneur *(kyrios)*, c'est mon nom ».

19. LIBATION Vin ou huile versés sur ou à côté des sacrifices consumés (Nb 15,3-10). Paul semble faire ici référence à sa propre mort.

20. CHIENS En référence première à cet animal considéré comme impur, le terme est élargi à tous ceux qui ne suivent pas les prescriptions des lois alimentaires juives. « Chiens » et « païens » sont en quelque sorte synonymes (Mt 7,66 ; 15,26.27). Paul retourne ici le sens et applique ce terme non aux juifs en général, ni aux judéo-chrétiens qui continuent à circoncire leurs enfants, mais à ceux qui, visitant les nouvelles communautés chrétiennes, continuent à dire que la circoncision est une marque indispensable. Paul les qualifie de « chiens », des païens qui se mettent eux-mêmes en dehors des bénédictions de l'Alliance.

21. MUTILATION En grec *katatomè*. Paul fait un jeu de mots avec le terme « circoncision », en grec *peritomè*, pour confondre et dénoncer l'attitude erronée de ses adversaires. Il utilise cette paronomase pour mettre en relation la circoncision de la chair, que revendiquent ses adversaires comme signe spécial d'appartenance au peuple de l'Alliance, et les rites païens tels que les lacérations, rites interdits par la Loi (Lv 19,28 ; Dt 14,1). 1 R 18,28 emploie la même racine pour décrire les prophètes de Baal se tailladant la chair. La circoncision de la chair, orgueil des adversaires de Paul, est devenue un rite païen.

22. SÉPARÉ Ce sobriquet a été donné aux membres du groupe des pharisiens par leurs adversaires. Ces derniers les accusaient de se séparer de l'attachement à la vraie tradition. Ils assumeront ce titre en le reprenant en leur faveur, voulant se séparer de tous ceux qu'ils considéreront comme impurs.

23. J'AI POURCHASSÉ L'ASSEMBLÉE Voir Ac 9,1-30 ; Ga 1,12-15. Sur le mot « Assemblée », voir 1 Co, note 3.

24. RELÈVEMENT Voir Rm, note 47.

25. CE QUI FAIT DE NOUS DES CITOYENS traduit le mot grec *politeuma*, qui ne se trouve qu'une fois dans le Nouveau Testament. Écrivant à des chrétiens habitant une cité fière de sa relation à Rome (gouvernement constitutionnel calqué sur celui de Rome, dont l'instauration fut autorisée par Octave en 42), Paul redit aux Philippiens qu'ils appartiennent à une autre sphère de gouvernement, céleste celle-là : leur État, leur gouvernement est céleste, et comme citoyens ils ont à refléter leur nouveau style de vie. Voir 1,27.

26. LIVRE DE VIE Cette expression, déjà rencontrée dans l'Ancien Testament (Ex 32,32 ; Ps 69(68), 29) prend du relief dans la littérature apocalyptique à partir du IIe s. av. J.-C. (voir Dn 12,1). Elle s'applique progressivement à tous ceux qui, vivant dans l'Alliance entre Dieu et son peuple, sont admis à partager la vie en Dieu (Lc 10,20 ; He 12,23). Le livre de l'Apocalypse développera beaucoup ce symbolisme pour désigner la victoire du Christ sur les forces du mal, communiquée à ceux qui mettent leur foi en lui (Ap 3,5 ; 13,8 ; 17,8 ; 20,15).

27. LA MAISON DE CÉSAR Cette expression désigne tous ceux qui sont au service de l'empereur, soldats, esclaves, fonctionnaires..., parmi lesquels, visiblement, des chrétiens.

## COLOSSIENS

1. ENVOYÉ traduit le mot *apostolos*. Paul se considère comme envoyé du Christ, sans autre médiation. Il écrit alors qu'il est en prison, sans doute durant sa captivité romaine, vers l'an 60. Timothée est l'un de ses principaux collaborateurs, un païen que Paul a dû circoncire « en raison des juifs » (voir Ac 16,1-4). Il est originaire de Lycaonie, une région d'Asie Mineure voisine de la Phrygie, dont fait partie la ville de Colosses. Voir aussi Rm, note 2.

2. À CEUX DE COLOSSES L'adresse de la lettre fait apparaître deux fois le motif de la fraternité. Le développement de la

lettre montrera qu'elle prend sa source dans le Christ, l'unique fondement et médiation.

3. NOUS REMERCIONS... La traduction tient compte du style propre à cette lettre : longues phrases, accumulation de mots liés ou apposés. Le style souvent noueux, parfois elliptique, peut s'expliquer par une pensée qui se cherche : c'est la première fois que le Christ est considéré à l'échelon cosmique, en contraste avec les religions à mystères et les divers systèmes de pensée où le Christ risquait d'être confondu avec les autres divinités.

4. ÉPAPHRAS se fait l'écho auprès de Paul des signes de vitalité mais aussi des questions nouvelles qui se posent : si les chrétiens mettent bien leur confiance dans le Christ, ils regardent aussi du côté d'autres « philosophies » (2,8).

5. VOTRE AMOUR DANS LE SOUFFLE On retrouve dans les remerciements les caractéristiques de la vie chrétienne, appelées habituellement « vertus théologales » : la foi, l'espérance et la charité. Pour la traduction de *pneuma* par « Souffle », voir Rm, note 5.

6. DÉLIVRANCE... PARDON sont obtenus par le Fils.

7. FAUTES Voir 1 Co, note 33.

8. IMAGE... L'hymne célèbre le Fils, parfaite image du Père, non comme créature (voir Gn 1,26) mais comme créateur. Il est donc au-dessus de tous les intermédiaires, visibles ou non, auxquels croient les Colossiens.

9. ASSEMBLÉE... Voir Rm, note 108.

10. SON PLAISIR Le plaisir est celui de Dieu, pleinement présent dans le Christ seul, dont l'hymne affirme en tout la primauté, dans le temps, dans l'espace, et dans l'histoire par la croix.

11. DES ÉTRANGERS, DES ENNEMIS Les chrétiens de Colosses sont sans doute issus du paganisme. La catégorie d'« étrangers » est à mettre en rapport avec l'héritage des saints (1,12) : ce sont des incirconcis (2,11) qui maintenant font partie de l'Assemblée dont le Christ est la tête.

12. ANNONCE Voir Rm, note 3.

13. MYSTÈRE En Asie Mineure, les religions à mystères étaient bien représentées. Pour Paul, *mystèrion* fait apparaître

«Christ parmi vous» et non une doctrine cachée demandant une initiation particulière. Il est maintenant dévoilé et non tenu secret pour la fin des temps. Il est pour tous les peuples et non pour quelques-uns.

14. LA CIRCONCISION DU CHRIST Paul reprend ici le symbole fort de l'appartenance au peuple d'Israël : avec le baptême, c'est tout l'être charnel qui est renouvelé pour former l'homme nouveau.

15. L'IMMERSION DU BAPTÊME Pour la première fois dans ses lettres, Paul affirme que, par l'immersion dans la mort et la résurrection du Christ, le baptisé est déjà ressuscité, sans attendre les derniers temps.

16. CORTÈGE TRIOMPHAL La victoire du Christ par la croix est décrite comme celle d'un général victorieux défilant à Rome, traînant derrière lui les vaincus et leurs enseignes. La croix est l'unique moyen de salut comme, dans l'hymne (1,15-20), elle était l'unique moyen de la réconciliation universelle. Le passage du «vous» au «nous» peut surprendre : il est le signe de la profonde communion de Paul avec ceux qu'il veut instruire, et de son engagement dans ce qu'il développe.

17. LA NOURRITURE [...] LE SABBAT La liste des reproches faits aux chrétiens de Colosses émane de cercles juifs ésotériques. Selon Paul, ces pratiques risquent d'occuper une place qui ne leur revient pas et de distraire de la seule réalité qui compte désormais : le corps du Christ. Paul adapte ici l'image platonicienne de l'ombre et de la réalité : ce que nous voyons n'est en fait que l'ombre de la réalité à contempler.

18. CHAIR Paul souligne l'inutilité des pratiques religieuses et ascétiques pour la chair (voir v. 23). La chair est ici la figure de l'homme, baudruche qui s'illusionne par les visions, les privations qu'il s'impose, la soumission aux lois de ce monde. À la chair s'oppose le corps, dont la tête est dans le ciel, par-delà les anges et les intermédiaires en honneur dans les croyances en vigueur à Colosses, et dont les membres sont fortement unis entre eux, depuis qu'ils sont morts avec Christ (2,20) et réveillés avec lui (3,1). Voir aussi Ep, note 12.

19. DÉBAUCHE [...] IDOLÂTRIE Les vices dénoncés

appartiennent à des listes conventionnelles et désignent en général les pratiques païennes.

20. OÙ IL N'Y A PLUS... Paul a déjà affirmé une telle égalité en Ga 3,28, mais il insiste ici sur toutes les catégories de païens : les Scythes étaient considérés comme les derniers des barbares.

21. VOUS LES MAÎTRES... On observe une réciprocité « inégale » des obligations : ceux qui ont un statut social supérieur, père ou maître, doivent avoir plus d'égards envers les inférieurs, car les différences de statut n'auront plus cours au moment de l'héritage (v. 24).

22. TYCHIQUE... La liste des personnes qui se joignent à Paul pour saluer la communauté reprend cinq collaborateurs déjà cités dans la Lettre à Philémon. Cela peut être un indice de la proximité d'écriture des deux lettres de captivité.

23. FAVEUR Paul reprend ici un terme de la salutation du début. La faveur est le don de Dieu venu rejoindre et toucher des « étrangers ».

## 1 THESSALONICIENS

1. SILVAIN *Silouanos* est mentionné à quatre reprises dans le corpus des lettres néotestamentaires (2 Co 1,19 ; 1 Th 1,1 ; 2 Th 1,1 ; 1 P 5,12). Dans les Actes, on l'appelle Silas (15,22-40 ; 16,16-40 ; 17,1-15 ; 18,5). Ce nom, tiré de l'araméen *Sheîlâ* ou de l'hébreu *sha'ûl* (« demandé »), était celui du roi Saül et de Saul-Paul. La tradition paulinienne parle de Timothée en Rm 16,21 ; 1 Co 4,17 ; 16,10.11 ; 2 Co 1,1.19 ; Ph 1,1 ; 2,19-24 ; Col 1,1 ; 1 Th 1,1 ; 3,1-6 ; 2 Th 1,1 ; 1 Tm 1,2.18.19 ; 2 Tm 1,2 ; Phm 1 ; voir aussi Ac 16,1 ; 17,14.15 ; 18,5 ; 19,22 ; 20,5.

2. ASSEMBLÉE L'*ekklèsia* est l'assemblée convoquée, l'Église. Cette assemblée trouve son origine en Dieu le Père (litt. : « est par Dieu le Père »). La préposition grecque *en*, sous l'influence de l'hébreu, reçoit une extension de sens : de « dans » ou « en », à « par » ou « avec ». Paul n'est pas en train de localiser l'assemblée « en » Dieu, mais d'en donner le fondement ou l'ori-

gine. Elle vient de Dieu par l'intermédiaire de Jésus. Voir aussi Rm, note 108.

3. LE SEIGNEUR Pour plus de clarté, nous avons mis un *s* minuscule à «seigneur» lorsque ce mot désigne Jésus, et un *s* majuscule lorsqu'il s'agit de Dieu. Pour «christ» voir Rm, note 1.

4. FAVEUR L'arrière-plan culturel est hellénistique : que les dieux soient favorables aux destinataires.

5. VOTRE CONFIANCE *Hymôn* («votre» en grec) est placé au début de l'énumération et qualifie tout ce qui vient. Sont donc loués tout autant le dynamisme que la confiance, les travaux que l'amour, la ténacité que l'espérance. *Pistis*, «confiance», est d'ordinaire rendu par «foi». Le mot dit moins l'adhésion intellectuelle à des vérités que la décision de risquer sa vie sur quelqu'un.

6. EN NOTRE SEIGNEUR JÉSUS Le «en» traduit ici un génitif. De façon condensée, Paul veut sans doute parler à la fois de la confiance en Jésus, de l'amour pour lui et de l'espérance en lui, tout en le voyant comme l'origine et le fondement de la confiance, de l'amour et de l'espérance.

7. ANNONCE Voir Rm, note 3.

8. ALORS QU'APRÈS TOUT La plupart rattachent le début du verset à ce qui précède. On n'en voit pas trop le sens. Lié à ce qui suit, cependant, il établit un contraste significatif entre légitimité d'utiliser le poids d'une fonction et choix de l'indulgence.

9. ERREMENTS Voir 1 Co, note 33.

10. L'ADVERSAIRE ou le satan. Voir Ep, note 31.

11. PROSTITUTION Le terme est à entendre au sens biblique large de fréquentation de lieux de culte païens et d'adoption des pratiques sexuelles que ce culte légitimait. Les v. 3-7 sont à lire dans ce contexte.

12. CORPS traduit *skeuos*, «vase, récipient». Il pourrait s'agir d'un euphémisme pour désigner l'appareil génital de l'homme. Sur corps et prostitution, voir 1 Co 6,12-20.

13. PERSONNELLEMENT APPRIS Sur l'«enseignement intérieur», voir 1 Jn 2,27.

14. NE VOUS AFFLIGEZ PAS Les Thessaloniciens sont inquiets du sort de leurs morts : seront-ils atteints par la résurrection ?

15. PAR L'ENTREMISE DE [JÉSUS] Plusieurs relient l'expression à la mort, plutôt que d'y voir, comme ici, une affirmation du rôle de Jésus dans la résurrection. Même chose au v. 16, avec cette fois la préposition grecque *en* (voir 1,1) plutôt que *dia* comme ici.

16. PAROLE DU SEIGNEUR Il pourrait s'agir d'une tradition prophétique issue de Paul lui-même ou d'un milieu qu'il connaissait bien, par exemple Antioche.

17. PAR DES NUÉES La nuée est considérée comme un véhicule céleste. Le passage est tout imprégné des conceptions cosmologiques de l'époque.

18. ESPRIT, ÂME, CORPS Chacun de ces termes désigne, sous un angle différent, le tout de l'être humain, à la fois totalement dépendant de Dieu (esprit ou souffle), être vivant (âme ou vie), et système de communication en lien avec le reste du réel (corps).

## 2 THESSALONICIENS

1. CEUX QUI NE CONNAISSENT PAS DIEU L'expression vise moins l'ignorance à propos de Dieu qu'une façon de vivre démontrant qu'on méconnaît ses directions.

2. LA PERSONNE Litt. : « le nom ».

3. RASSEMBLEMENT Le mot, absent des autres lettres pauliniennes (à l'exception de He 10,25, au sens d'assemblée chrétienne), peut trouver son enracinement dans des textes évangéliques comme Mc 13,27 et parallèles.

4. DU SOUFFLE, UNE PAROLE OU UN ÉCRIT L'auteur s'oppose à ce qu'on s'appuie sur une prophétie, un enseignement ou une lettre prétendue de Paul, pour affirmer la présence du jour du seigneur.

5. SANCTUAIRE DE DIEU Note archaïsante, puisque le temple de Jérusalem a été détruit quelques décennies avant la rédaction de la lettre, mais tout à fait conforme au langage apocalyptique.

6. LES ÉGARANT Le texte reprend, sans nuance, une ligne d'interprétation assez courante dans la Bible, celle de l'endurcissement des cœurs par Dieu. D'autres auteurs bibliques souligneront plutôt la liberté humaine et la miséricorde de Dieu.

7. PREMIERS FRUITS *(aparchè)* Plusieurs préfèrent lire : « depuis le commencement » *(ap' archè)*.

8. FRÈRES L'auteur se présente toujours comme le véritable Paul.

9. PAR LE SEIGNEUR C'est le seigneur qui conduira les Thessaloniciens à suivre les orientations données par l'auteur, d'où la traduction de la préposition grecque *en* par « par » plutôt que « dans » le seigneur (voir 1 Th 1,1).

10. PAR LE SEIGNEUR JÉSUS Litt. : « dans le nom du seigneur Jésus ». Paul fait appel à la puissance de la personne même de Jésus. Certains manuscrits ont « notre » devant « seigneur ».

11. NOUS LES EXHORTONS Reprise de l'exhortation de 1 Th 4,10.11.

12. DE MA MAIN À MOI Dans ses lettres généralement reconnues comme authentiques, Paul ne donne d'indications autographes qu'en 1 Co 16,21 ; Ga 6,11 et Phm 19 (voir Col 4,18).

## 1 TIMOTHÉE

1. CHRIST est employé trois fois dans l'adresse, la dernière utilisation, au v. 2, montrant qu'il y a perdu le sens fonctionnel qu'il a dans d'autres contextes. Suivi de « Jésus », il contribue à former le nom complet du personnage. C'est pourquoi il est ici

rendu par « Christ » ; quand il désigne la fonction (5,11), il est traduit par « christ ».

2. DIEU est qualifié de « libérateur » (ou de « sauveur »), un titre couramment donné aux dieux ou aux gouvernants de l'époque. C'est une première manifestation du travail d'adaptation effectué par l'auteur (les Pastorales attribuent six fois ce titre à Dieu alors que le reste du Nouveau Testament ne le qualifie ainsi que deux fois).

3. TIMOTHÉE, VÉRITABLE ENFANT La tradition paulinienne parle de Timothée en Rm 16,21 ; 1 Co 4,17 ; 16,10.11 ; 2 Co 1,1.19 ; Ph 1,1 ; 2,19-24 ; Col 1,1 ; 1 Th 1,1 ; 3,1-6 ; 2 Th 1,1 ; 1 Tm 1,2.18.19 ; 2 Tm 1,2 ; Phm 1. C'est parce qu'il a contribué à faire naître Timothée à la foi que Paul se voit comme son « véritable père » (voir v. 18.19).

4. CONFIANCE Les mots d'ordinaire traduits par « croire » ou « foi » sont rendus par « faire confiance » ou « confiance ». Ils indiquent moins l'adhésion intellectuelle à des vérités que la décision (risquée) de fonder sa vie sur quelqu'un.

5. FAVEUR Voir 1 Co, note 4. *Eleos* (« compassion ») est d'ordinaire traduit par « miséricorde ».

6. NOTRE SEIGNEUR Pour plus de clarté, nous avons mis un *s* majuscule à « seigneur » lorsque le mot désigne Dieu, et un *s* minuscule lorsqu'il s'agit de Jésus.

7. POUR QUE TU PRESSES CERTAINS On traduit souvent par « ordonner, prescrire ». Le texte parle de fortes incitations plutôt que d'ordres stricts.

8. L'INTENDANCE DES CHOSES DE DIEU Litt. : « l'économie [*oiko-*, "maison", *nomos*, "loi"] de Dieu ». Dans les Pastorales, on peut être amené à distinguer le niveau des maisons ou des familles chrétiennes, celui des petites communautés locales, celui des regroupements par ville et, peut-être même, par région. Ici, le sens est assez restreint. À la fin du verset, la phrase reste inachevée.

9. LOI Dans la présente traduction, le grec *nomos*, qui vient de *nemô*, « distribuer, allouer, assigner », est rendu par « loi », avec ou sans majuscule, « enseignement, règle, directive ».

10. ANNONCE Voir Rm, note 3.

11. ÉCLAT Voir 1 Co, note 20.

12. L'AMOUR PAR CHRIST JÉSUS L'origine de la foi et de l'amour de Paul est la faveur que lui a accordée Christ Jésus ; ici, comme souvent ailleurs, le *en* grec signifie « par » et non pas « en » ou « dans ».

13. PAROLE FIDÈLE Cette expression se retrouve en 3,1 ; 4,9 ; 2 Tm 2,11 (« elle est sûre cette parole ») ; Tt 3,8. D'origine hellénistique, annonçant ou appuyant un énoncé, elle souligne une donnée importante pour l'auteur.

14. ÉGARÉS traduit *hamartôlos*. Voir 1 Co, note 33.

15. VIE POUR TOUJOURS Voir Ep, note 20.

16. OUI VRAIMENT traduit le traditionnel *amen*.

17. PROPHÉTIES C'est à la suite d'une prophétie — de Paul sans doute, ce qui a fait de lui son véritable enfant (v. 2) — que Timothée a été introduit dans une lignée de serviteurs de la Parole (voir 4,14). Ac 13,1-3 permet de se représenter le contexte.

18. HYMÉNÉE Voir 2 Tm 2,16-18.

19. ALEXANDRE Certains l'identifient à celui de 2 Tm 4,14, d'autres à celui de Ac 19,33.34.

20. SÉDUCTEUR traduit *Satanas*. Voir Ep, note 31.

21. DÉVOTION L'*eusebeia*, qu'on peut traduire par « piété, respect, dévotion », est un concept gréco-romain. Il fait partie du vocabulaire typique des Pastorales.

22. PAROLE... Le chap. 3 traite essentiellement des fonctions de veilleur, ou surveillant (*episkopos*, « veillant sur »), et de servants, ou serviteurs. La préoccupation de l'auteur, dans les Pastorales, est moins d'établir des structures, puisqu'elles existent déjà, que de veiller à la qualité des dirigeants. Les noms mêmes de ces derniers laissent entendre que les serviteurs sont subordonnés au veilleur. On pourrait comprendre que les premiers sont chacun responsables d'une maison où se réunit une petite communauté, tandis que le second (noter le singulier dans le texte) supervise un certain nombre de ces dirigeants.

23. QUE LE VEILLEUR SOIT INATTAQUABLE Le code de conduite du citoyen idéal est christianisé et appliqué à celui qui est chargé de veiller sur l'assemblée.

24. ASSEMBLÉE Le nom n'est pas donné à la maisonnée qui se réunit sous la direction d'un servant, mais à une communauté locale plus large, qui rassemble un certain nombre de ces maisonnées.

25. SOUS LE JUGEMENT DE L'ACCUSATEUR La formulation du verset suivant permet de comprendre qu'il s'agit du partage de la condamnation que l'Accusateur, ou *diabolos*, s'est attirée. Voir aussi Ep, note 31.

26. FEMMES Il y avait donc à Éphèse des maisonnées chrétiennes dirigées par des femmes (voir aussi Rm 16,1).

27. SOUFFLE Voir Rm, note 5.

28. S'ÉLOIGNERONT De *aphistémi*, verbe dont est dérivé le nom « apostasie ».

29. APRÈS UNE PROPHÉTIE Selon ce verset, Timothée est devenu chrétien à la suite d'une prophétie (voir 1,18) ; plus tard, le groupe des anciens de la place ainsi que Paul (voir 2 Tm 1,6) lui ont conféré ou reconnu l'autorité requise pour accomplir sa tâche. C'est peut-être dans un tel groupe d'anciens, composé de chrétiens de longue date, hommes d'autorité et de prestige, qu'était choisi le veilleur de l'assemblée.

30. NE CRITIQUE PAS De 5,1 à 6,2, Timothée apprend comment se conduire face à divers groupes de croyants. À travers Timothée, qui savait à quoi s'en tenir depuis longtemps, l'auteur s'adresse aux dirigeants de l'Église.

31. VEUVES L'assemblée doit être encouragée à prendre en charge les veuves. Mais, même si elle ne s'occupe que de celles qui sont vraiment démunies, le fardeau reste lourd. L'auteur accède donc au désir des jeunes veuves de se remarier, pourvu que ce soit avec un chrétien, pour préserver leur foi.

32. OPPOSANT traduit *satanas*. Le personnage a davantage couleur d'adversaire qu'en 1,20.

33. LES ANCIENS (voir 4,14). Ces hommes dont la parole a du poids semblent être une sorte de conseil de l'assemblée, chargé d'assister le veilleur

34. BŒUF [...] SALAIRE Citations de Dt 25,4 et de Lc 10,7 (voir aussi Mt 10,10). L'auteur considère le texte qu'on retrouve aujourd'hui dans Luc, et qui provient d'une source commune à Luc et à Matthieu, comme Écriture. On ne sait exactement dans quel ouvrage il l'a connu, l'Évangile ayant été écrit à peu près en même temps que la lettre.

35. SUR LE DIRE DE DEUX OU TROIS TÉMOINS Voir Dt 17,6 et 19,15.

36. LES MESSAGERS CHOISIS Il s'agit des anges élus pour participer au Jugement dernier.

37. N'IMPOSE JAMAIS LES MAINS HÂTIVEMENT Timothée est invité à faire preuve de prudence avant d'établir (ou de réinstaller) un dirigeant de communauté.

38. SOUS LE JOUG DE L'ESCLAVAGE Problème des relations entre humains chrétiennement égaux mais socialement inégaux. L'institution de l'esclavage n'est pas mise en question, ni les devoirs des maîtres envisagés.

39. S'AUTOLIMITANT C'est l'*autarkéia* chère aux stoïciens. Richesse spirituelles et matérielles ne peuvent aller de pair (voir aussi Mt 6,24).

40. CONSENTEMENT Accepter devant témoins l'appel à la vie chrétienne, dans l'espérance de la vie éternelle, cela se fait d'ordinaire lors du baptême. Ce consentement se situe dans la lignée de celui du Christ (voir v. 13).

41. ÉPIPHANIE Mot qui, en dehors des Pastorales (1 Tm 6,14 ; 2 Tm 1,10 ; 4,1.8 ; Tt 2,13), ne se trouve qu'en 2 Th 2,8. L'hellénisme ambiant l'appliquait aux dieux et aux dirigeants de grand prestige. L'auteur s'en sert pour désigner l'ensemble de la trajectoire de Christ Jésus, dont il a tracé les grandes lignes en 3,16, auxquelles il ajoute la manifestation finale (voir v. 15).

42. L'HEUREUX [...] POUVOIR TOUJOURS Versets imprégnés d'un strict monothéisme (voir 1,17).

43. LA FAVEUR VOUS ACCOMPAGNE La salutation finale vise, à travers Timothée, les chefs de communauté qui ont à prendre sa relève et celles et ceux dont ils ont la charge.

# 2 TIMOTHÉE

1. PAUL Des trois missives, la Seconde lettre à Timothée est celle dont le contenu s'apparente le plus au genre littéraire de la lettre, les deux autres ayant davantage allure de mandat. Ici, tout est centré sur Timothée, rien n'est dit des officiels d'Église.

2. SERVIR L'auteur utilise un verbe d'origine cultuelle *(latreuô)* pour rendre compte du sens de la vie de « Paul ». C'est son agir « séculier » qui est culte rendu à Dieu.

3. EUNIKÈ Selon Ac 16,1, la mère de Timothée était une juive devenue chrétienne. Le silence sur le père laisse entendre qu'il était de culture païenne.

4. SOUVENIR Depuis le v. 3, l'auteur est inspiré par ce thème.

5. PAR L'IMPOSITION DE MES MAINS Comparer avec 1 Tm 4,14. Le langage est dense. Timothée a déjà reçu le don de Dieu, c'est-à-dire le Souffle de Dieu (ou du Christ), à l'origine de sa foi : sa mère et sa grand-mère ont eu un rôle à jouer dans la prise de conscience qu'il en a faite (voir v. 5). Plus tard, en lui imposant les mains, « Paul » lui confère publiquement l'autorité dont il a besoin pour faire agir son don selon la tâche qui lui est confiée.

6. LÂCHETÉ Timothée pouvait être timoré (voir 1 Co 16,10).

7. DÉPÔT « Paul » lui-même pourrait être ce dépôt confié à Dieu, tandis qu'au v. 14 le « dépôt » que Timothée doit garder devient le contenu de l'Annonce qu'il est chargé de transmettre à des hommes fidèles (v. 2,2).

8. SOUVIENS-TOI... Voir la tradition ancienne de Rm 1,3.4.

9. PAROLE FIDÈLE... Ces versets pourraient avoir fait partie d'une hymne liturgique.

10. HYMÉNÉE Déjà mentionné en 1 Tm 1,20. On ne sait pour ainsi dire rien de plusieurs personnages nommés ici et dans le reste de la lettre (1,15.16 ; 4,9-14.19-21).

11. LE SEIGNEUR [...] DIEU Les deux textes cités s'inspirent de la Septante (Nb 16,5 ; Is 26,13).

12. TEMPS DIFFICILES Les v. 1-9 reprennent un thème cher au prophétisme et à l'apocalyptique, l'immoralité de la société.

13. IANNÈS ET IAMBRÈS Voir Ex 7,8-13. Les noms des adversaires de Moïse n'apparaissent pas dans la Bible juive ; l'auteur les connaissait par des traditions postérieures.

14. MES PERSÉCUTIONS... Voir Ac 13-14.

15. SAINTES LETTRES À l'époque de la rédaction des Pastorales, le canon de la Bible juive avait été établi.

16. TOUTE ÉCRITURE C'est-à-dire tout passage étudié dans les saintes lettres (voir v. 15). L'épithète « insufflée », traditionnellement traduite par « inspirée », apparaît ici pour la première fois dans la littérature connue ; l'auteur est peut-être l'inventeur du terme.

17. DÉMAS Voir Phm 24 ; Col 4,14.

18. KRESKÈS vit en Galatie, région du centre-nord de la Turquie actuelle. Quant à Tite, il est en Dalmatie, au nord de la Macédoine.

19. LUC Voir Col 4,14 ; Phm 24.

20. MARC Voir Ac 12,12.25 ; 15,36-40 ; Col 4,10 ; Phm 24 ; 1 P 5,13.

21. TYCHIQUE Voir Ac 20,4-6 ; Ep 6,21.22 ; Col 4,7-9 Tt 3,12.

22. KARPOS habite Troas, au nord-ouest de l'Asie Mineure ; on ne sait rien de plus.

23. LES LIVRES, SURTOUT LES PARCHEMINS L'auteur semble distinguer les habituels rouleaux de papyrus (« livres ») des codex (« parchemins »), dont l'usage commençait à se répandre ; ces piles de parchemins, reliés par le centre, sont les ancêtres de nos livres. Les livres pourraient être ici des rouleaux de l'Écriture, et les parchemins des écrits personnels de Paul.

24. ALEXANDRE Voir 1 Tm 1,20.

25. DÉFENSE traduit *apologia*. Référence présumée à l'enquête préliminaire d'un accusé.

26. GUEULE DU LION Voir Ps 22,22.

27. PRISCA Priscilla dans les Actes et Aquilas, dans un ordre ou l'autre, sont toujours mentionnés ensemble (voir Ac 18,1-3.18.24-26; Rm 16,3.4; 1 Co 16,19); Onésiphoros: voir 1,16.

28. ÉRASTOS Voir Ac 19,22; Rm 16,23.

29. TROPHIME Voir Ac 20,4; 21,29. Milet est une cité de la côte ouest de l'Asie Mineure.

## TITE

1. ENVOYÉ Voir Rm, note 2.

2. CONFIANCE traduit *pistis*. Voir aussi 2 Co, note 8.

3. TEMPS POUR TOUJOURS Voir Ep, note 20.

4. LIBÉRATEUR Voir 1 Tm, note 2.

5. FAVEUR Voir 1 Co, note 4.

6. POUR QUE TU METTES DE L'ORDRE En 5-9, Paul aborde la tâche que devra accomplir Tite avant de revenir (voir 3,12). Dans chaque ville de Crète, il établira un groupe d'hommes au prestige évident, dont toute la vie témoigne de la qualité et qui sont donc des «anciens» par définition. Ce son eux qui veilleront sur (*episkopos*, voir v. 7) leur communauté. L'auteur se sert de listes, courantes dans le monde gréco-romain, qui énumèrent les qualités requises de qui aspire à certaines fonctions, pour décrire à Tite le genre d'hommes qu'il devra rechercher pour faire partie du groupe des anciens.

7. INSOUMIS L'opposition à laquelle Tite fera face, et qui motive l'écriture des Pastorales, est traitée de façon virulente. La menace est prise très au sérieux.

8. CRÉTOIS... Citation à attribuer avec réserve à Épiménide (VIe s. av. J.-C.).

9. MYTHES JUIFS traduit *Ioudaïkos*. L'auteur vise des théories fabuleuses qui auraient circulé dans les communautés

juives de Crète, et non pas les textes de l'Écriture (voir 2 Tm 3,15-17).

10. INCROYANTS 1 Tm 5,8 permet de comprendre qu'il s'agit de croyants au comportement déviant.

11. CE QUI CONVIENT Le chap. 2 enchaîne sur des codes de bonne conduite pour personnes âgées, jeunes, esclaves. L'auteur en a plus à dire sur les femmes que sur les hommes, sur les esclaves que sur les maîtres.

12. LE RAYONNEMENT [...] JÉSUS CHRIST Le texte est très discuté. Litt. : « la [...] manifestation du grand Dieu et libérateur de nous Jésus Christ ». On peut comprendre qu'il annonce la manifestation de Dieu et de Jésus libérateur, ou celle de notre grand Dieu et libérateur Jésus. Le traduire oblige malheureusement à faire un choix, alors qu'il faudrait pouvoir transcrire son ambiguïté.

13. RACHETER C'est-à-dire libérer, jusqu'au paiement d'une rançon, sa vie même.

14. SOUFFLE SAINT Voir Rm, note 5.

15. QUANT AUX [...] CONDAMNÉ LUI-MÊME Avant la fin, comme il l'avait fait en 1 Tm 6,20.21a et en 2 Tm 4,3.4, l'auteur revient au thème qui l'obsède, celui de l'enseignement déviant : fruit de l'intolérance (v. 10), l'*hairetikos* (seule attestation du mot dans le Nouveau Testament) est l'homme de parti, le sectaire, l'« hérétique », l'« intolérant ».

16. ARTÉMAS Avant la salutation finale, « Paul » a quelques demandes ou recommandations à faire. On ne sait rien d'autre d'Artémas. Sur Tychique, voir 2 Tm 4,12. Nikopolis serait à situer au nord-ouest de la Grèce.

17. ZÉNAS n'est mentionné qu'ici.

18. APOLLOS Voir Ac 18,24 – 19,1 ; 1 Co 1,12; 3,4-6.22; 4,6; 16,12.

# PHILÉMON

1. MAISON La lettre n'est pas destinée seulement à Philémon, mais doit être lue devant l'Église qui se réunit dans sa maison. L'assemblée des croyants est prise à témoin de l'accueil à réserver à Onésime, esclave mais frère dans la foi.

2. CŒUR DES SAINTS Litt. : « entrailles des saints », siège des sentiments et des émotions. Un geste affectueux de Philémon a réconforté les membres de la communauté. Paul le rappelle, avant de solliciter de lui un geste semblable à l'endroit d'Onésime, qui est devenu comme les « entrailles » de Paul (v. 12).

3. INUTILE... IL NOUS SERT Paul fait ici un jeu de mots sur le nom d'*Onèsimos*, qui signifie « utile ». Aujourd'hui qu'il est converti, veut dire Paul, Onésime nous est doublement *utile*, à toi et à moi.

4. LUI QUI FAIT PARTIE DE MOI Litt. : « lui, c'est-à-dire mes entrailles ». C'est ici une expression maximale de l'affection de Paul envers Onésime, chair de sa chair puisqu'il l'a engendré dans la foi (v. 10).

5. HUMAINEMENT ET DEVANT LE SEIGNEUR Litt. : « dans la chair et dans le Seigneur ». La chair représente chez Paul l'homme ramené à sa condition humaine et mortelle, à sa fragilité. Considérer autrui « dans le Seigneur », c'est le regarder dans sa dignité de frère ou de sœur dans le corps du Christ. Paul invite ici Philémon à accueillir Onésime comme un frère, autant d'un point de vue social (en l'affranchissant) que d'un point de vue théologique (frère dans le Christ).

6 MA MAIN Paul ordinairement dicte la lettre à un scribe (voir Rm 16,22). Ici, pour signifier juridiquement son engagement à rembourser, il prend lui-même le roseau pour tracer les mots sur le papyrus.

LA BIBLE
Nouvelle traduction

*Genèse*

TRADUCTION, INTRODUCTION ET NOTES DE FRÉDÉRIC BOYER ET JEAN L'HOUR (Folio nº 3957)

*Exode*

TRADUCTION, INTRODUCTION ET NOTES DE FRANÇOIS BON ET WALTER VOGELS (Folio nº 3958)

*Lévitique — Nombres*

TRADUCTION, INTRODUCTION ET NOTES DE MARIE BOREL, JACQUES ROUBAUD ET JEAN L'HOUR (Folio nº 3959)

*Samuel*

TRADUCTION, INTRODUCTION ET NOTES DE JEAN ECHENOZ ET PIERRE DEBERGÉ (Folio nº 3960)

*Isaïe*

TRADUCTION, INTRODUCTION ET NOTES DE PIERRE ALFERI ET JACQUES NIEUVIARTS (Folio nº 4014)

*Lamentations — Jérémie*

TRADUCTION, INTRODUCTION ET NOTES DE FRANÇOIS BON, JEAN-PIERRE PRÉVOST ET LÉO LABERGE (Folio nº 4015)

*Job*

TRADUCTION, INTRODUCTION ET NOTES DE PIERRE ALFERI ET JEAN-PIERRE PRÉVOST (Folio nº 4016)

*Ézéchiel*

TRADUCTION, INTRODUCTION ET NOTES DE MARIANNE ALPHANT, MARC DUBREUCQ ET MAURICE ROGER (Folio nº 4017)

*Psaumes*

TRADUCTION, INTRODUCTION ET NOTES D'OLIVIER CADIOT ET MARC SEVIN (Folio nº 4083)

*Proverbes*

TRADUCTION, INTRODUCTION ET NOTES DE PIERRE ALFERI ET JEAN-JACQUES LAVOIE (Folio nº 4084)

*Évangiles, Matthieu-Marc-Luc-Jean — Lettres de Jean — Actes des Apôtres*

TRADUCTION, INTRODUCTION ET NOTES PAR MARIE-ANDRÉE LAMONTAGNE, ANDRÉ MYRE, EMMANUEL CARRÈRE, HUGUES COUSIN, PASCALLE MONNIER, PIERRE LÉTOURNEAU, FLORENCE DELAY, ALAIN MARCHADOUR ET DANIEL MARGUERAT (Folio nº 4085)

*Lettres de Paul*

TRADUCTION, INTRODUCTION ET NOTES PAR MARIE DEPUSSÉ, ALAIN GIGNAC, FRÉDÉRIC BOYER, HUGUES COUSIN, MICHEL GARAT, MAURICE ROGER, JEAN-LUC BENOZIGLIO, ANDRÉ MYRE, JEAN ECHENOZ, ET DANIEL MARGUERAT (Folio nº 4086)

# COLLECTION FOLIO

*Dernières parutions*

| | |
|---|---|
| 3746. Lao She | *La cage entrebâillée.* |
| 3747. Philippe Sollers | *La Divine Comédie.* |
| 3748. François Nourissier | *Le musée de l'Homme.* |
| 3749. Norman Spinrad | *Les miroirs de l'esprit.* |
| 3750. Collodi | *Les Aventures de Pinocchio.* |
| 3751. Joanne Harris | *Vin de bohème.* |
| 3752. Kenzaburô Ôé | *Gibier d'élevage.* |
| 3753. Rudyard Kipling | *La marque de la Bête.* |
| 3754. Michel Déon | *Une affiche bleue et blanche.* |
| 3755. Hervé Guibert | *La chair fraîche.* |
| 3756. Philippe Sollers | *Liberté du XVIIIème.* |
| 3757. Guillaume Apollinaire | *Les Exploits d'un jeune don Juan.* |
| 3758. William Faulkner | *Une rose pour Emily* et autres nouvelles. |
| 3759. Romain Gary | *Une page d'histoire.* |
| 3760. Mario Vargas Llosa | *Les chiots.* |
| 3761. Philippe Delerm | *Le Portique.* |
| 3762. Anita Desai | *Le jeûne et le festin.* |
| 3763. Gilles Leroy | *Soleil noir.* |
| 3764. Antonia Logue | *Double cœur.* |
| 3765. Yukio Mishima | *La musique.* |
| 3766. Patrick Modiano | *La Petite Bijou.* |
| 3767. Pascal Quignard | *La leçon de musique.* |
| 3768. Jean-Marie Rouart | *Une jeunesse à l'ombre de la lumière.* |
| 3769. Jean Rouaud | *La désincarnation.* |
| 3770. Anne Wiazemsky | *Aux quatre coins du monde.* |
| 3771. Lajos Zilahy | *Le siècle écarlate. Les Dukay.* |
| 3772. Patrick McGrath | *Spider.* |
| 3773. Henry James | *Le Banc de la désolation.* |
| 3774. Katherine Mansfield | *La Garden-Party* et autres nouvelles. |

| | |
|---|---|
| 3775. Denis Diderot | *Supplément au Voyage de Bougainville.* |
| 3776. Pierre Hebey | *Les passions modérées.* |
| 3777. Ian McEwan | *L'Innocent.* |
| 3778. Thomas Sanchez | *Le Jour des Abeilles.* |
| 3779. Federico Zeri | *J'avoue m'être trompé. Fragments d'une autobiographie.* |
| 3780. François Nourissier | *Bratislava.* |
| 3781. François Nourissier | *Roman volé.* |
| 3782. Simone de Saint-Exupéry | *Cinq enfants dans un parc.* |
| 3783. Richard Wright | *Une faim d'égalité.* |
| 3784. Philippe Claudel | *J'abandonne.* |
| 3785. Collectif | *«Leurs yeux se rencontrèrent...». Les plus belles premières rencontres de la littérature.* |
| 3786. Serge Brussolo | *Trajets et itinéraires de l'oubli.* |
| 3787. James M. Cain | *Faux en écritures.* |
| 3788. Albert Camus | *Jonas ou l'artiste au travail* suivi de *La pierre qui pousse.* |
| 3789. Witold Gombrovicz | *Le festin chez la comtesse Fritouille* et autres nouvelles. |
| 3790. Ernest Hemingway | *L'étrange contrée.* |
| 3791. E. T. A Hoffmann | *Le Vase d'or.* |
| 3792. J. M. G. Le Clezio | *Peuple du ciel* suivi de *Les Bergers.* |
| 3793. Michel de Montaigne | *De la vanité.* |
| 3794 Luigi Pirandello | *Première nuit et autres nouvelles.* |
| 3795. Laure Adler | *À ce soir.* |
| 3796. Martin Amis | *Réussir.* |
| 3797. Martin Amis | *Poupées crevées.* |
| 3798. Pierre Autin-Grenier | *Je ne suis pas un héros.* |
| 3799. Marie Darrieussecq | *Bref séjour chez les vivants.* |
| 3800. Benoît Duteurtre | *Tout doit disparaître.* |
| 3801. Carl Friedman | *Mon père couleur de nuit.* |
| 3802. Witold Gombrowicz | *Souvenirs de Pologne.* |
| 3803. Michel Mohrt | *Les Nomades.* |
| 3804. Louis Nucéra | *Les Contes du Lapin Agile.* |
| 3805. Shan Sa | *La joueuse de go.* |
| 3806. Philippe Sollers | *Éloge de l'infini.* |

3807. Paule Constant — *Un monde à l'usage des Demoiselles.*
3808. Honoré de Balzac — *Un début dans la vie.*
3809. Christian Bobin — *Ressusciter.*
3810. Christian Bobin — *La lumière du monde.*
3811. Pierre Bordage — *L'Évangile du Serpent.*
3812. Raphaël Confiant — *Brin d'amour.*
3813. Guy Goffette — *Un été autour du cou.*
3814. Mary Gordon — *La petite mort.*
3815. Angela Huth — *Folle passion.*
3816. Régis Jauffret — *Promenade.*
3817. Jean d'Ormesson — *Voyez comme on danse.*
3818. Marina Picasso — *Grand-père.*
3819. Alix de Saint-André — *Papa est au Panthéon.*
3820. Urs Widmer — *L'homme que ma mère a aimé.*
3821. George Eliot — *Le Moulin sur la Floss.*
3822. Jérôme Garcin — *Perspectives cavalières.*
3823. Frédéric Beigbeder — *Dernier inventaire avant liquidation.*
3824. Hector Bianciotti — *Une passion en toutes Lettres.*
3825. Maxim Biller — *24 heures dans la vie de Mordechaï Wind.*
3826. Philippe Delerm — *La cinquième saison.*
3827. Hervé Guibert — *Le mausolée des amants.*
3828. Jhumpa Lahiri — *L'interprète des maladies.*
3829. Albert Memmi — *Portrait d'un Juif.*
3830. Arto Paasilinna — *La douce empoisonneuse.*
3831. Pierre Pelot — *Ceux qui parlent au bord de la pierre (Sous le vent du monde, V).*
3832. W.G Sebald — *Les émigrants.*
3833. W.G Sebald — *Les Anneaux de Saturne.*
3834. Junichirô Tanizaki — *La clef.*
3835. Cardinal de Retz — *Mémoires.*
3836. Driss Chraïbi — *Le Monde à côté.*
3837. Maryse Condé — *La Belle Créole.*
3838. Michel del Castillo — *Les étoiles froides.*
3839. Aïssa Lached-Boukachache — *Plaidoyer pour les justes.*
3840. Orhan Pamuk — *Mon nom est Rouge.*
3841. Edwy Plenel — *Secrets de jeunesse.*

| | | |
|---|---|---|
| 3842. | W. G. Sebald | *Vertiges.* |
| 3843. | Lucienne Sinzelle | *Mon Malagar.* |
| 3844. | Zadie Smith | *Sourires de loup.* |
| 3845. | Philippe Sollers | *Mystérieux Mozart.* |
| 3846. | Julie Wolkenstein | *Colloque sentimental.* |
| 3847. | Anton Tchékhov | *La Steppe. Salle 6. L'Évêque.* |
| 3848. | Alessandro Baricco | *Châteaux de la colère.* |
| 3849. | Pietro Citati | *Portraits de femmes.* |
| 3850. | Collectif | *Les Nouveaux Puritains.* |
| 3851. | Maurice G. Dantec | *Laboratoire de catastrophe générale.* |
| 3852. | Bo Fowler | *Scepticisme & Cie.* |
| 3853. | Ernest Hemingway | *Le jardin d'Éden.* |
| 3854. | Philippe Labro | *Je connais gens de toutes sortes.* |
| 3855. | Jean-Marie Laclavetine | *Le pouvoir des fleurs.* |
| 3856. | Adrian C. Louis | *Indiens de tout poil et autres créatures.* |
| 3857. | Henri Pourrat | *Le Trésor des contes.* |
| 3858. | Lao She | *L'enfant du Nouvel An.* |
| 3859. | Montesquieu | *Lettres Persanes.* |
| 3860. | André Beucler | *Gueule d'Amour.* |
| 3861. | Pierre Bordage | *L'Évangile du Serpent.* |
| 3862. | Edgar Allan Poe | *Aventure sans pareille d'un certain Hans Pfaal.* |
| 3863. | Georges Simenon | *L'énigme de la* Marie-Galante. |
| 3864. | Collectif | *Il pleut des étoiles...* |
| 3865. | Martin Amis | *L'état de L'Angleterre.* |
| 3866. | Larry Brown | *92 jours.* |
| 3867. | Shûsaku Endô | *Le dernier souper.* |
| 3868. | Cesare Pavese | *Terre d'exil.* |
| 3869. | Bernhard Schlink | *La circoncision.* |
| 3870. | Voltaire | *Traité sur la Tolérance.* |
| 3871. | Isaac B. Singer | *La destruction de Kreshev.* |
| 3872. | L'Arioste | *Roland furieux I.* |
| 3873. | L'Arioste | *Roland furieux II.* |
| 3874. | Tonino Benacquista | *Quelqu'un d'autre.* |
| 3875. | Joseph Connolly | *Drôle de bazar.* |
| 3876. | William Faulkner | *Le docteur Martino.* |
| 3877. | Luc Lang | *Les Indiens.* |
| 3878. | Ian McEwan | *Un bonheur de rencontre.* |

| | | |
|---|---|---|
| 3879. | Pier Paolo Pasolini | *Actes impurs.* |
| 3880. | Patrice Robin | *Les muscles.* |
| 3881. | José Miguel Roig | *Souviens-toi, Schopenhauer.* |
| 3882. | José Sarney | *Saraminda.* |
| 3883. | Gilbert Sinoué | *À mon fils à l'aube du troisième millénaire.* |
| 3884. | Hitonari Tsuji | *La lumière du détroit.* |
| 3885. | Maupassant | *Le Père Milon.* |
| 3886. | Alexandre Jardin | *Mademoiselle Liberté.* |
| 3887. | Daniel Prévost | *Coco belles-nattes.* |
| 3888. | François Bott | *Radiguet. L'enfant avec une canne.* |
| 3889. | Voltaire | *Candide ou l'Optimisme.* |
| 3890. | Robert L. Stevenson | *L'Étrange Cas du docteur Jekyll et de M. Hyde.* |
| 3891. | Daniel Boulanger | *Talbard.* |
| 3892. | Carlos Fuentes | *Les années avec Laura Díaz.* |
| 3894. | André Dhôtel | *Idylles.* |
| 3895. | André Dhôtel | *L'azur.* |
| 3896. | Ponfilly | *Scoops.* |
| 3897. | Tchinguiz Aïtmatov | *Djamilia.* |
| 3898. | Julian Barnes | *Dix ans après.* |
| 3900. | Catherine Cusset | *À vous.* |
| 3901. | Benoît Duteurtre | *Le voyage en France.* |
| 3902. | Annie Ernaux | *L'occupation.* |
| 3903. | Romain Gary | *Pour Sgnanarelle.* |
| 3904. | Jack Kerouac | *Vraie blonde, et autres.* |
| 3905. | Richard Millet | *La voix d'alto.* |
| 3906. | Jean-Christophe Rufin | *Rouge Brésil.* |
| 3907. | Lian Hearn | *Le silence du rossignol.* |
| 3908. | Alice Kaplan | *Intelligence avec l'ennemi.* |
| 3909. | Ahmed Abodehman | *La ceinture.* |
| 3910. | Jules Barbey d'Aurevilly | *Les diaboliques.* |
| 3911. | George Sand | *Lélia.* |
| 3912. | Amélie de Bourbon Parme | *Le sacre de Louis XVII.* |
| 3913. | Erri de Luca | *Montedidio.* |
| 3914. | Chloé Delaume | *Le cri du sablier.* |
| 3915. | Chloé Delaume | *Les mouflettes d'Atropos.* |
| 3916. | Michel Déon | *Taisez-vous... J'entends venir un ange.* |

3917. Pierre Guyotat — *Vivre.*
3918. Paula Jacques — *Gilda Stambouli souffre et se plaint.*
3919. Jacques Rivière — *Une amitié d'autrefois.*
3920. Patrick McGrath — *Martha Peake.*
3921. Ludmila Oulitskaïa — *Un si bel amour.*
3922. J.-B. Pontalis — *En marge des jours.*
3923. Denis Tillinac — *En désespoir de causes.*
3924. Jerome Charyn — *Rue du Petit-Ange.*
3925. Stendhal — *La Chartreuse de Parme.*
3926. Raymond Chandler — *Un mordu.*
3927. Collectif — *Des mots à la bouche.*
3928. Carlos Fuentes — *Apollon et les putains.*
3929. Henry Miller — *Plongée dans la vie nocturne.*
3930. Vladimir Nabokov — *La Vénitienne* précédé d'*Un coup d'aile.*
3931. Ryûnosuke Akutagawa — *Rashômon* et autres contes.
3932. Jean-Paul Sartre — *L'enfance d'un chef.*
3933. Sénèque — *De la constance du sage.*
3934. Robert Louis Stevenson — *Le club du suicide.*
3935. Edith Wharton — *Les lettres.*
3936. Joe Haldeman — *Les deux morts de John Speidel.*
3937. Roger Martin du Gard — *Les Thibault I.*
3938. Roger Martin du Gard — *Les Thibault II.*
3939. François Armanet — *La bande du drugstore.*
3940. Roger Martin du Gard — *Les Thibault III.*
3941. Pierre Assouline — *Le fleuve Combelle.*
3942. Patrick Chamoiseau — *Biblique des derniers gestes.*
3943. Tracy Chevalier — *Le récital des anges.*
3944. Jeanne Cressanges — *Les ailes d'Isis.*
3945. Alain Finkielkraut — *L'imparfait du présent.*
3946. Alona Kimhi — *Suzanne la pleureuse.*
3947. Dominique Rolin — *Le futur immédiat.*
3948. Philip Roth — *J'ai épousé un communiste.*
3949. Juan Rulfo — *Le Llano en flammes.*
3950. Martin Winckler — *Légendes.*
3951. Fédor Dostoïevski — *Humiliés et offensés.*
3952. Alexandre Dumas — *Le Capitaine Pamphile.*
3953. André Dhôtel — *La tribu Bécaille.*
3954. André Dhôtel — *L'honorable Monsieur Jacques.*
3955. Diane de Margerie — *Dans la spirale.*

| | | |
|---|---|---|
| 3956. | Serge Doubrovski | *Le livre brisé.* |
| 3957. | La Bible | *Genèse.* |
| 3958. | La Bible | *Exode.* |
| 3959. | La Bible | *Lévitique-Nombres.* |
| 3960. | La Bible | *Samuel.* |
| 3961. | Anonyme | *Le poisson de jade.* |
| 3962. | Mikhaïl Boulgakov | *Endiablade.* |
| 3963. | Alejo Carpentier | *Les Élus et autres nouvelles.* |
| 3964. | Collectif | *Un ange passe.* |
| 3965. | Roland Dubillard | *Confessions d'un fumeur de tabac français.* |
| 3966. | Thierry Jonquet | *La leçon de management.* |
| 3967. | Suzan Minot | *Une vie passionnante.* |
| 3968. | Dann Simmons | *Les Fosses d'Iverson.* |
| 3969. | Junichirô Tanizaki | *Le coupeur de roseaux.* |
| 3970. | Richard Wright | *L'homme qui vivait sous terre.* |
| 3971. | Vassilis Alexakis | *Les mots étrangers.* |
| 3972. | Antoine Audouard | *Une maison au bord du monde.* |
| 3973. | Michel Braudeau | *L'interprétation des singes.* |
| 3974. | Larry Brown | *Dur comme l'amour.* |
| 3975. | Jonathan Coe | *Une touche d'amour.* |
| 3976. | Philippe Delerm | *Les amoureux de l'Hôtel de Ville.* |
| 3977. | Hans Fallada | *Seul dans Berlin.* |
| 3978. | Franz-Olivier Giesbert | *Mort d'un berger.* |
| 3979. | Jens Christian Grøndahl | *Bruits du cœur.* |
| 3980. | Ludovic Roubaudi | *Les Baltringues.* |
| 3981. | Anne Wiazemski | *Sept garçons.* |
| 3982. | Michel Quint | *Effroyables jardins.* |
| 3983. | Joseph Conrad | *Victoire.* |
| 3984. | Émile Ajar | *Pseudo.* |
| 3985. | Olivier Bleys | *Le fantôme de la Tour Eiffel.* |
| 3986. | Alejo Carpentier | *La danse sacrale.* |
| 3987. | Milan Dargent | *Soupe à la tête de bouc.* |
| 3988. | André Dhôtel | *Le train du matin.* |
| 3989. | André Dhôtel | *Des trottoirs et des fleurs.* |
| 3990. | Philippe Labro/ Olivier Barrot | *Lettres d'Amérique. Un voyage en littérature.* |
| 3991. | Pierre Péju | *La petite Chartreuse.* |
| 3992. | Pascal Quignard | *Albucius.* |
| 3993. | Dan Simmons | *Les larmes d'Icare.* |

| | |
|---|---|
| 3994. Michel Tournier | *Journal extime.* |
| 3995. Zoé Valdés | *Miracle à Miami.* |
| 3996. Bossuet | *Oraisons funèbres.* |
| 3997. Anonyme | *Jin Ping Mei I.* |
| 3998. Anonyme | *Jin Ping Mei II.* |
| 3999. Pierre Assouline | *Grâces lui soient rendues.* |
| 4000. Philippe Roth | *La tache.* |
| 4001. Frederick Busch | *L'inspecteur de nuit.* |
| 4002. Christophe Dufossé | *L'heure de la sortie.* |
| 4003. William Faulkner | *Le domaine.* |
| 4004. Sylvie Germain | *La Chanson des mal-aimants.* |
| 4005. Joanne Harris | *Les cinq quartiers de l'orange.* |
| 4006. Leslie kaplan | *Les Amants de Marie.* |
| 4007. Thierry Metz | *Le journal d'un manœuvre.* |
| 4008. Dominique Rolin | *Plaisirs.* |
| 4009. Jean-Marie Rouart | *Nous ne savons pas aimer.* |
| 4010. Samuel Butler | *Ainsi va toute chair.* |
| 4011. George Sand | *La petite Fadette.* |
| 4012. Jorge Amado | *Le Pays du Carnaval.* |
| 4013. Alessandro Baricco | *L'âme d'Hegel et les vaches du Wisconsin.* |
| 4014. La Bible | *Livre d'Isaïe.* |
| 4015. La Bible | *Paroles de Jérémie-Lamentations.* |
| 4016. La Bible | *Livre de Job.* |
| 4017. La Bible | *Livre d'Ezéchiel.* |
| 4018. Frank Conroy | *Corps et âme.* |
| 4019. Marc Dugain | *Heureux comme Dieu en France.* |
| 4020. Marie Ferranti | *La Princesse de Mantoue.* |
| 4021. Mario Vargas Llosa | *La fête au Bouc.* |
| 4022. Mario Vargas Llosa | *Histoire de Mayta.* |
| 4023. Daniel Evan Weiss | *Les cafards n'ont pas de roi.* |
| 4024. Elsa Morante | *La Storia.* |
| 4025. Emmanuèle Bernheim | *Stallone.* |
| 4026. Françoise Chandernagor | *La chambre.* |
| 4027. Philippe Djian | *Ça, c'est un baiser.* |
| 4028. Jérôme Garcin | *Théâtre intime.* |
| 4029. Valentine Goby | *La note sensible.* |
| 4030. Pierre Magnan | *L'enfant qui tuait le temps.* |

| | |
|---|---|
| 4031. Amos Oz | *Les deux morts de ma grand-mère.* |
| 4032. Amos Oz | *Une panthère dans la cave.* |
| 4033. Gisèle Pineau | *Chair Piment.* |
| 4034. Zeruya Shalev | *Mari et femme.* |
| 4035. Jules Verne | *La Chasse au météore.* |
| 4036. Jules Verne | *Le Phare du bout du Monde.* |
| 4037. Gérard de Cortanze | *Jorge Semprun.* |
| 4038. Léon Tolstoï | *Hadji Mourat.* |
| 4039. Isaac Asimov | *Mortelle est la nuit.* |
| 4040. Collectif | *Au bonheur de lire.* |
| 4041. Roald Dahl | *Gelée royale.* |
| 4042. Denis Diderot | *Lettre sur les Aveugles.* |
| 4043. Yukio Mishima | *Martyre.* |
| 4044. Elsa Morante | *Donna Amalia.* |
| 4045. Ludmila Oulitskaïa | *La maison de Lialia.* |
| 4046. Rabindranath Tagore | *La petite mariée.* |
| 4047. Ivan Tourguéniev | *Clara Militch.* |
| 4048. H.G. Wells | *Un rêve d'Armageddon.* |
| 4049. Michka Assayas | *Exhibition.* |
| 4050. Richard Bausch | *La saison des ténèbres.* |
| 4051. Saul Bellow | *Ravelstein.* |
| 4052. Jerome Charyn | *L'homme qui rajeunissait.* |
| 4053. Catherine Cusset | *Confession d'une radine.* |
| 4055. Thierry Jonquet | *La Vigie* (à paraître). |
| 4056. Erika Krouse | *Passe me voir un de ces jours.* |
| 4057. Philippe Le Guillou | *Les marées du Faou.* |
| 4058. Frances Mayes | *Swan.* |
| 4059. Joyce Carol Oates | *Nulle et Grande Gueule.* |
| 4060. Edgar Allan Poe | *Histoires extraordinaires.* |
| 4061. George Sand | *Lettres d'une vie.* |
| 4062. Frédéric Beigbeder | *99 francs.* |
| 4063. Balzac | *Les Chouans.* |
| 4064. Bernardin de St Pierre | *Paul et Virginie.* |
| 4065. Raphaël Confiant | *Nuée ardente.* |
| 4066. Florence Delay | *Dit Nerval.* |
| 4067. Jean Rolin | *La clôture.* |
| 4068. Philippe Claudel | *Les petites mécaniques.* |

*Composition Interligne.*
*Impression Société Nouvelle Firmin-Didot*
*à Mesnil-sur-l'Estrée, le 20 septembre 2004.*
*Dépôt légal : septembre 2004.*
*Numéro d'imprimeur : 69991.*

ISBN 2-07-030189-3/Imprimé en France.

124343